JAVAH
Ägypten
Teil I

Und es war die Zeit,
als das Tor der Seele sich zu öffnen vermochte,
dass ein Rufen den Traum verstummen ließ,
eine Stimme, durch Raum und Zeit,
um zu erwecken in mir die Ewigkeit.

Gedanken werden zu Stimmen,
doch sprechen kann ich nicht.
Das Rufen wird ein Gesicht,
doch sehen kann ich nicht.
Die Nacht wird zum Tag
heller als alles Licht,
das ich zu kennen vermag.
Die Welt, die sich mir zeigt,
ist erfüllt von tiefster Liebe und Erhabenheit.

Ich schaue in vertraute Augen,
ein Wiedersehen nach Äonen.
Was sie mir sagen, wird bleiben
in meinem Herzen für alle Zeit,
wird mich tragen
weiter als weit, höher als hoch,
doch vor allem tiefer als alle Geheimnisse dieser Weltenheit,
völlig frei von Verzweiflung und Ängstlichkeit.

Es ist der Moment ohne Zeit,
der mein Sein in der Zeit
erblühen Iässt -
in Liebe, Respekt und in Dankbarkeit.

**Impressum**

© 2014 by Silverline Publishing
Herstellung: BoD – Books on Demand
Cover- und Buchgestaltung: Anja Jakob
Lektorat: Birgit Groll, Benediktbeuern;
www.birgit-groll-coaching.de

2. Auflage 2015

ISBN: 978-9962-702-12-2

Kontaktinfo Sylvia Leifheit
www.sylvialeifheit.de
contact@silverline-publishing.com
www.facebook.com/SylviaLeifheit
www.worldangels.de/users/anajara

Bücher aus der Silverline Publishing gibt es in jeder Buchhandlung und in den bekannten Online-Shops

Für die Ewigkeit

## Vorwort

Mein Name ist Sylvia und ich bin auf diese Welt gekommen, um den Menschen zu helfen.

Meine Gabe ist es, eine große Vielfalt an feinstofflichen Energien wahrzunehmen. So sind es nicht nur Verstorbene, sondern auch die oft beschriebenen Engel und Meister, sehr häufig handelt es sich aber auch um ganz andere, noch unbekannte feinstoffliche Energien, zu denen ich Zugang habe.

Bei dieser Arbeit begegne ich den unterschiedlichsten Wesenheiten.

Die Einen sind kommunikativer, die Anderen sehr ruhig, doch alle haben sie eines gemeinsam: sie haben eine Geschichte zu erzählen. Verstorbene hängen meist noch sehr an ihrem vergangenen Leben und den damit verbundenen Erinnerungen. Helfende Energien suchen mich auf, um Kontakt herzustellen zwischen ihnen und den Menschen, die die Helfer nie wahrnehmen. Meisterenergien besuche ich, wenn eine andere Energie um Rat bittet, diese aber keinen Zugang findet zu den Meistern. Und sehr oft sind es dann die Wesenheiten der Weisen Bruderschaft, die den Menschen hilfreich Rede und Antwort stehen. Mit der Weisen Bruderschaft pflege ich daher einen sehr intensiven Austausch und deshalb haben sie bei der Entstehung dieses Werkes einen entscheidenden Anteil.

Ich interessiere mich für die Geschichten der Wesen, da ich dadurch besser verstehen lerne, warum sie in einer Situation sind, in der sie mich um Hilfe bitten wollen. Eines Tages, als ich

gerade wieder vertieft in einer Meditation versunken war, begegnete ich einer Seele, deren Herkunft mich so in ihren Bann zog, dass ich diese auch den Menschen zugänglich machen wollte. Ihre Intention war es einerseits, mir anhand ihrer Geschichte Wissen über die Gesetze des Kosmos zu vermitteln. Andererseits wollte sie mir auch anhand einer mehrere Leben umfassenden Erzählung verdeutlichen, wie diese Gesetzmäßigkeiten wirken und letztlich der Grund für den Lauf des Schicksals sind.

Und so durfte ich diese Geschichte niederschreiben, die Geschichte von Javah - der Reise einer Seele durch unterschiedliche Zeiten und Leben.

**Beginn der Reise...**

Es war einmal vor langer, langer Zeit, als eine Reise begann, die viele Ziele hatte. Mutter Erde sollte das Tor sein, durch das diese Reise führte, und ihre ganz besondere Kraft der Liebe mein ewiger Begleiter.

Seelen besitzen eigentlich keine Namen, dennoch schwingen sie in ihrer ganz eigenen Frequenz, und wenn man meine Seele aufgrund ihrer Schwingung in Buchstaben übersetzt, dann klingt das hier auf der Erde in den Buchstaben:
J-A-V-A-H.
Diesen Namen konnte ich erfahren, als ich mich an meine eigentliche Heimat und Herkunft erinnerte. Ich musste ihn auf meiner Reise durch die Zeiten wiederfinden....

Ich habe viele Planeten bereist, so auch Mutter Erde. Ich kenne Atlantis, das weit vor allen Zeitrechnungen auf diesem wunderschönen Planeten existierte, doch meine Erzählung soll woanders beginnen.

Vor 12.000 Jahren inkarnierte ich als Tochter eines Bauern inmitten des grünen Landes von Ägypten. Olevah wurde ich genannt und wuchs unter der Obhut meines liebevollen Vaters Edar auf. Meine Mutter habe ich leider nie kennengelernt, denn sie verstarb bei meiner Geburt. Meine Schwester Ira war zwölf Jahre älter als ich und mein Bruder Induh zehn Jahre, daher teilte ich relativ wenig Zeit mit ihnen. Ira lebte schon bald in der Stadt Theben und hatte dort ihre eigene Familie. Induh diente dem Pharao dort im Tempel.
Vater hatte meine Mutter sehr geliebt und ihr Tod brach ihm

das Herz. Ich habe irgendwann aufgehört zu zählen, wie oft er um sie weinte. Meine Ähnlichkeit mit ihr war sicherlich keine große Hilfe bei der Überwindung dieses Verlustes. Doch er schaffte es dennoch, mir zu jederzeit ein wundervoller Vater zu sein, der mich jeden Abend in die Arme nahm und mir ins Ohr flüsterte, wie lieb er mich hatte.

Die Reise der Seele ist vor allem eine Reise des Vergessens, doch seine Liebe, sein Halt und seine warmherzige Kraft werde ich nie vergessen. Das Gefühl der Geborgenheit, welches er mir immer gab, wird ein treibender Motor durch meine Geschichte sein. Auch den Duft des Oleanders am Abend, wenn die Sonne hinter den Hügeln verschwand und wir ihr lange zuschauten, als würde sie uns ein Lied singen, trage ich tief in meinem Herzen.

Vater legte sehr viel Wert auf Beständigkeit, daher hatte jeder unserer Abende den gleichen Ablauf. Er kam von den unterschiedlichen Arbeiten erschöpft nach Hause und ich erzählte ihm von meinen Gedanken und Erlebnissen des Tages, während er nur schweigsam da saß und einen Becher Wein genoss. Dann schwieg auch ich und wir lauschten den Geräuschen der Nacht bis sie ganz ihre Arme über uns ausbreitete. Ich schlief immer in seinem Arm oder an seiner Brust ein - jeden Abend , jede Nacht. Zwölf Jahre. Sie schienen mir lang und doch so kurz.


Doch diese kurze Zeit meines jungen Lebens endete abrupt, denn eines Tages kam Vater nicht nach Hause - sondern ein Freund von ihm. Mit Tränen in den Augen schaute er mich an und sagte: „Kleine Olevah, etwas Schreckliches ist passiert, ich bringe es kaum über die Lippen, aber dein Vater ist soeben bei den Bauarbeiten im Steinbruch tödlich verunglückt. Wir haben alles versucht, aber der Stein, der auf ihn fiel, war zu schwer und er war zu schnell tot - wir hatten keine Chance ...

Die Tiefe des Lochs, in das ich fiel, als der Freund meines Vaters mir diese Nachricht überbrachte, kann ich nicht mit Worten beschreiben. Alles, was mir lieb war, alles was ich hatte, alles was ich kannte, alles was mich am Leben hielt, wurde mir genommen, einfach so, plötzlich und ohne Gnade. Niemand hielt mich mehr, niemand wärmte mich mehr, niemand war da ...

Plötzlich war es still.

Kalt und beängstigend - das Leben.

Ein großes Warum zerfraß meine Seele. Warum geschieht mir so etwas?, fragte ich mich immer wieder. Warum erlebe ich das, mit welchem Ziel? Warum nur gibt es einen Gott, der so etwas zulässt? Wo ist er jetzt?"
Ich verstand die Welt nicht mehr, ich wollte nicht mehr sein.

Als wäre der Verlust meiner Mutter nicht schon hart genug für mich gewesen - nein, anscheinend wollte das Schicksal mich lehren, wie es ist, wirklich alles zu verlieren, was einem Halt und Liebe schenkte.
Da stand ich nun mit meinen zwölf Jahren und wusste nicht, was ich tun sollte. Wovon sollte ich leben? Was sollte ich machen? Arbeiten? Aber was?

Vater hatte mir immer von den Priestern erzählt, die eine geheimnisvolle Kraft nutzten und weiß gekleidet durch die Tempel schritten. Doch es kostete viel Zeit und vor allem Gold, um eine derartige Ausbildung zu erfahren - die Zeit hätte ich gehabt, aber das Gold nicht, denn Vater war nur ein einfacher Arbeiter gewesen. Dennoch zog mich eine geheimnisvolle Kraft und meine Neugier zu dieser Möglichkeit, und ich wollte alles dafür tun, sie auszuloten. Ich nahm alles, was ich meinte zu brauchen, auch die letzten Goldmünzen, und machte mich auf den Weg nach Memphis. Ich wusste, dass es ein mutiger Schritt war, doch ich wusste auch, dass ich keine Wahl hatte. Manche Menschen halfen mir, manche nicht, doch schließlich kam ich nach zwei Wochen Reise dort an. Was für ein Erlebnis! Diese Stadt war ein Wunder. So viele Menschen, so viel Lärm, wie ein riesengroßer lebendiger Ameisenhaufen, und über allem ragten drei weiße Gebäude wie Dreiecke. Ich musste innehalten, als ich die drei weißen Spitzen wirklich wahrnahm, so mächtig, prachtvoll und erhaben strahlten sie über all dem Tumult. Waren sie von dieser Welt? Wer hat so etwas erschaffen? Götter? Halbgötter? Meine Neugier wurde noch größer und in mir entbrannte ein Feuer. Ich würde es nur bändigen können, indem ich Antworten fand.

Mein Bruder hatte mir einmal gesagt, dass ich mich an die Farbe weiß halten soll, denn wer immer weiß gekleidet ist, arbeitet in einem Tempel, und die sind irgendwie mit diesen Dreiecken in Weiß verbunden. Allerdings kam ich gar nicht bis zu diesen Dreiecken, denn das Gelände um sie herum war mit Mauern und Türen verschlossen. Ein älterer Mann mit weißen

Haaren und einer stattlichen Figur ging eilig auf die Türe zu. Er schaute mich nicht an und wirkte sehr vertieft in Gedanken. Er bewegte das Schloss der Tür - noch immer nahm er mich nicht wahr - bis ich mich endlich traute, ihn anzusprechen.
„Herr, können Sie mir helfen? Ich möchte dorthinein um zu lernen, aber ich weiß nicht, wie das geht?"
Es schien, als hätte ich ihn aus einer anderen Welt gerissen, so erschrocken wirkte er. Seine Augen begannen, aus einem milchig undurchsichtigen Blick in ein stechend scharfes Betrachten umzuschalten. Er schaute mich lange an und sagte nichts. Ich spürte genau, wie er meinen ganzen Körper abtastete, es war, als würde er durch mich hindurchschauen. Mein ganzer Körper bebte leicht, vor allem in der Bauchgegend spürte ich ein lebendiges Gefühl. Je länger er schaute, um so mehr verwandelte er sich in meinen Augen. Er wurde noch größer, noch stärker und bekam etwas Erhabenes. Plötzlich spürte ich, dass mein Herz schnell und laut schlug. Es trieb mir die Tränen in die Augen, während alles in mir ihn in Gedanken anflehte: Bitte antworte mir, bitte hilf mir dort hinein, ich habe sonst niemanden und nichts mehr!


Die Tränen liefen mir über die Wangen, und ich wollte nicht, dass er sie bemerkte. Schließlich möchte ich hier etwas lernen und Flennsusen brauchen die bestimmt nicht. Dann verwandelte sich etwas in mir und ein beruhigendes Gefühl erfasste meine Seele. Ich spürte Trost, Halt und Liebe, die von ihm ausgingen. Seine Augen waren jetzt ganz groß und weit und wunderschön blau. Die Ewigkeit, die ich eben noch empfunden hatte, war jetzt so kurz wie ein Atemzug. Ich traute mich nichts

mehr zu sagen und wusste, dass ich das auch nicht tun sollte. Plötzlich öffnete er die Tür ein Stück weiter und bat mich mit seinen Gesten einzutreten. Mein Herz explodierte schier vor Aufregung und Freude und ich lächelte ihn strahlend an. Während er das große Tor wieder schloss, begann ich zu erzählen, wie dankbar ich sei und dass ich so schlimmen Durst hätte; ob er nicht vielleicht etwas zu trinken hätte, denn ich hätte so einen langen Weg hinter mir und sei vollkommen erschöpft. Plötzlich blieb er stehen und erhob seine Hand. Er zeichnete mit dem Zeigefinger einen Strich in die Luft, der mir ganz klar und deutlich sagte, dass ich schweigen solle. Ich war erschrocken, denn wie sollte ich mich mitteilen, wenn ich nichts sagen durfte? Kaum hatte ich diesen Gedanken gedacht, überkam mich ein Gefühl der Wärme und des Schutzes, das mich auffing in all diesen Ängsten. Der Mann führte mich in einen Speisesaal, der, wie alles hier menschenleer war. Er machte eine Geste, die mir sagte, dass ich mich setzen solle, und brachte mir ein Stück Brot. So etwas Leckeres hatte ich noch nie gegessen, und ich aß jedes Stück wie ein Tier, das um sein Überleben kämpfte. Er schaute mir zu und schmunzelte. Dann deutete er an, dass wir gehen müssten und ich folgte ihm gerne. Nun hatte ich endlich auch die Kraft, die Räumlichkeiten dieses Ortes genauer wahrzunehmen. Deren Erhabenheit ließ mein Herz höher und höher schlagen. Es kam mir vor, als würde es mir irgendwann aus der Brust hüpfen. So schwebte ich durch die Anlage an einem See vorbei, immer die Dreiecke über allem strahlend. Wir betraten einen weiteren Tempel, kleiner als die anderen, aber ebenfalls wunderschön verziert und weiß strahlend. Im Herzen des Tempels brannten Fackeln und am Boden lagen Tücher und Kissen, die zum Sitzen aufforderten. Der weißhaarige Mann machte komische Zeichen an der Wand und zündete andere Fackeln an, die einen angenehmen Duft verbreiteten. Dann setzte er sich und bat mich, das auch zu tun.

Ich war wohl mittlerweile ein einziges Fragezeichen und gleichzeitig die Dankbarkeit in Person, dass ich das erleben durfte. Plötzlich begann er zu sprechen:

„Ich begrüße dich im Tempel der Worte. Nur hier darfst du sprechen. Dieser Ort ist ein heiliger Ort und die Regeln des Ortes sind heilig. Es ist von unbeschreibbarer Wichtigkeit, dass du das beachtest, denn jeder Verstoß gegen die Regeln des Tempels hat den sofortigen Ausschluss aus dem Kreis der Lehre zur Folge."

Ich war sprachlos. Seine Stimme war als würde Gott zu mir reden, so kräftig, warm und weise. Ich fühlte mich einerseits wohl, wenn er sprach, andererseits hatte ich aber auch Angst vor der Kraft, die er ausstrahlte. Ich durfte jetzt reden, aber nun brachte ich kein Wort heraus ... noch ungeschickter hätte mein Start nicht sein können. Er spürte meine Gefühle und bemühte sich, mir die Angst zu nehmen: „Rede mein Kind, was treibt dich hierher und was suchst du?"

Ich holte tief Luft und rang um Fassung, doch wieder trieb es mir die Tränen in die Augen und ich musste weinen, während ich versuchte, die Worte in meinem Kopf zu formen.

„Verehrter Herr, ich bin weit gereist, weil ich alles verloren habe, was ich jemals hatte. Mein Vater hat mich aufgezogen, doch er verstarb kürzlich und ließ mich mit meinem Leben alleine. Ich suche nach Antworten darauf, warum mir all das passiert. Und ich bin sehr neugierig und möchte meinem Leben

einen Sinn geben, der mich einerseits - wie mein Vater immer - umarmt und gleichzeitig mir die Möglichkeit gibt, zu wachsen und Dinge zu lernen. Ich möchte gerne in solch einer Schule hier etwas lernen."

Der weißhaarige Mann sah mich mit wissendem Blick an und antwortete schnell:

„Um diesen Weg zu gehen brauchst du mehr als nur einen Entschluss. Deine ganze Kraft, deine ganze Konzentration musst du bündeln und all deine Zeit auf dieses Ziel ausrichten. Außerdem musst du viel arbeiten, um diese Ausbildung zu finanzieren. Jeder Schüler hier bringt sich zu seinem Besten in den Erhalt dieser Anlage und des Systems, das sie erhält, ein."

Ich schwieg weiter und lauschte seinen schön klingenden weisen Worten.

„Du scheinst hierher geführt worden sein, denn schon morgen haben wir wieder das alljährliche Aufnahmeritual. 200 Menschen haben sich beworben. Du bist eigentlich zu jung, aber deine Geschichte deutet auf eine anstehende Transformation deiner Seele hin, daher scheint es seinen Sinn zu haben. Bitte sei morgen früh mit dem Sonnenaufgang im Vorhof, dort, wo wir zuerst durchgegangen sind."

Ich nickte demütig und schaffte es gerade noch kurz zu fragen, ob er mir helfen könne, einen Schlafplatz für diese Nacht zu finden.

Er überlegte. Dann sagte er: „Wenn in den Unterbringungen für die Studenten noch etwas frei ist, kannst du diese Nacht gerne dort schlafen."

„Oh mein Herr, ich danke Ihnen vielmals für all das", flüsterte ich sanft.

„Nicht mir musst du danken, den Wesenheiten musst du danken, dass sie dich bis hierher geführt haben."

Ich verstand nicht, was er meinte, wusste aber, dass es richtig war. Zum Abschied sah er mir noch einmal ganz tief in die Augen und sagte vorsichtig:

„Wenn du morgen die Prüfungen machst, lass dich von nichts und niemandem beeinflussen. Es werden viele Menschen da sein, doch bleibe ganz bei dir, lausche deinem Herzen, was immer es dir sagt und traue dich, wann immer du Angst verspürst. Du bist bis hierher geführt worden, also wirst du auch weiterhin geführt werden, hab also Vertrauen. Ich wünsche dir genügend Kraft und Mut. Und jetzt führe ich dich in das Zimmer, solange die Schüler noch nicht aus ihrem Unterricht zurück sind. Es ist wichtig, dass sie ungestört bleiben. Nur die Ruhe dieses Ortes ermöglicht die Konzentration des Geistes."

Ich war sprachlos, wie viel dieser Mann wusste, und stand bewundernd auf. So gerne hätte ich ihn nach seinem Namen gefragt, doch irgendwie spürte ich, dass ich das nicht durfte - noch nicht durfte. Schließlich war ich hier nur Gast und keineswegs ein Schüler.

Er führte mich wieder aus dem Tempel der Worte durch die Stille der Anlage. Immer wieder entdeckte ich Symbole, Zeichen und lustige Figuren im Tempel, die ich aber alle nicht verstand. Es war dennoch einfach schön, sie anzuschauen. Wir gingen an Wächtern vorbei, die den weißhaarigen Mann ernst

anschauten. Er redete kein Wort mit ihnen und dennoch machten sie nach einem kurzen Blickwechsel den Weg für mich frei. Die Sonne ging gerade unter und die weißen Dreiecke wurden immer schwärzer. Ich mochte diesen Ort sehr. Ich weiß nicht warum, aber er tat mir sehr gut. Ich fühlte mich sicher und irgendwie verstanden.

Hoffentlich schaffe ich die Prüfungen, ging es mir durch den Kopf. 200 Menschen sind viel, aber ich weiß ja gar nicht, wie viele sie aufnehmen. Noch während ich das dachte, kam mir eine Zahl in den Sinn - 22. Aber schon bald verwarf ich den Gedanken, denn 22 Schüler erschienen mir viel zu wenig von 200 Bewerbern. Das konnte nicht stimmen. Wozu brauchte man denn solche großen Anlagen und Gebäude, wenn so wenige darin lernten. Ich hinterfrage gerne, das liegt in meiner Natur. Am Ende der Anlage kamen wir zu einem Bereich, der mehrere kleine Nischen hatte, die alle mit einer kleinen Tür versehen waren. Die Zimmer. Der Mann öffnete mir eine Tür und ich erblickte einen kleinen Raum mit einem Fenster, einem Bett und Decken. Mehr brauchte ich nicht und mehr wollte ich nicht. Unendlich dankbar und sehr müde versuchte ich dem weißen Mann, wie ich ihn nun im Stillen nannte, meine Dankbarkeit auszudrücken. Er nahm es auf und ging fort. Sein Lächeln gab mir Mut und Zuspruch, dass ich auf dem richtigen Weg war.

Als ich in meinem Bett lag, überkamen mich wieder die Tränen, aber diesmal waren es Tränen der Dankbarkeit, dass ich jetzt hier sein durfte. Die Stille und der Ort waren wie eine Heimat für mich. Nur in Vaters Armen hatte ich mich so wohl gefühlt.

Ach Vater, wo bist du jetzt wohl?, versuchte ich, in Gedanken Kontakt mit ihm aufzunehmen. Geht es dir gut? Ich fühle mich so allein, wenn ich doch nur mit dir zusammen sein könnte.

Da erinnerte ich mich an die Worte des weißen Mannes. Hatte er nicht etwas von einer Transformation der Seele gesagt? Ach wüsste ich nur, was er damit gemeint hatte, aber irgendwie wirkte es wie ein Trost für mein trauriges Herz.

Während ich noch über die Ereignisse dieses Tages staunend nachdachte, schlief ich erschöpft ein.

# Die Prüfung

Am nächsten Morgen klopfte es sanft an meiner Tür. Ein Wächter in blauem Gewand begrüßte mich und bat mich, zum See zur morgendlichen Waschung zu gehen. Ich folgte ihm durch die stille Tempelanlage. Es war noch frisch und die Sonne küsste gerade die Spitzen der Dreiecke, als ich am See ankam und dort die anderen Studierenden wahrnahm. Jeder wartetet hinter einer Steinmauer, bis ein Wächter ein Zeichen gab, dass er nun gehen könne. Somit war gewährleistet, dass immer nur ein Schüler im See seine Reinigung vornahm. Ich fügte mich unauffällig in dieses Ritual ein. Der See lag ruhig da und nahm all meine morgendlichen Gedanken in seine Stille auf. Dieser Ort war von einer unbeschreiblichen Magie umgeben. Als ich mit der Waschung fertig war, folgte ich den Studenten, die alle zu einem ganz bestimmten Teil der Anlage gingen. Doch weit kam ich nicht, denn zwei Wächter versperrten mir den Weg und schüttelten den Kopf. Wieder sprach keiner, sondern alles geschah ohne Worte. Doch kaum wollte ich mich verwirrt wieder in mein Zimmer zurückziehen, trat der weiße Mann von gestern vor mich. Wie von Geisterhand stand er plötzlich da und bat mich mit seinen Gesten ihm zu folgen. Er führte mich zum Tempelausgang. Kaum hatte er das große Tor der Anlage geschlossen, war es, als sei ich aus einer anderen Zeit wieder zurück in die Realität gefallen. Vor dem Tempel befanden sich Hunderte wenn nicht Tausende junger Menschen, die teils allein, teils von ihren Eltern begleitet auf den Beginn der Aufnahmeprüfungen warteten. Sie versuchten sich ruhig zu halten.

Der weiße Mann begann nun eine kleine Ansprache zu halten, in der er uns allen erklärte, was nun auf uns wartete und welche Bedeutung dieser Tag für unser Leben hätte.

„Liebe Interessenten. Einmal im Jahr habt ihr die Möglichkeit, hier euerm Leben einen entscheidenden Impuls zu geben. Wer sich für die Klassen der Priesterschule qualifiziert, wird nie wieder das Leben so leben, wie er es kennt. Ein Leben in tiefer Einsicht und Kommunikation mit anderen Welten und einem uraltem Wissen wird stattdessen die Folge sein. Viele von euch sind schon oft hier zur Prüfung angetreten, weil sie wieder und wieder den Ruf ihres Herzens nach mehr Erkenntnis spüren und ihm folgen wollen. Wir hoffen und wünschen euch heute die Kraft, den Mut, doch vor allem die Hingabe an diese seltene Chance, auf dass sie diejenigen zu uns führt, die das Wissen weiter lebendig machen wollen und dürfen. Wie jedes Jahr bitte ich euch, mir dazu nun in die Höhle des Anubis zu folgen."

Seine Worte ließen die Menge verstummen und alle, die sich der Prüfung unterziehen wollten, folgten ihm. Die Eltern und Freunde bleiben zurück. Ich wurde immer aufgeregter, doch die Euphorie trieb mir die Tränen in die Augen. Ich war so dankbar, dass ich das erleben durfte, so dankbar, dass ich es bis hierher geschafft hatte und so dankbar, dass mich der weißhaarige weise Mann gestern aufgenommen hatte. Ich wollte alles richtig machen, doch mein Herz schlug lauter und lauter und ich bekam Angst. Was wird wohl auf mich warten? Ich mag keine Höhlen, dort ist es kalt und gefährlich ....Die Gedanken zerfraßen mir meine innere Ruhe, die ein großer Teil meines Wesens ist. Versunken in derartige Spannungen trafen mich verschiedene Blicke von anderen Kindern. Es schien, als lachten sie über mein Aussehen, was mich zunehmend verunsicherte. Wieder und wieder rief ich mir die gestrigen Worte des weisen Mannes im Tempel der Worte in mein Gedächtnis zurück und versuchte, mich nicht weiter ablenken zu lassen. Ich weiß nicht mehr, wo wir entlang gingen, so beschäftigten mich all diese Dinge. Plötzlich standen wir vor einem Höhleneingang. Ich bekam noch mehr Angst, doch ich durfte das nicht. An diesem Eingang warteten mehrere Wächter in Blau. Als wir alle vor der Höhle angekommen waren, begann der weiße Mann wieder zu sprechen:

„Wir werden nun jeden Einzelnen von euch bitten, in die Höhle einzutreten. Was dort auf euch wartet, bleibt euer und unser Geheimnis bis auf alle Zeiten. Ihr dürft niemals über das Erfahrene und Erlebte mit anderen sprechen. Tut ihr dies doch, so entweiht ihr den Ort und eure Erfahrung, daher bitten wir euch, dies wirklich zu beherzigen. Habt keine Angst, seid ganz ihr selbst und vertraut darauf, dass ihr geführt seid. Nehmt euch Zeit und gebt euch ganz dieser Chance hin. Fühlt ihr euch dennoch nicht bereit, so dürft ihr jederzeit die Prüfung abbrechen. Indem ihr einmal in das Horn blast, das ihr auf dem Weg durch die Höhle mitbekommt. Ein Wächter wird euch dann helfen, den Weg nach draußen zu finden.

Drei Ausgänge hat die Höhle. Ein Ausgang ist für alle diejenigen, die die Prüfungen geschafft haben, indem sie sich ganz von ihrer Intuition führen ließen. Ein anderer Ausgang steht für diejenigen bereit, die nicht durch die Intuition, sondern durch

die Kraft ihres Verstandes den Weg gingen, und ein dritter Ausgang für alle anderen, die die Prüfung abgebrochen haben. Ich bitte nun zu beginnen."

Stille.

Schweigen...

Leere.

Keiner traut sich auch nur einen Atemzug zu tun. Niemand bewegt sich, keiner hat den Mut zu beginnen. Alle stehen sie wie starr auf dem Boden festgemeißelt. Es kämpft in mir. Angst vor der Ungewissheit, doch auch so viel Neugier und Mut, Freude und Euphorie, endlich hier zu sein. Angst ... Mut ... Angst ... Mut ...trau dich, Olevah, trau dich. Vater hat deinen Mut und deine Kraft immer bewundert, also lebe sie ...
Immer noch war es still.

Da ergriff mich ein Ruck und ich trat hervor und kniete nieder. Die Menschen betrachteten mich einerseits bewundernd, andererseits dankbar, dass ich das Schweigen durch meinen Mut durchbrach. Der weiße Mann lächelte mich an und reichte mir die Hand. Ich war voller Vorfreude und hatte für einen kurzen Moment sowohl die Angst als auch die Menschenmassen hinter mir vergessen. Ehrfürchtig betrat ich nun die Höhle. Fackeln beleuchteten eine Art Vorraum. Plötzlich nahm ich dort zwölf weiß gekleidete Menschen wahr. Sie saßen auf kreisförmig angeordneten Steinen und schienen in einem schlafenden

Zustand. Der weiße Mann führte mich in die Mitte des Kreises und zeigte mir, dass ich mich hinsetzen sollte. Mein Herz begann zu trommeln. Der Raum war faszinierend. So dunkel und doch so hell erschien er mir, durch die vielen weiß gekleideten Menschen. Das Weiß reflektierte das Feuer und machte den Raum zu einem lichten Ort. Das nahm mir die Angst vor der Dunkelheit, doch holte mich die Angst vor der Prüfung und den zwölf weiß gekleideten Menschen bald wieder ein. Als ich den Kreis betrat, spürte ich eine sehr starke Kraft, als setzte ich mich in einen Strudel aus Kraft. In der Mitte angekommen schaute ich sie mir kurz an - diese weißen Menschen. Es waren Männer und Frauen zu gleichen Teilen. Ein paar von ihnen hatten die Augen geöffnet, andere hielten sie geschlossen. Alle aber wirkten dennoch abwesend. Mir wurde die Kraft zu stark und ich schloss meine Augen. Kaum hatte ich das getan, spürte ich jeden Einzelnen von ihnen, als wäre ich sie ... das war eine unglaublich intensive Erfahrung. Mir zerriss es fast das Herz. Ich fühlte mich, als würde es mich aus meinem Körper ziehen, mir wurde schwindelig. Dann erinnerte ich mich wieder an die Worte des weißen Mannes und versuchte mich ganz auf mich zu konzentrieren. Dennoch blieb mein Empfinden bei einer Frau hängen. Sie hatte eine unglaublich schöne, warmherzige Ausstrahlung. Ich hatte in der ersten Sekunde ein tiefes Vertrauen in sie, obwohl ich sie gar nicht kannte. Das Gefühl, das sie mir gab, war wie eine Umarmung und das gab mir Halt in diesen aufregenden Sekunden. Plötzlich verspürte ich einen Impuls, aufstehen zu dürfen, also tat ich es. Ich bedankte mich bei den zwölf Personen und verabschiedete mich, ohne wirklich zu wissen, was hier gerade geschehen war. Doch die Höhle

∞

wartete auf mich und damit eine Menge Ungewissheit.

Papa hat mich immer für meinen Mut bewundert, doch heute hab ich das Gefühl, ich habe gar keinen, dachte ich.

Ein Wächter trat zu mir. Er hielt ein Stoffband und ein Horn in der Hand und bat mich, die Augen zu schließen. Plötzlich bemerkte ich, dass er mir die Augen verband. Himmel, nein, mein ganzer Körper begann zu zittern. Mit verbundenen Augen durch eine Höhle gehen? Ich dachte, ich zerfalle in tausend Splitter Angst. Aber nein Olevah, hab keine Angst, er hat gesagt, hab Vertrauen, also vertraue, dass dir nichts passieren kann. Dann hing der Wächter mir das Horn um den Hals und nahm meine Hand. Ich tapste wie ein Neugeborenes, das gerade Laufen lernt, mit ihm einen Weg entlang, doch dann blieb er stehen und ließ meine Hand los. Er verschwand und ich fühlte mich, als fiele ich in ein tiefes Loch. Haltlos und schreiend vor Angst. Dann erinnerte ich mich wieder an die Worte: „Nehmt euch Zeit" - ok, also nehm ich mir einfach die Zeit und versuche mich auf den Ort und die Prüfung einzulassen. Was soll schon passieren? Zur Not blase ich einfach in dieses Horn.

Stille.

Absolute Stille.

Ich versuchte den Ort zu spüren und mir irgendwie über diesen Weg etwas Halt zu verschaffen. Die Kälte der Höhle begann sich in ein warmes Gefühl zu verwandeln, und ich begann ein Gespür dafür zu entwickeln, wie es um mich herum aussehen könnte. Das gab mir Sicherheit und meinen Mut zurück. Doch noch stand ich wie angewurzelt an derselben Stelle, wo der Wächter meine Hand losgelassen hatte. Ich sollte mich langsam einmal bewegen ...

Der erste Schritt.
Das ist meist der schwerste, denn er ist noch ungewohnt.
Ohne meine Sinne, die ich bisher genutzt hatte, war nun alles ungewohnt - wie ein Neugeborenes versuchte ich mich in einer „anderen Wahrnehmungswelt" zu orientieren. Angst – Mut – Angst – Mut ... Ich taumelte weiter durch die beiden Extreme meiner Gefühlswelt. Schritt für Schritt ging ich voran - immer nach Halt suchend. Doch ich fand ihn noch nicht. Die Stille begann Besitz von mir zu ergreifen und konfrontierte mich mit meiner Einsamkeit.
Vater, wo bist du?
Mutter, wo bist du? ...
Schweigen ...
Ich fühlte mich verloren, einsam und so traurig, dass plötzlich die Tränen über meine Wangen liefen.
Was mache ich hier? Warum tue ich das? Warum bin ich hier? Warum hat mich das Schicksal schon jetzt so viel Einsamkeit erfahren lassen? Warum liege ich nicht an der Brust meines Vaters, während Mutter mir ein warmes Abendessen macht, und wir plaudern über die gemeinsamen Interessen, spielen, lachen und freuen uns, dass wir leben? Warum habe ich all das nicht, sondern wanke einsam und allein mit verbundenen Augen durch eine kalte Höhle in der Hoffnung „erkannt" zu werden und meinem Leben einen Sinn zu geben? Ist das gut so? Ist das

richtig? Ist das wirklich der richtige Weg? Sollte ich nicht lieber eine Heimat bei einer anderen Familie suchen und dort eine normale Schule besuchen? Muss es denn gleich eine derartig schwierige Hürde sein, die mir schon wieder nur das Gefühl der Schwere und der Verlorenheit schenkt anstelle von Heimat?

Ich tapste weiter im Dunkeln und war so beschäftigt mit derartigen Fragen, dass ich fast schon vergaß, dass ich nichts sah. Mein Geist war so beschäftigt mit derartig existenziellen Befindlichkeiten, dass ich meine Umgebung nicht mehr wahrnahm. Das war gut und schlecht zugleich, denn ohne dass ich es merkte, legte ich so einen großen Teil des Weges zurück. Plötzlich hörte ich Wasser, doch ich wusste nicht genau, wo ich es orten sollte. Dennoch holte mich dieses Geräusch wieder in die Gegenwart zurück und ich hielt inne. Das Plätschern eines Wasserfalls verrät nicht nur die Größe des Wasserfalls an sich, sondern auch die des Raumes, in dem es sich bewegt. Das half mir endlich, den Umfang dieses Weges besser einzuschätzen. Obwohl ... was ich hörte, offenbarte mir einen sehr großen Raum, eine sehr große Höhle - und das beruhigte mich nicht unbedingt.

Hier begann sie eigentlich erst - die wirkliche Prüfung, denn nun war ich im Bauch der Höhle angekommen, mitten im Berg, tief unter der Erde. Die vier Elemente waren die Lehrer dieser Prüfungen und alle riefen sie mich auf, eins zu werden mit ihnen. Jedes Element forderte mich auf seine Weise heraus, mich ihm und seiner Kraft ganz hinzugeben. Im Detail darf ich an dieser Stelle leider nicht mehr über das, was ich dann erlebte, berichten, denn der Schwur, den ich zu Beginn der Prüfung ablegen musste, erlaubt mir dies auch hier nicht.

Die Zeit verging, ohne dass ich es bemerkte. Plötzlich erreichte mich ein frischer Windhauch und es duftete nach Gras. Das Singen der Vögel zauberte mir ein Lachen ins Gesicht, denn ich wusste, ich bin fast am Ende angekommen. Völlig entkräftet aber euphorisiert von der Hoffnung, es bald geschafft zu haben, hielt ich inne. Ein tiefes Gefühl von Dankbarkeit erreichte mich. Ich wollte knien, also fiel ich auf die Knie und sank zu Boden. Der Wind strich mir durch die Haare. Die Stille der Höhle, aus der ich kam, ließ mir die vor mir wartende Natur erscheinen wie ein Konzert der Liebe und ich begann zu beten. Plötzlich spürte ich jemanden in meiner Nähe, doch es beängstigte mich nicht. Unbeeinflusst davon blieb ich in meiner Erschöpfung und Dankbarkeit und zerging in dem Gefühl des Betens. Es fing mich auf, es hielt mich fest, es umarmte mich wie die Mutter, die ich nie gehabt hatte.

Habe ich es wirklich geschafft?, fragte ich mich. Wo bin ich? An welchem Ausgang bin ich angekommen?

Nach einer kurzen Zeit der Rast stand ich wieder auf und ließ mich vom Duft der Blumen führen.

Dann wusste ich: Jetzt stehe ich direkt am Ausgang. Ich atmete tief ein und ruhig aus. Ich erschrak kurz, als ich plötzlich zwei Hände spürte, die meine rechte Hand suchten. Sie zogen mich noch ein wenig weiter und dann blieben wir stehen. Zwei weitere Hände nahmen meine andere Hand zwischen ihre und ich spürte eine erhabene Energie, in der ich mich groß und stark empfand. Langsam und vorsichtig bekam ich die Augenbinde abgenommen und blickte in die Augen eines Mannes und einer Frau, die mich beide liebevoll anschauten. Auch sie waren weiß gekleidet, in langen Gewändern. Die Kraft, die aus ihren Augen strahlte, war überwältigend und unbeschreiblich stark. Ich hätte in ihrer Güte und Liebe versinken können, während mir auch das Horn noch abgenommen wurde. Sie reden nicht, doch ich weiß: Ich habe es geschafft. Und als ich das realisiere, beginne ich zu lachen und zu weinen zugleich. Ich habe es geschafft ... ich habe es wirklich geschafft? Ich kann es nicht glauben und doch ist es geschehen.

Sie ließen meine Hände los und traten beiseite. Erst jetzt nahm ich wahr, dass auch andere Schüler hier schon angekommen waren. Sie schienen mich überholt zu haben, ohne dass ich es bemerkt hatte. Ein Wächter führte mich zu einer Liege, die dort für die ankommenden Schüler aufgebaut war und signalisierte mir, ich solle mich hinlegen und ausruhen, so wie es die anderen auch taten. Also gab ich mich dem hin. Noch ganz ergriffen von der Freude in mir schaute ich in den Himmel, der durch die untergehende Sonne in rosafarbenen Lichtspielen meine Gefühle des Glücks untermalte. Als ich auf der Liege lag, begann mein Körper plötzlich vor lauter Erschöpfung zu zittern. Als hätte er es gewusst, brachte mir einer der Wächter eine schöne warme Decke. Und kaum hatte er sie über mich gelegt, schlief ich ein.

Stunden später spürte ich eine Berührung von einem Wächter, der mich sanft wecken wollte. Alle anderen Schüler waren schon aufgewacht oder kamen gerade zu sich. Die Nacht war dunkel und die Sterne leuchteten hell und klar. Als wir alle vollkommen wach waren, begann wieder ein Mensch in weißem Gewand zu uns zu sprechen:

„Liebe Neophyten. Ihr seid mit dem heutigen Aufnahmeverfahren in die Kreise des Tempels aufgenommen. In drei Tagen beginnt eure Ausbildung zum Priester. Bitte geht nun nach Hause und nehmt Abschied von euren Familien. Ihr werdet sie ab sofort nur noch einmal im Jahr für eine Woche besuchen dürfen. Bitte findet euch in drei Tagen morgens zum Sonnenaufgang am Eingang des Tempels ein. Wir werden euch dort in Empfang nehmen."

Dann verneigte er sich vor uns und ging davon. Die Schüler hasteten eilig durch die Dunkelheit nach Hause, nur ich blieb erst einmal sitzen, in der Hoffnung, dass der weiße Mann mich wieder mit in den Tempel nahm. Ich genoss die Stille und die Einsamkeit des Ortes sehr und begann zu reflektieren, was alles geschehen war. Mitten in diese Gedanken versunken stand plötzlich der weiße Mann wieder vor mir.

Er lächelte mich freudig an und reichte mir die Hand. „Ich freue mich sehr, dass du die Prüfung bestanden hast. Das hast du wirklich gut gemacht, kleines Mädchen. Magst du wieder mit in den Tempel kommen?", fragte er sanft.

Ich sprang auf und wollte ihm um den Hals fallen, doch hielt mich seine erhabene Kraft davon ab. Ich nickte und folgte ihm schweigend, obwohl ich voller Fragen war: Was genau haben sie geprüft? Worum ging es eigentlich? Wonach wird gesucht? Was muss man können, was muss man nicht können? Was sind die Qualitäten, die geprüft werden und wer entscheidet was? Wer waren die weiß gekleideten Menschen am Eingang und wer waren die am Ausgang? Was ist passiert? Was wird passieren? Wie heißt er? Bis jetzt habe ich keinen Namen und weiß er denn meinen? Will er ihn nicht wissen, wo wir uns doch jetzt öfter sehen werden?

Mein Kopf war voller Fragen, und daher nahm ich die Schönheit des Rückweges wieder nicht wahr. Am Tempeleingang angekommen schaute mir der weiße Mann kurz in die Augen und sprach:

„Du wirst auf alle deine Fragen Antworten erhalten, doch nun schlaf erst einmal gut und erhole dich von der Anspannung. Das ist wichtig, um dem Unterricht gut folgen zu können. Das braucht all deine Konzentration. Nutze die nächsten Tage, um zu ruhen, und wenn du Fragen hast, dann findest du mich immer bei Sonnenaufgang und Sonnenuntergang im Tempel der Worte. Gute Nacht."

Mir stockte der Atem. Woher weiß er, dass ich die ganze Zeit ein einziges Fragezeichen bin?, überlegte ich. Kann er Gedanken lesen? Wer ist er? Und schon war ich wieder in den antwortlosen Fragen verloren und tapste durch den dunklen Tempel. Fackeln leuchteten mir den Weg. Etwas Geheimnisvolles lag in der Luft, da sah ich am anderen Ende des Tempels eine Gruppe von Schülern im Kreis sitzen und etwas tönen. Es klang sehr fremd und gab mir das Gefühl von geheimnisvoller Erhabenheit, die ich nicht stören durfte. Also ging ich weiter bis zu meinem Zimmer und legte mich dort alsbald hin. Die Fragen kreisten immer noch in meinem Kopf und beschäftigten mich noch lange Zeit, bis ich schließlich erschöpft von einem der außergewöhnlichsten Tage meines Lebens einschlief.

# Ein Wiedersehen

Auf dem Tempelgelände ist es immer still. Nur die Vögel singen am Morgen und abends, wenn die Sonne untergeht, aus vollem Halse. Sie waren es auch, die mich auch an diesem Morgen aufweckten. Ich wusste zunächst gar nicht, wo ich war, doch nach einer kleinen Weile erinnerte ich mich an alles bisher Geschehene. So gerne hätte ich Vater von den Erlebnissen gestern in der Höhle erzählt. Doch ich durfte es nur mir selbst wieder und wieder mit meinen unbeantworteten Fragen „erzählen". Sprachlos stand ich auf und wandelte durch die Stille auf dem Weg zum kleinen See, um mich zu waschen. Die anderen Schüler waren alle schon in ihren Lehrstunden, daher durfte ich mich diesmal ganz in Ruhe und alleine am See aufhalten.
Als ich fertig war, hatte ich Lust, durch den Tempel zu spazieren, um ihn noch mehr zu erkunden. Hier und da standen Wächter an Eingängen zu bestimmten Teilen, doch meine Neugier konnte ich auch hier nicht zurückhalten, und deshalb versuchte ich es immer wieder, um Eintritt in die Bereiche zu bitten. Nach unzähligen Versuchen machte ich mir schon fast einen kleinen Spaß daraus, sie wieder und wieder zu besuchen und mir immer wieder durch ihre sich kreuzenden Stäbe den Weg versperren zu lassen. Der einzige Ort, an den ich gehen durfte, war der Garten.


Umgeben von Tausenden von Blumen und einem intensiven Duft von Lavendel, fand ich dort eine Ecke, weit hinten am Rande der Tempelmauer, wo ich mich auf den Boden legen und

den Himmel anschauen konnte, so wie ich es immer mit meinem Vater erlebt hatte.

Dort lag ich eine gefühlte Ewigkeit und sinnierte über die gestrigen Erfahrungen in der Höhle nach. Ich konnte es immer noch nicht fassen, dass ich eine Aufnahmeprüfung bestanden hatte, die so komisch war. Was wird wohl nun alles kommen? Was wird aus meinem Leben werden? Und wieder beherrschten die Gedanken meinen Kopf. Versunken in dieser Welt und einen Weg suchend, all das begreifen zu können, stand plötzlich der weiße Mann, dessen Namen ich nicht kannte, neben mir und lächelte mich sanft an. Er deutete mir, dass ich ihm folgen sollte, also tat ich das. Galant wie ein Geist und dennoch stark in seiner Körperlichkeit wandelte er durch den Garten. Wir liefen weit durch die Anlage, bis wir wieder im Tempel der Worte ankamen. Wie schon vor zwei Tagen bat er mich, mich auf die Kissen zu setzen. Der Raum erschien mir heute heller als das letzte Mal und es schien mir noch stiller hier zu sein. Der Duft beruhigte mich und ich konnte den Raum nun noch viel größer und schöner wahrnehmen als beim letzten Mal.

Dann begann er endlich zu sprechen. Seine Stimme klang warm und weich, liebevoll und gütig. „Ich begrüße dich erneut im Tempel der Worte, mein Kind. Ich freue mich wirklich sehr, dass du die Aufnahmeprüfung geschafft hast. Wir erfahren während dieser Prüfungen vieles von euch, doch vor allem, ob ihr soweit seid, diesen Weg wirklich zu gehen."

„Ja, mein Freund", antwortete ich, „aber was genau bedeutet das denn nun für mich, kannst du mir dazu ein wenig sagen?"

„Mein Kind, dein ganzes Leben wirst du nun der Arbeit hier im

Tempel widmen und die Gesetze des Kosmos studieren. Vielleicht wirst du sie selbst einmal lehren, doch das wird noch lange dauern. 22 Jahre dauert die Ausbildung und danach erst wirst du genau wissen, wie du deinen Weg weitergehen wirst."

„Aber wenn ich jetzt 22 Jahre hier bin, was muss ich tun, um hier sein zu dürfen, wovon lebe ich , wie bezahle ich die Ausbildung?"

„Mein Kind, mach dir darüber keine Sorgen, wir alle sind geführt auf unserem Weg. Auch du wirst hier eine Arbeit finden, die dich erfüllt und durch welche du deine Fähigkeiten in die Gemeinschaft unserer Priester einbringen kannst. Der Tempelbereich ist heiliger Boden. Du befindest dich hier im Bereich der Schule, den nur die Neophyten und Priester betreten dürfen. Dieser Ort hier ist ein Ort der Zwischenwelt - der feinstofflichen Energien und der Energien, die sich in der für uns sichtbaren Materie formen. Er wird dir still erscheinen, solange du die Wesen nicht verstehst. Daher bist du selbst auch aufgerufen, in tiefer Stille zu sein, um die Wesen nicht zu stören und durch Worte neue Energien zu kreieren. Du wirst über all diese Dinge noch viel mehr in deinem Unterricht erfahren. Heute möchte ich dich zu etwas ganz Besonderem einladen. Heute Abend findet ein großes Ritual hier im Tempel mit allen Schülern und Lehrern statt. Unser Gott ist die Quelle, und die Sonne ist die Quelle des Lebens, daher nehmen wir ihre Symbolhaftigkeit als Mittler zwischen unseren und den anderen Welten und bereiten ihr ein Ritual. Ich möchte, dass du dabei bist, um noch mehr zu verstehen, was wir sind und was wir hier tun."

Sprachlos vor Freude fragte ich weiter: „Und was muss ich tun in diesem Ritual?"

Der weiße Mann antwortete mir sanft: „Du bist. Allein deine Präsenz ist dein Tun."

Ich nutzte den Moment und fragte geradeheraus, was mir in den Sinn kam: „Mein Herr, darf ich Ihren Namen erfahren, ich kann Sie nämlich sonst nie mit Namen ansprechen?"

Daraufhin schmunzelte der weiße Mann gütig. Lange schaute er mich an, holte immer wieder tief Luft und dann antwortetet er: „Mein Kind, deine Kraft ist dein Antrieb, du wirst weit kommen, wenn du lernst, sie zu lenken. Und es ist auch immer deine Kraft, die dich vorantreiben wird, wo andere stehen bleiben; die dich nicht zögern lässt, wenn andere Angst haben. Doch es ist auch diese Kraft, die dich manchmal etwas zu schnell handeln lässt. Die Antwort auf diese Frage wirst du dann erhalten, wenn du soweit bist. Nicht nur meinen, sondern auch deinen Seelennamen wirst du erfahren, wenn du bereit bist. Dann wirst du von ganz allein zu mir kommen und mich mit diesem Namen ansprechen, wie ich dich mit dem deinen."

Wenn man die Neugier eines Menschen in Flaschen abfüllen könnte, so hätte man jetzt aus mir eine ganze Tonne voll Neugier herausbekommen, denn diese Worte waren für mich wie eine Folter. Namen, die ich erst erfahre, wenn ich „bereit" dazu bin - eine schlimmere Geduldsprüfung kann man mir nicht geben ...

Als würde der weiße Mann meine Gedanken lesen können, legte er sofort nach:

„Mein Kind. Die Bedeutung eines jeden einzelnen Wortes wirst du bald erfahren. Hab Geduld, es ist alles auf dem Weg. Du kannst sehr stolz auf dich sein, dass du es bis hierher geschafft hast."

Ich wurde still.

Mein Blick sank auf den Boden und mein Herz begann sich zu regen und trieb mir erneut ein paar kleine Tränen in die Augen. Die Gedanken flüsterten mir zu, dass ich nur deshalb überhaupt hierher gekommen bin, weil ich keinen Vater und keine Mutter mehr habe und das an sich kein schöner Umstand ist. Die Einsamkeit, die diese Gedanken begleitete, holte mich ein und trieb mir die Tränen noch mehr ins Gesicht.

Der weiße Mann bemerkte das und wandte sich liebevoll zu mir. „Einsamkeit ist nur eine Erfahrung des Egos mein Kind, ich kann dich verstehen, doch ich sage dir, du bist nicht einsam. Dieses Gefühl der Trennung wirst du verlieren und erkennen, was alles ist und vor allem wie viel es ist. Sei nicht traurig, vertraue, dass alles eingebunden ist in die kosmischen Gesetze. Du wirst diese hier erlernen und damit viel von diesem Gefühl der Einsamkeit verlieren. Der Kosmos ist kein einsamer Ort."

Damit lächelte er mich hoffnungsvoll an und sein Blick streichelte meine Seele, dass mir ganz warm ums Herz wurde. Ich spürte den Impuls, ihn in die Arme zu nehmen, doch ich kannte ihn ja gar nicht und seine erhabene Ausstrahlung „erlaubte" es mir nicht. Seine Worte erschienen mir irgendwie leer, ich verstand das alles nicht und daher half es mir auch nicht wirklich. Dennoch spürte ich seine Absicht und die gab mir Kraft.

„Bitte wandle in Respekt und Würde durch die Hallen des Tempelgebietes und folge den Anweisungen der Wächter. Bis heute Abend darfst du ruhen und rasten. Finde dich beim Sonnenuntergang im Ritualbereich des Tempels ein. Dieser befindet sich ganz hinten im leeren Tempelhof. Heute Nachmittag wirst du auf deinem Zimmer Ritualkleidung vorfinden. Ziehe diese bitte an. Halte dich in meiner Nähe auf und beobachte wachsam, was bei dem Ritual geschieht. Danach wirst du sehr müde sein. Versuche dir zu merken, was du erlebt hast und morgen, zur gleichen Zeit, kannst du mir hier, im Tempel der Worte, davon berichten."

Er stand auf und verneigte sich vor mir, dann ging er seines Weges und ließ mich im Tempel zurück. Ich sinnierte über all das nach und fühlte mich seltsam zerrissen. Einerseits genoss ich den Gedanken an eine Heimat, die mein Leben derartig geheimnisvoll bereichern würde, doch andererseits war all das hier wie eine Flucht aus meiner eigentlichen Heimat, die mir damit genommen wurde. Der Duft des Raumes ließ mich mehr und mehr entspannen, ich wollte mich hinlegen und schlafen, aber durfte ich das hier? Noch während ich darüber sinnierte, schlief ich schon. Es war kein richtig tiefer Schlaf, aber er genügte, um mich in einen Traum zu ziehen. Ich fand mich auf einer Wiese wieder, allein und in meinem Gefühl der Einsamkeit verloren. Plötzlich erschien vor mir eine Gestalt in einem weißen Gewand, wie die Priester hier im Tempel. Er kam lächelnd auf mich zu und stellte mir eine Frage: „Erkennst du die Leiden der Anderen?" Dann schaute er mich lange an und verschwand so schnell, wie er gekommen war. Das Ertönen der Hörner, die zum Unterricht riefen, weckte mich wieder auf.
Die Frage brannte sich in meine Gedanken ein. Erkennst du die Leiden der Anderen? Hab ich das wirklich richtig verstanden? Die Leiden der Anderen ...wieso sollte ich die erkennen?

Fragen über Fragen. Ich stand auf und verließ gedankenverloren den Tempel. In meinem Zimmer fand ich weiße Kleidung und probierte diese gleich an. Angenehm fühlte sie sich an. Ich gefiel mir sehr darin.

Die Sonne hatte ihren Tageskreis schon weit gezogen und es war auch schon an der Zeit, dass ich mich in den benannten Bereich begab. Mein Herz klopfte immer lauter und ich begann zu zittern. Die Aufregung kannte keine Grenzen. Immer mehr weiß gekleidete Priester fanden sich im Tempel ein, alle schwiegen sie und liefen in würdevoller Haltung Richtung Ritualbereich. Der Hof des Ritualbereiches war weit und groß.. In der Mitte befand sich ein spitzer Stein, der in den Himmel zeigte, und um ihn herum versammelten sich ein paar weiß gekleidete Menschen. Sie setzen sich und warteten stumm, bis alle eingetreten waren.

Ich hielt mich soweit ich nur konnte am Rand des ganzen Bereiches auf. Neben mir waren viele, die das Gleiche taten. Mein Freund ohne Namen bat uns schließlich, ihm in Richtung des inneren Kreis des Tempelhofes zu folgen. Wir folgten ihm und so entstand ein Ring um diese Steinsäule in der Mitte und den Kreis der anderen Schüler. Er deutete uns, dass wir uns setzen sollten. Alle begannen sie sich in einer Art hinzusetzen, die ich noch nie zuvor gesehen hatte. Die Beine jeweils nach außen geknickt saßen alle aufrecht und schauten in die Mitte. Ich hatte große Probleme, diese Stellung einzunehmen, aber ich tat mein Bestes. Schließlich wollte ich nicht auffallen.
Ich war sehr gespannt. Die Stimmung war erhaben und sehr

geheimnisvoll. Ich konzentrierte mich auf das, was ich sah. Doch das währte nicht lange, denn schon bekamen alle ein Zeichen, ihre Augen zu schließen, und ich musste dem folgen. Ein Gefühl von Unzufriedenheit ergriff mich. Wie sollte ich denn teilnehmen, wenn ich gar nichts sah? Diese Schule schien es sehr zu mögen, dass man nichts sah. Ich erinnerte mich an der vorherigen Tag, wo ich mit verbundenen Augen durch eine dunkle Höhle laufen musste. Was wollten die Priester damit nur bezwecken? Noch in meinen Fragen darüber verloren, begann der innere Kreis plötzlich zu tönen. Erst war es ein leises Summen, dann wurde es stärker. Immer stärker. Dieses Summen entspannte mich überraschenderweise mehr und mehr und ich vergaß das Grummeln bezüglich der Augenproblematik. Ich versank in einem Gefühl, das sehr aufregend war. Mehr und mehr verlor ich das Empfinden für den Boden unter mir und fühlte mich, als würde ich schweben. Wie von einem Teppich wurde ich getragen von einer seltsamen Kraft. Plötzlich sah ich Bilder, die den Bildern in meinen Träumen ähnelten. Ineinander fließend und ohne Bedeutung - so schien es zumindest. Das Tönen der anderen Schüler hob mich höher und höher. Ein Priester begann Worte zu sprechen, die einer Sprache angehörten, die ich noch nie gehört hatte. Aber es fühlte sich sehr kraftvoll und erhaben an, was er da tat. Gemeinsam mit den anderen schien es wie ein Tanz der Worte zu werden. Ich gab mich dem immer mehr hin und genoss es. Die Bilder verwandelten sich. Aus Landschaften wurden Hütten, feiner und feiner nahm ich einen Ort war, den ich überhaupt nicht kannte. Ein warmes Gefühl ergriff mich und ich erinnerte mich an die Abende mit Vater. Es schien mir, als sei er in der Nähe, so real fühlte sich das an.

Und plötzlich sah ich Vater.

Direkt vor mir.

Ich war schockiert und überrascht zugleich. Doch meine Neugier vermied, dass ich mich zu sehr ablenken ließ. Staunend schaute ich mir sein Gesicht und seinen Körper an. Er war es, er war es wirklich. Mein Herz begann zu lächeln, doch meine Augen begannen zu weinen. Vater, da bist du ja ... Du fehlst mir so. Wo bist du? Warum kann ich dich jetzt sehen? Er lächelte gütig und nahm mich in den Arm. Ich weinte bitterlich und konnte dies auch nicht vor den Priestern und Schülern verbergen. Hier gab es keine Scheu, hier gab es nur dieses unendlich traurige Gefühl, das leben wollte. Nach einer Weile schaute Vater mich an und ich ihn. Mein Herz tat weh vor Liebe und flehte ihn an: Bitte, bitte geh nicht mehr weg. Bitte lass mich nicht wieder allein. Doch er lächelte weiter gütig und schaute mich lange an. Plötzlich hörte ich seine Stimme, als sei er neben mir und noch Teil der Lebenden, doch sein Mund bewegte sich nicht. Die Stimme sprach sanftmütig, wie er immer zu mir gesprochen hatte: „ Olevah, mein Liebes, sei nicht so traurig, es ist alles gut. Ich bin so stolz auf dich, dass du deinen Weg gehst. Du machst alles richtig. Lass dich von niemandem und nichts von diesem Wege abbringen. Ich bin immer bei dir, all die Zeit und Mutter ist es auch. Du bist beschützt von uns und vielen anderen Wesen, die alle darum bemüht sind, dass du diesen, deinen Weg weitergehst. Es ist der Weg deiner Seele. Hab keine Angst, wir sind immer bei dir.“

Diese Worte waren wie Balsam für mein Herz. Das verzweifelte Weinen wandelte sich in ein ruhiges Lauschen, dem nicht

einmal Fragen folgten. Auch ich begann zu lächeln und konnte plötzlich viel tiefer atmen. Wie nach einer Erlösung entspannten sich mein Geist und mein Körper noch mehr und der Traurigkeit konnte die Freude über diese wunderschönen Worte folgen. Liebevoll nickte Vater erneut, und während er sich langsam verabschiedete, flüsterte er leise: „Vertraue, vertraue."
Dann verschwand er wie er gekommen war vor meinem geistigen Auge.
Ich vergaß alles um mich herum.
Ich hätte ewig in diesem Gefühl baden können, doch das Tönen der Hörner rief mich wieder zurück in den Kreis der vielen Schüler um den spitzen Stein herum. Ich fühlte meine Beine wieder. Mein ganzer Körper erschien mir Tonnen schwerer als je zuvor, aber ich konnte tiefer atmen als vorher. Es ging mir gut. Das Erlebnis hatte ein warmes, sanftmütiges und vor allem sehr beruhigendes Echo in mir hinterlassen. Ich begann wieder dem Ritual zu lauschen. Der Gesang der Schüler verstummte und der weiße Mann ohne Namen begann in wohlklingenden Tönen in der mir unbekannten Sprache etwas zu sprechen, das eher einem Rufen glich. Als riefe er die Schüler wieder an diesen Ort zurück. Es fiel mir nicht schwer, dem zu folgen, auch wenn ich die Worte nicht verstand.
Die Energie um mich herum veränderte sich. Als wären wir alle in der Zwischenzeit nicht hier gewesen, begann es um mich herum wieder lebendiger zu werden.
Die Nacht war weit fortgeschritten, die Fackeln schon fast abgebrannt und die Stille noch eindringlicher als zuvor. Ich ahnte, warum der weiße Mann ohne Namen mich ganz gezielt an diesen Ort mitgenommen und mich gleichzeitig darum gebeten

hatte, ihm morgen davon zu berichten.

Mein Herz wirkte ausgeglichen und ich empfand mich „größer", „kräftiger", als würde mich etwas „halten", das ich vorher
nicht gekannt hatte.


Ich öffnete meine Augen und sah, dass auch die anderen diese
wieder geöffnet hatten. Nun begannen sie alle ihre Arme zu
bewegen, als seien sie federleicht. Die linke Hand streck-
ten sie leicht angewinkelt der Mitte des Kreises entgegen und
die rechte Hand legten sie auf ihren rechten Oberschenkel, die
Handfläche nach oben. Ich tat dies auch und wollte gerade wieder die Augen schließen, da bemerkte ich, dass sie leise etwas
flüsterten. Ich öffnete meine Augen wieder und formte die Arme
wie die anderen. Während ich das tat, lauschte ich noch etwas
dem Echo nach, das mir so kraftvoll erschien, konnte aber sonst
keinen „Sinn" in dieser Handhaltung erkennen. Noch nicht zumindest. Durch das Summen der flüsternden Gedanken wurde
ich müde und meine Beine begannen zu schmerzen. Ungeduld
überkam mich. Wie lange würde das wohl noch dauern?!


Dann, wie von Geisterhand geführt, begannen die Schüler des
inneren kleineren Kreisen sich zu erheben - alle gemeinsam, als
hätten sie sich abgesprochen. Sie verneigten sich vor dem spitzen Stein und traten langsam rückwärts aus dem Kreis heraus,
bis sie bei uns angekommen waren. Das zu beobachten, hatte
eine sehr magische Ausstrahlung. Es war, als würden sie alle
eine ganz bestimmte Kraft haben, die sie mit zu uns bewegten.
Das war spannend. Ja, ich hatte die Augen wieder auf – schließlich hatten die anderen sie auch wieder geöffnet, also warum

sollte ich nicht zuschauen, wenn ich es durfte? Der innere Kreis war nun also beim äußeren Kreis angekommen und wir erhoben uns ebenfalls. Ich fühlte eine sehr starke Verbindung zu all den anderen, als seien wir eins. War es das, was mich so stark fühlen ließ? Da standen wir nun und es war still. Meine Beine hatten noch sehr damit zu kämpfen, wieder gerade zu stehen, doch ich hatte ja Zeit, mich an dieses Gefühl zu gewöhnen.

Ich lauschte und war gespannt, was nun passierte. Der weiße Mann ohne Namen begann sich zu verbeugen und brummelte dabei noch etwas in die Runde, dann entfernte er sich von uns. Die anderen Schüler folgten ihm in langsamen Schritten, einer nach dem anderen. Ich machte einfach mit. Als ich am Ausgang ankam, stand der Mann ohne Namen dort und schaute jedem noch einmal für einen ganz kurzen Moment in die Augen. Als ich bei ihm angekommen war, empfand ich seinen Blick wie eine Umarmung, die mich freudig lachen ließ.

Mit dieser Freude und einer tiefen Dankbarkeit, so etwas erlebt haben zu dürfen, ging ich wieder in mein Zimmer, legte mich ins Bett und schlief sofort ein.

# Die ersten Schritte

Den nächsten Tag begann ich wie den vorherigen, wusch mich in aller Ruhe und ging dann in den Garten. Als die Sonne wieder an der gleichen Stelle stand wie am Tag zuvor, begab ich mich zum Tempel der Worte und wartete dort auf den Mann ohne Namen. Ein bisschen aufgeregt war ich schon, denn so ganz allein diesen Tempel zu betreten, erfüllte mich mit Ehrfurcht. Nicht dass ich etwas falsch machte und irgendwelche Gesetze verletzte. Ich ließ mich auf den vorbereiteten Kissen auf dem Boden nieder und betrachtete den Raum.
Ob ich wohl allein hier bin oder ob hier irgendwelche Wesen sind, die ich nicht sehen kann?, dachte ich. Das Fragen wurde langsam langweilig, da ich eh nie Antworten bekam, also beschloss ich, meine Augen zu schließen und versuchte Vater wieder vor mein geistiges Auge zu rufen. Ich strengte mich an und rief ihn innerlich. Wieder und wieder. „Vater, bitte zeige dich."

Nichts.

Vor meinem inneren Auge war nur Dunkelheit. Ich versuchte es noch mehr, zwang mich dazu, es ganz, ganz doll zu wollen. Ich flehte, ich bat , ich schrie innerlich nach ihm, doch es geschah nichts. Dann begann ich seinen Namen zu rufen, doch immer noch tat sich nichts. Ich begann traurig zu werden. Wieso klappt das heute nicht, wenn es doch gestern geklappt hat? Ich verstehe das nicht, dachte ich.

„Nur dein Wille wird dir hier nicht weiterhelfen", flüsterte es leise durch den Raum.

Huch, da saß der weiße Mann ohne Namen ja schon. Ich hatte ihn überhaupt nicht bemerkt. Ich war erschrocken und fühlte mich ertappt. Doch sein gutmütiges Lächeln nahm mir dieses Gefühl gleich wieder. Er strahlte mich an, als wisse er schon, was ich ihm gleich alles erzählen werde. Doch zunächst begann er zu sprechen:

„Liebes Kind, ich hoffe das Ritual hat dir einen kleinen Einblick in unser Schaffen geben können. Erzähle mir bitte, was du erlebt hast und vor allem wie du es erlebt hast. Erzähle mir von deinen Gefühlen und Gedanken während dieser Zeit."

Ich begann, ihm mit größter Freude von all den schönen Erfahrungen zu erzählen. Von den Tränen, von den Bitten, aber auch von der Euphorie und der Dankbarkeit. Er hörte mir sehr aufmerksam zu, und es schien, als würde er mich gleichzeitig durchschauen. Ich hatte Vertrauen zu ihm, wie ich es nur Vater gegenüber kannte, daher fiel es mir nicht schwer, wirklich alles und auch in allen Einzelheiten zu berichten. Als ich fertig war, atmete er tief ein und widmete mir wieder einen sanftmütigen Blick.

„Liebes Kind", sagte er, „was du mir berichtest, bestätigt mir, dass ich mich in deinen Fähigkeiten nicht getäuscht habe. Du musst wissen, dass es eigentlich nicht erlaubt ist, noch völlig Uneingeweihte an einem derartig großen Ritual teilhaben zu lassen, aber ich habe in dir etwas gesehen, das ich ′testen′ wollte und daher um die Bestätigung der Schulleitung gebeten. Da aber auch sie zu Beginn deines Aufnahmerituals ähnliches erkannten, war das nicht schwer. Und was du mir nun berichtet hast, zeigt mir, dass wir das Richtige gesehen haben. Ich darf dir nicht zu viel verraten, um nicht zu sehr in deine Entwicklung einzugreifen, aber so viel darfst du wissen: Deine Kraft ist deine Gabe. Du hast sehr viel Kraft und diese Kraft ist wie eine Übersetzung deiner Energie, die du bist. Du wirst darüber noch viel lernen in den nächsten Jahren. Aber merke dir diese Worte: Nur sehr wenige Menschen haben jemals eine derartige Kraft . Auch hier in unserer Schule hatten wir bisher nur einmal jemanden mit einem derartigen Potenzial. Ich wünschte, er würde noch leben, dann könntest du dich mit ihm besser austauschen, da diese Gabe auch bestimmte Aufgaben und vor allem Verantwortung mit sich bringt. Es wird eine deiner schwierigsten Aufgaben werden, mit dieser Kraft umzugehen und sie richtig zu dosieren. Dennoch schenkt sie dir eins der seltensten Geschenke, die ein Mensch erfahren darf: Das Kommunizieren mit allen Ebenen der feinstofflichen Welten. Du kannst es schaffen, ein lebendiger Kanal zu werden, für den es keine Trennungen mehr gibt und doch als Mensch hier zu wirken. Ich hoffe und wünsche mir, dass wir es schaffen, diese deine Gabe so gut wie nur möglich zu fördern. Dann ist sie eine Bereicherung für uns alle. Bist du dir dieses Potenzials schon bewusst?"

Ich hörte ihm interessiert zu und vergaß alles um mich herum. Kraft – Energie – Potenzial ... ich konnte die Bedeutung dieser Worte nicht wirklich fassen, aber sie brannten sich ein in mein Herz, das sich zum ersten Mal seit es fühlen kann, wirklich erkannt fühlte.

„Ja", flüsterte ich, obwohl ich nein dachte. Wer sprach da? Ich

meine doch nein ... wieso sage ich dann ja ... und schon legte ich nach: „Na ja, ich denke schon."

Er schmunzelte. „Siehst du, da beginnen sie, die kleinen Kämpfe zwischen deiner Seele und deinem Ego. Lerne nur die ersten Impulse zu leben und keine anderen."

Er schaute mir lange in die Augen und all die Worte, die ich noch sagen wollte, entschwanden mir - eines nach dem anderen. So viele Fragen wie ich hatte, so stumm und still wurde es nun in mir- ES war gesagt. ES war einleuchtend und verständlich tief in meinem Herzen angekommen, das nun mit dieser Situation umgehen lernen musste.

Schweigen...

Stille.

Dann sprach er weiter:

„Ich möchte dir etwas anbieten: Da der andere Schüler mit einem derartigen Potenzial auch mein Schüler war, möchte ich mich deiner besonders annehmen. Noch dazu bist du eine Frau. Ich habe eine derartige Energie noch nicht in ihrer weiblichen Form kennen gelernt, daher kann auch ich dabei viel lernen. Es braucht eine besondere Aufmerksamkeit und ein spezielles Verständnis, diese Energien zu lenken und zu fördern. Daher möchte ich dir gerne zusätzlich zu der eigentlichen Ausbildung hier Hilfestellungen geben und dich fördern, wo und wie ich nur kann. Vor allem, weil ich darin schon mit einem anderen Schüler Erfahrung habe und genau um die Komponenten Bescheid weiß. Würdest du mir diese Ehre erweisen?"

Ich schaute ihn erschrocken an ... ihm eine Ehre erweisen? Was ist daran eine Ehre? Ich verstand ihn nicht, aber ich nickte freudig. Meine Neugier konnte nicht anders und musste natürlich fragen: „Mein Herr, warum ist dieser Andere mit dieser Kraft nicht mehr unter uns?"

Der weiße Mann senkte seinen Blick, und ich spürte eine tiefe Trauer in ihm. Er kämpfte mit den Worten und mit der Entscheidung, ob er ihnen eine Form geben sollte.

„Er hat die Balance nicht geschafft. Wie ich dir schon sagte, ist es eine große Verantwortung, die mit dieser Aufgabe einhergeht, und er hat diese mit seinem Leben bezahlt. Ich hoffe und wünsche mir von Herzen, dass wir es diesmal schaffen."

Sollten mir diese Worte Angst machen oder mich ehrfürchtig dieser angeblichen Kraft gegenüber stimmen? Ich wusste es nicht, aber irgendwie war das auch egal, ich konnte ja eh nichts gegen die Kraft tun. Ich konnte nur mit seiner Hilfe lernen, das Beste aus ihr zu machen. Dennoch fragte ich weiter: „Mein Herr, wie soll ich dich nennen auf diesem gemeinsamen Weg bis ich deinen Namen erfahre?"

Er schmunzelte wieder. „Wie immer du willst mein Kind, was immer du empfindest, sage es."

Ich schaute an die Decke und überlegte, wie ich ihn nennen sollte ... aber mir fiel nichts ein. Doch Fragen hatte ich noch genügend. „Wann werden wir unseren Unterricht haben?"

Er antwortete: „Ich werde dir immer sagen, wann wir uns wiedersehen, da es von Mal zu Mal verschieden sein wird. Du musst wissen, dass die Zeit zwischen den Übungen noch viel wichtiger ist als es die Übungen selbst sind, da der Körper dem Geist folgen muss und das immer eine gewisse Zeit braucht.

Daher ist das von Mal zu Mal verschieden. Lass es einfach auf dich zukommen.

„Mein Herr, warum konnte ich Vater vorhin nicht mehr erreichen, ist er jetzt woanders?"

Der weiße Mann ohne Namen begann laut zu lachen. „Kindchen, er ist die ganze Zeit hier. DU bist es, die ihn nicht wahrgenommen hat."

Erstaunt blickte ich ihn an und sofort taten sich Hunderte von Fragen vor mir auf: „Was, wieso konnte ich ihn nicht wahrnehmen, gestern ging es doch auch", musste ich sofort nachlegen.

Er lachte wieder, sagte dann aber ernst: „Genau darum wird es in den nächsten Jahren gehen, mein Kind. Um die Schulung deiner Wahrnehmung. Um all die Möglichkeiten, die uns der Kosmos bietet, zu erkennen und zu nutzen. Doch wie ich schon anfangs sagte: Dein Wille ist ein gutes Werkzeug, doch lange nicht immer der alleinige Entscheider in einem Meer aus unendlichen Energien. Aber heute ist nicht der richtige Zeitpunkt, um dieses Thema zu vertiefen. Du wirst es lernen, mein Kind, keine Sorge."

Hm, schade, ging es mir durch den Kopf, während der Mann weitersprach:

„In eurer Klasse seid ihr 22 Schüler und davon sind 21 Schüler männlich. Das bedeutet, dass du nicht nur diese dir ganz eigene Energie mit in die Gruppe bringst, sondern dazu auch noch als Einzige die weibliche Kraft. Wir sind alle sehr gespannt, was diese Konstellation hier im Tempel bewirken wird. Jedes Geschlecht bringt besondere Qualitäten mit sich, die wir in der Energiearbeit nutzen und auch brauchen können. Du bist die einzige weibliche und noch dazu außergewöhnlich kraftvolle

Energie in eurer Gruppe, und ich habe eine Vermutung, warum ausgerechnet diesmal so wenige Mädchen die Aufnahmeprüfung bestanden haben. Aber es ist nur eine Vermutung, daher hat sie hier jetzt nichts zu suchen. Die nächsten Jahre werden es zeigen, ob ich Recht hatte. Deine erste große Aufgabe wird die Gedankenkontrolle sein. Wann immer du etwas denkst, hör auf es zu denken und schick den Gedanken fort. Nur so findest du Zugang zu deiner Seele. Und hier ist der Ort, an dem die Seele sprechen soll, nicht dein Verstand. Sei daher bitte immer ehrlich und authentisch, doch nie zu schnell oder lieblos und unachtsam. Merke dir diese Worte, sie sind sehr wichtig für deinen Weg."

Ich nickte, obwohl ich nicht wirklich verstand. Aber das war ich ja nun schon gewohnt.

„Liebes Kind, für heute machen wir hier Schluss. Morgen beginnt dein erster Unterrichtstag. Ein Wächter wird dich in ein neues Zimmer führen, dort, wo nun alle von eurer Gruppe untergebracht werden. Du wirst genügend Kleidung und Waschzeug vorfinden. Bitte sei morgen früh zum Sonnenaufgang hier im Tempel der Worte, gewaschen, vorbereitet und ausgeschlafen."

Ich stand auf und hatte das Gefühl, mich vor ihm verneigen zu wollen, also tat ich das. Er erwiderte dies auch mit einer Verbeugung und sprach noch folgende Worte: „ Ich freue mich sehr auf den gemeinsamen Weg mit dir, bitte sei wachsam und lass dich nie von deinem Weg abbringen mein Kind, es wäre so schade. Nicht nur für dich."

Ich nickte wortlos und spürte, dass es nun an der Zeit war zu gehen. Die Sonne verschwand gerade hinter dem Horizont und die Vögel sangen wieder ihr Abendlied. Ich fühlte mich leicht , fast wie ein Vogel, und es kam mir so vor, als schwebte ich über den Boden hinweg.

Es zog mich wieder in den Garten in meine Ecke, dort wo ich die letzten Tage gerne am Boden gelegen und den Himmel angeschaut hatte. Ich legte mich also erneut auf den Boden und lauschte den Vögeln. Meine Gedanken konnte ich nicht wegschicken ... wie sollte das denn gehen? Ich denke ja nicht, weil ich es beschlossen habe zu denken ... das passiert einfach, also kann ich es auch nicht einfach abschalten ... wie heißt er wohl? Woher weiß er das alles, was er da so erzählt? Ist er schon lange hier im Tempel? Was ist passiert mit diesem anderen Mann, der wie ich war? Ein Unfall wie bei Vater? Oder was ganz anderes? Wie soll ich ihn nur nennen, ich mag ihm so gerne einen Namen geben. Ich überlegte und meine Gedanken kreisten weiter um all die unbeantworteten Fragen. Dann hatte ich eine Idee - ich nenne ihn Meister. Er ist nicht nur ein Lehrer für mich, er ist ein Meister für mich. Er hatte schon einmal einen solchen Schüler, also kann ich ihn auch Meister nennen. Ich schmunzelte und genoss es, wenigstens diese eine Antwort gefunden zu haben.

Ich schlief nicht wirklich ein, aber als ich bemerkte, dass die Sonne der Nacht inzwischen alle Macht überlassen hatte, verließ ich den Garten und begab mich in mein neues Zimmer, in dem mich alles genau so erwartete, wie er es angekündigt hatte. Eine unbekannte Stille überkam mich.

Ich wollte nicht mehr reden, die Gedanken hatten die ganze Zeit gesprochen ... und so schlief ich - seine Worte in meinen Gedanken festhaltend - endlich ein.

# Die Lehrjahre beginnen

Der nächste Morgen begann früher als die anderen. Ein Wächter weckte mich mit seinem Klopfen, als es draußen noch Nacht war. Ich folgte ihm wieder Richtung See und begann meine Morgenwaschung. Der dunkle See machte mir etwas Angst, doch die Vögel waren schon lange wach und gaben mir Halt und Orientierung. Und schließlich hüpften auch die ersten Sonnenstrahlen über die Dreiecke und begrüßten den neuen Tag. Mit jeder Minute fühlte ich mich wohler und war sehr gespannt, was nun alles kommen würde. All die unglaublichen Erfahrungen der letzten Tage konnte ich gar nicht fassen. Manchmal vergaß ich regelrecht, was ich alles erlebt hatte. Die Gespräche mit dem weißen Mann, den ich ab sofort Meister nennen möchte, das unglaubliche Ritual, Vater, ach ja und diese verrückte Aufnahmeprüfung ... das ist viel für ein kleines Mädchen, das etwas Derartiges noch nie erlebt hat.

Die Umgebung des Tempels bettet den in ihm Lebenden so ein, dass man völlig vergessen kann, dass es da noch eine ganz andere Welt außerhalb dieser Mauern gibt, mit ganz anderen Menschen, die nicht alle weiß oder blau gekleidet sind. Und vor allem gibt es da eine Welt, in der viel mehr geredet wird. Dieses Schweigen im Tempel hat sicherlich seinen Sinn, aber bisher empfand ich es nur beängstigend. Der Mensch ist doch dazu da, um zu reden, wieso machen die dann hier so ein Theater daraus ... Mal wieder völlig in Gedanken versunken vergaß ich die Zeit. Ich saß am Seerand, der aus Stein gebaut war, und genoss es einfach nur, der Sonne bei ihrem Weg durch die Dreiecke zuzuschauen. Das Farbenspiel wirkte magisch. Aus den schwarzen Dreiecken wurden helle Spitzen und der restliche Teil tauchte in ein Rosarot. Dann kam noch Blau dazu und ein Goldton überpinselte schließlich die ganzen Dreiecke. Die Spitzen der Dreiecke waren aus Gold sodass diese mehr und mehr zu funkeln begannen,. Ich liebte diesen Anblick. Diese Erhabenheit, diese Würde, diese Größe entlockten mir alle Bewunderung, die ich hatte, und ließen mich die Zeit vollends vergessen.

Ein Horn, das geblasen wurde, holte mich schnell wieder zurück in die Zeit und ich erschrak. Das Horn deutete darauf hin, dass der Unterricht begann und ich saß immer noch hier.

Ich sprang auf und rannte zum Tempel der Worte. Dort angekommen fand ich niemanden vor dem Tempel an, bis auf zwei Wächter. Ich trat vor sie und wollte gerade zu sprechen beginnen, da bedeutete mir einer der beiden, dass ich ihm folgen solle. Beruhigt tat ich das, doch schon bald ahnte ich, was nun auf mich wartete. Der Wächter führte mich vorbei an dem Raum, in dem ich mich mit meinem Meister unterhalten hatte. Im hinteren Teil des Tempels der Worte taten sich mehrere Räume auf. Zu einem waren die Türen verschlossen. Wir kamen dort an und der Wächter verabschiedete sich. Musste ich jetzt wirklich alleine durch diese Tür gehen? Am liebsten wäre ich im Boden versunken vor Schuldgefühlen ... Es war still ... niemand sprach ... niemand sang ... wo waren die Schüler?

Ich fasste all meinen Mut in einem Atemzug zusammen und begann die große Holztüre zu bewegen. Mit jedem Millimeter

wollte ich lieber im Erdboden versinken ... aber ich hatte keine andere Wahl. Zunächst nahm ich mehrere weiß gekleidete sitzende Schüler in einem Halbkreis mit dem Rücken zur Tür wahr.

Noch ein paar Millimeter Türöffnung weiter sahen mich zwei hellblau strahlende Augen eines Mannes mit schulterlangen Haaren streng an. Ich wusste nicht, ob ich etwas sagen oder mich einfach nur hinsetzen sollte. Ich holte Luft, um mich zu entschuldigen, da deutete er mir mit einem Kopfschütteln an, wo ich mich hinsetzen sollte. Mit gesenktem Kopf ließ ich mich am Rand des Halbkreises nieder. Die anderen Schüler hatten die Augen geschlossen. Was sonst, dachte ich, und begann das einfach auch mal wieder zu tun. Mittlerweile hatte ich mich schon daran gewöhnt und schließlich auch ganz gute Erfahrungen damit gesammelt. Also schloss ich meine Augen und begann tief zu atmen. Immer noch sprach niemand ein Wort. Alle saßen sie da, wie bei dem Ritual, die Beine nach außen gefaltet, doch hier hatten wir weiche Kissen, sodass es doch anders war als im Ritual. Nach einer kleinen Ewigkeit holte der Lehrer tief Luft und begann zu sprechen:

„Ihr könnt eure Augen nun wieder öffnen.
Ich begrüße euch zu eurer Ausbildung hier bei uns, im Tempel der Verbindungen. Ihr habt es geschafft, euch dieses Jahr für diesen besonderen Weg gegen Hunderte von anderen Mitbewerbern aus der ganzen Welt durchzusetzen, und dazu gratulieren wir euch. Ihr müsst wissen, dass es nicht wir Lehrer sind, die darüber entscheiden, wer die Ausbildung antreten darf, sondern ausschließlich die kosmischen Gesetze und damit die

Quelle allen Seins selbst.

Als Menschen sind wir beeinflussbar und eingebunden in Erfahrungen und Wertungen - der Kosmos aber ist dies nicht. Daher ist es auch völlig richtig und ohne jegliche Wertung anzusehen, dass wir in dieser Gruppe nur ein einziges Mädchen vorfinden. Doch auch umgekehrt ist es völlig ohne Wertung anzunehmen, dass 21 junge Männer in dieser Gruppe anzutreffen sind. Bisher waren die beiden Kräfte jeweils zu gleichen Teilen vorhanden. Eure Gruppe ist damit zum ersten Mal in unserer viele jahrhundertlangen Tradition des Lehrens eine Ausnahmeerscheinung, und auch wir sind gespannt, was der Kosmos mit euch vorhat. Doch vor allen Erwartungen stehen viele Regeln, und es gilt für euch zunächst, diese zu erlernen, um dann umso besser die Ausbildung zu absolvieren.

Ich bin der Verantwortliche für eure Gruppe und immer gerne für euch da.

Wenn ihr mich ansprecht, dann bitte nie mit einem Namen, sondern mit dem Begriff „Wesenheit", da ich nur der Vertreter für die Wesenheiten bin, die euch durch mich belehren. Das gilt für alle Lehrer an diesem Ort und ihr werdet die Bedeutung dessen noch genauer erfahren.

Der Tempel ist ein Ort der Stille, weil nur die Stille im Äußeren es uns ermöglicht, die Stimmen im Inneren klar und deutlich zu hören. Sie werden der Wegweiser durch eure Ausbildung sein, mehr noch als alle Worte, die wir hier im Tempel der Worte sprechen.

Das erste Jahr werdet ihr hier in diesen Räumen in den unterschiedlichen Themen unterrichtet, doch schon in einem Jahr werden wir euch mehr und mehr auf der geistigen Ebene ausbilden.

Im Tempel bewegen wir uns ausschließlich ruhig und leisen Schrittes. Das hat energetische Hintergründe, die ihr im Laufe der nächsten Jahre erfahren werdet. Als Gruppe ist es wichtig, dass ihr zusammenhaltet, da ihr eine gemeinsame Energie formt und je reiner diese Energie ist, umso weiter kommt ihr, als Gruppe und damit jeder Einzelne. Das Schicksal und damit der Kosmos haben euch aufgrund unterschiedlicher Komponenten miteinander verbunden, um nun 22 Jahre diesen Weg als Gruppe zu gehen. Seid euch bewusst, dass dies kein Zufall ist und erfreut euch dieses Geschenks. Jeder von euch hat besondere Qualitäten, die dem anderen auf seinem Weg zugute kommen können. Daher seid um Harmonie in eurer Gruppe bemüht, so gut es nur geht. Es gibt keine Alternative, außer die Ausbildung abzubrechen, was unter dem Gesichtspunkt, dass Unstimmigkeiten meist ausschließlich Egoschöpfungen sind, sehr unweise und undankbar der Tatsache gegenüber erscheint, dass ihr schon so weit gekommen seid.

Reinigung ist eines der wichtigsten Themen der ganzen Ausbildung, da Energiearbeit nur funktioniert, wenn wir rein sind. Doch was genau Reinheit alles bedeutet, werden euch die Wesenheiten der Reinigung nahe bringen. Für euch ist es jetzt, heute und hier vor allem erst einmal wichtig, dass ihr beachtet, dass ihr euch bitte am frühen Morgen im See wascht und mit reinen Gedanken durch den Tempel wandelt. Gedanken sind Energieformen, daher wird euch die Kraft der Gedanken noch unheimlich erscheinen in ihrer ewigen Wirkungsweise.

Die Kleidung wird euch von der Schule zur Verfügung gestellt, genauso wie das Essen im großen Saal. Um das zu ermöglichen, müsst ihr einen ganz persönlichen Beitrag leisten. Im

Laufe der nächsten Jahre wird eine Wesenheit sich sehr intensiv damit beschäftigen, wo eure Talente im Außen liegen und diese fördern. Der eine mag handwerklich begabt sein, der andere eher Heilkräfte besitzen oder im Zubereiten von Essen sehr viel Freude empfinden. Das wird sich finden. Wir sind eine große Gemeinschaft, die das ausgleichende Prinzip des Kosmos lebt, nicht das menschliche Denken von Geben und Nehmen.

Eine Woche im Jahr dürft ihr nach Hause zu eurer Familie. Der Abstand zu euren Liebsten ist sehr wichtig in dieser Ausbildung, da gerade Familienstrukturen euer Ego sehr tiefgreifend ausbilden - und eine der schwersten Aufgaben hier wird für euch sein, das Ego vollends zu überwinden. Daher erkennt bitte den Sinn hinter dieser seltenen und kurzen Zeit bei euren Liebsten.

Vertraut den Wesenheiten. Sie sind älter als wir es je in Zeit messen können und sie dienen euch beim Erwachen eurer Seele. Sie tun dies selbstlos und liebevoll, ohne dafür etwas zu erwarten. Dennoch möchten wir ihnen den Ort dieser Dienerschaft so schön wie möglich gestalten, daher ist es so wichtig, dass ihr euch wirklich an alle Regeln hier im Tempel haltet. Ein Verstoß wird sofort mit dem Ausschluss aus der Gemeinschaft beantwortet, da wir mit dem kostbaren Geschenk der Präsenz so vieler Wesenheiten an einem Ort sehr behutsam umgehen müssen. Vertrauen ist ein Schlüssel, um zu lernen, daher überwindet Zweifel und Ängste und gebt euch den Wesenheiten und ihrem Wissen hin.

Nach Abschluss der Ausbildung könnt ihr in dem Wirkungsfeld arbeiten, das sich in euch am meisten formen wollte. Ihr seid nie zu etwas verpflichtet, bis auf den Schwur, das Wissen in euch zu bewahren und nie zu missbrauchen, und es in Würde und Respekt im Sinne einer heilen Welt anzuwenden. Das Versprechen für diesen Weg legen eure Seelen im Laufe der Lehrzeit mit jedem Bewusstseinssprung ab und ist ab dem Moment der vollkommenen Reinheit unantastbar.

Das Lernen muss spielerisch sein. Sowie es Leid oder Unbehagen in euch verursacht, verunreinigen sich eure Energien und damit ist es unmöglich, dass ihr zur wahren Erkenntnis gelangt. Daher nehmt euch Zeit und übt so oft ihr könnt, dennoch in Maßen, bis ihr am Ziel seid.

Lasst zu, was sich euch zeigt - in euch, aus euch und um euch. Ihr werdet Dinge von euch erfahren, die ihr nicht erwartet, aber ihr werdet auch Dinge um euch herum wahrnehmen, die euch erschrecken könnten. Es gibt aber nichts und niemanden, vor dem ihr Angst haben müsst. Es ist eines der schönsten Ziele unserer Schule, euch völlig angstfrei werden zu lassen, wenn ihr das nicht sowieso schon seid.

Dieser Weg ist kein geradliniger Weg. Es wird Tage geben, da fühlt ihr euch wohl und andere, da fühlt ihr euch einsam und könnt nicht erklären, warum. Lasst all diese Gefühle zu, sie sind wichtig, damit ihr eure Seele entfaltet. Der Körper und seine Gefühlswelten sind der wichtigste Schlüssel auf dieser Reise.

Achtet darauf, dass ihr eure Aufgaben einzeln erledigt und auch einzeln löst. Es ist keinem geholfen, wenn ein anderer die Aufgabe für euch löst, denn jede Erkenntnis aus einer gelösten Aufgabe ist die Brücke zur nächsten Lösung. Schummeln ist lügen und die Lüge hat hier keinen Platz. Hilfestellungen könnt ihr euch jederzeit gerne bei mir oder den jeweiligen Lehrern holen, doch auch dort nur in Maßen. Nicht zu wissen - ist das Sein, sondern das Wissen zu erleben.

Schweigen im Raum...

Alle hörten gebannt zu und hatten zu tun, die vielen Informationen aufzunehmen.

„Habt ihr noch Fragen, dann stellt diese bitte jetzt", sagte der Lehrer leise aber eindringlich.
Stille. Noch mehr Stille ... die stillste Stille, die man sich vorstellen kann.

Mein Kopf platzte schier vor Fragen, aber durfte ich die wirklich stellen? Ich spürte die Atemlosigkeit der anderen und war hin- und hergerissen davon, all diese Fragen zu stellen.
Aber ich wäre nicht ich, wenn ich nicht schließlich doch den Mut aufgebracht hätte, wo alle anderen weiter geschwiegen haben. Und so platzte die erste Frage aus mir heraus:
„Verehrter Lehr... ähm ... verehrte Wesen, werden wir in den nächsten Jahren immer hier in diesem Raum unterrichtet? Ich frage, weil ich gerne wissen möchte, ab wann wir die drei großen Dreiecke besuchen dürfen und wozu die da sind?"
Der hübsche Mann schmunzelte sanft. „Lieber Neophyt, ich wundere mich nicht, dass du diese Fragen stellst und ich beantworte sie dir gerne. Wann die Zeit für euren Weg in die Pyramiden ist, bestimmt ihr ganz alleine als Gruppe. Wie ich schon sagte, hat jede Gemeinschaft ihr ganz eigenes Potenzial und entwickelt sich in ihren ganz eigenen Geschwindigkeiten.

Entscheidend ist dabei die Reinheit und die Kraft eurer Gemeinschaft. Doch bevor ihr soweit seid, müsst ihr die Gesetze des Kosmos verstanden haben, um sie dann in den Pyramiden anwenden zu können. Das bedarf vor allem eines egofreien Wesens in euch, denn nur so könnt ihr die Bewusstheit in ihrer vollen Kraft erfahren."

Ich saß auf meinem Kissen am Ende des Halbkreises und schaute ihn lange an. Ich hatte nichts verstanden. Worte ohne Inhalt, die meine Fragen unbeantwortet ließen.

Nach einem kurzen Moment der Sprachlosigkeit wartete dennoch eine neue Welt voller Fragen in mir und ich hatte nun keine Scheu mehr, ihnen eine Form zu geben:

„Liebe Wesen, und was machen wir, wenn wir Freizeit haben, müssen wir auch im Zimmer lernen? Dürfen wir Freunde werden oder dürfen wir das nicht, damit wir uns nicht beeinflussen?"

Ich konnte kein Ende finden und der Mann unterbrach mich:

„Kindchen, du wirst all das erfahren. Bewahre dir deine Neugier, aber zügle deine Zunge. Was immer du wissen willst, du wirst die Antworten finden. Nur eines sei dir noch gesagt: Erblüht die Rose einmal im Licht der Erkenntnis, so dürstet ihr mehr und mehr nach Wasser ... und mit diesen Worten möchte ich heute den Unterricht beenden und euch eure erste Hausaufgabe mitgeben. Die Stille. Seid still, seid schweigsam, bewegt euch leise, erfahrt die Stille dieses Ortes und sein Geheimnis, indem ihr ganz das Schweigen übt. Diese Übung sollt ihr sieben Tage und Nächte leben und nicht brechen. Was immer ihr möchtet, ihr könnt es auch ohne Worte erreichen. Die Unterrichtsstunden beginnen an jedem Tag zur gleichen Stunde. Seid also pünktlich hier und lauscht aufmerksam dem Unterricht, der ab morgen von den unterschiedlichen Wesen gehalten wird."

Ich wollte gerade ansetzen, um doch noch schnell eine Frage zu stellen, doch da blockte mich der Lehrer mit einem etwas ermahnenderen, schärferen Ton ab: „Und wer zu spät zum Unterrichtsbeginn erscheint, wird an diesem Tag nicht am Unterricht teilnehmen dürfen, denn die Tür zum Unterrichtsraum wird nach Ertönen des Horns verschlossen sein."

Meine großen Augen wurden ganz klein und mein Blick fiel auf den mit wunderschön farbigen Kissen belegten Boden. Ich fühlte mich schlecht. Hatte ich über die Strenge geschlagen? War ich zu forsch? Zu schnell? Zu mutig? Nicht demütig genug? Ich atmete tief ein und akzeptierte den Fehler. Mein Kopf war von seinen Fragen erlöst, doch das bedeutete nichts in Hinblick auf die Gedanken, die ich gerne belebte.

Der Lehrer erhob sich, verneigte sich vor uns und verließ den Raum. Die anderen Schüler begannen ebenfalls, sich zu erheben, und einer nach dem anderen lief leisen Fußes, ohne einen Ton von sich zu geben, aus dem Raum. Ich starrte immer noch wie ein erschrockenes, ängstliches Häschen auf den Boden. Meine Gedanken begannen wieder zu fliegen. Sie trugen mich fort in die drei Pyramiden, so hatte er sie doch genannt, die großen Dreiecke. Ich stellte mir vor, wie sich darin große Hallen voller Lehrsäle erstreckten und malte mir aus, wie es wohl darin wäre - so ganz ohne Fenster. So saß ich dort eine halbe Ewigkeit, bis ich plötzlich jemanden an meiner Seite wahrnahm. Aber ja, es war mein Meister. Ich begann zu strahlen. „Meister", platzte es aus mir heraus. Ich sprang in die Höhe und wollte ihm um den Hals fallen, doch schon erschrak ich vor der Äußerung, die doch gar nicht sein durfte, schließlich hatten wir eben erst eine Hausaufgabe bekommen, die alles erlaubte, bis auf, einen Ton von sich zu geben. Erneut fühlte ich mich ertappt und holte tief Luft. Ich ärgerte mich über meine Unaufmerksamkeiten und senkte erneut meinen Kopf.

Er schaute mich mit seinen liebevollen Augen verständnisvoll an und lächelte mir sanft zu:

„Liebes, habe ich dir nicht gesagt, du solltest üben, deine Gedanken zu zähmen?"

Ich nickte kurz demütig.

„Und hast du es geübt?", fragte er eindringlich.

Ich schaute wieder nur auf den Boden und schüttelte den Kopf. Meine Augen begannen im Raum hin und her zu wandern, weil ich nicht mehr wusste, was ich tun sollte.

„Ich kann es nicht", flüsterte ich leise, in der Hoffnung, nicht schon wieder eine Sünde begangen zu haben. Da betrachtete mich der weiße Mann lange, atmete tief und sagte kurz: „Folge mir, mein Kind."

Das machte ich. Er brachte mich wieder in den Vorraum vor den Unterrichtsräumen, dort, wo in jeder Ecke eine Fackel leuchtete und eine Sonne aus Gold an der Wand erstrahlte. Er deutete mir, dass ich mich setzen solle und begann zu reden:

„Liebstes, du kannst es, wie jeder es kann. Du musst es nur einfach `tun´.

Ich verdrehte die Augen, um ihm zu zeigen, dass ich es doch

längst getan hätte, wenn ich es denn tun könnte. Er schmunzelte und sprach leise aber eindringlich zu mir:

„Ich will dir eine Übung geben, die dir helfen soll, die Gedanken besser zu kontrollieren. Es ist gar nicht so schwer, denn du kannst sie austricksen. Also stellen wir uns einmal folgendes vor ..."
Er schloss seine Augen und deutete mir, dass ich das auch tun solle. Dann sprach er weiter:

„Stell dir vor, du könntest diesen Raum hier im Tempel jetzt sehen, obwohl du keine Augen hast. Versuche dich zunächst daran zu erinnern, wie der Raum aussah und versuche ihn bis ins letzte Detail in dir hervorzurufen. Stell dir nun vor, du könntest uns jetzt zuschauen, wie wir hier sitzen und ich mit dir rede. Diesen Raum nun versiegelst du mit einer Art Schutz, sodass nichts und niemand in diesen Raum mehr eindringen kann. Auch keine Gedanken! Sowie du bemerkst, wie ein Gedanke - und sei er noch so klein - in die Nähe dieses Raumes kommt, schickst du ihn fort. Er darf nicht in den Raum und schon gar nicht in dich hinein dringen. Er muss weit weg von dir bleiben. Stell dir vor, du schmetterst ihn fort, wie einen Stein, der auf dich zufliegt. Gedanken haben nur so viel Kraft, wie wir ihnen geben, doch es sind die kleinen, die ganz feinen Gedanken, die am schwierigsten wegzuschicken sind, um die Gedankenlosigkeit zu erfahren. Daher übe, übe, übe. Glaube mir, es funktioniert. Erhalte dir diese Vorstellung, wo immer DU bist. Nutze den Raum, der dich umgibt, und erlaube keinem Gedanken mehr dort einzudringen.


Und nun darfst du deine Augen wieder öffnen. Bleib in dieser Vorstellung, aber geh wieder nach Hause und ruhe dich aus.

Die Menge an Informationen, die dich hier im Tempel in den nächsten 22 Jahren erreicht, braucht vor allem eines: Disziplin und Entspannung. Daher nutze jede freie Minute, dich zu entspannen. Dein Körper wird es dir sehr danken."

Ich versuchte, dieses Spiel weiterzuspielen. Keine Gedanken. Aber schon bald hatte ich eine Frage, die mich innerlich fast anbrüllte: Aber wenn ich mir vornehme, nichts zu denken, dann denke ich doch schon wieder ..., dachte ich - und blieb allein mit dieser Frage, denn ich traute mich jetzt nun wirklich nicht, sie weiter zu analysieren. Also nahm ich mir das Vorhaben, nicht zu denken, einfach mal vor und konzentrierte mich auf die Übung von meinem Meister.
„Nutze die Stille, die ihr nun erfahren sollt, um diese Übung zu trainieren. Du wirst sehen, dass es in der Tat wie bei einem Muskel funktioniert, der auf deinen Entschluss reagiert. Ich wünsche dir jetzt viel Erfolg damit. Wir sehen uns in sieben Tagen wieder hier, wenn du mir berichten darfst, was du in der Stille erfahren hast." Er verneigte sich vor mir und ging seines Weges. Ich konnte nicht mehr sitzen und stand auch sofort auf und verließ den Tempel.

Draußen brannte die Sonne auf die hellen Tempelsteine. Ich war müde von all den Erfahrungen und Aufregungen und verspürte den Drang, mich in mein Bett zu legen. Das tat ich und schlief erschöpft ein. Mitten am helllichten Tage.

Als ich wieder erwachte, war es tiefe Nacht. Hellwach nach dem langen Schlaf und etwas hungrig verspürte ich die Lust, im Tempel wandeln zu gehen. Die Stille der Nacht war mir lieber als die des Tages an diesem Ort. Die Fackeln zauberten eine wunderschöne Atmosphäre, warm und beschützend, wie ein Vogel, durch dessen Federkleid ab und zu ein paar Lichtstrahlen schienen. So wandelte ich Richtung Speisessaal durch den schlafenden Tempel. Die Pyramiden waren kaum wahrzunehmen, so dunkel fügten sie sich wie Schatten hinter den Palmen in die Nachtfarben ein.

Als würde es nicht selten vorkommen, dass ein hungriger Schüler des Nachts hier vorbeikommt, fand ich dort eine Schale mit einem frischen Laib Brot und sogar eine kleine Auswahl an schönem Obst vor. Ich freute mich, dass die Hoffnung nicht vergebens war und genoss die Fülle des Angebotes. Jetzt, so allein in diesem Saal, empfand ich das erste Mal die bisher so merkwürdige Stille als angenehm. Es war, als würde ausgerechnet die bisher so beängstigende Stille mir nun Zugang verschaffen zu einer ruhigeren, langsameren Wahrnehmung. Ich aß ganz langsam und genoss jeden Bissen. Ich atmete tief ein und meine Blicke schweiften über Wände voller Bilder. Die Stille des Raumes und vielleicht auch meine aus dem Schlaf mitgebrachte Entspannung ließen mich die Zeit vollends vergessen. Niemand war da, niemand. Nicht einmal ein Wächter stand am Tor des Saales.
Ich war tatsächlich ganz alleine und genoss diesen Zustand wie nie zuvor. Dankbarkeit überkam mich und ließ meine Augen glänzen. Wie schön, wie wunderschön ist es hier ... und

wie unglaublich schön ist es, dass ich hier sein darf. Das Essen füllte langsam meinen Magen und ließ mich noch mehr entspannen.

Als ich fertig mit allem war, bewegte ich mich wieder leisen Schrittes zur Tür. Dort angekommen, überlegte ich eine Weile und schaute den langen Gang, der sich vor dem Eingang befand, lange an. Schaute ich nach links, so sah ich dort eine riesengroße Löwenfigur in Stein gemeißelt, schaute ich nach rechts, türmten sich Tempel über Tempel nacheinander und hintereinander. Die Tempel der Schule. Doch diese große Figur hatte ich bisher noch gar nicht wahrgenommen. Auf meinen bisherigen Wegen hier durch den Tempel hatte sie sich mir noch nie gezeigt. Doch nun erschien sie mir im Licht der Fackeln, die an ihrem Fuße angebracht waren, um so prachtvoller. Meine Neugier war nicht mehr zu bändigen und es zog mich fast schon magisch zu dieser Löwenfigur hin. Der Weg dorthin wurde zunächst nur von Steinwänden voller Zeichen und Schriften untermalt, und die Fackeln auf dem Weg ließen all die Figuren im Stein lebendig werden. Doch das machte mir keine Angst, im Gegenteil, es machte mich noch neugieriger. Plötzlich veränderte sich der Weg und aus dem schmalen Gang wurde ein breiter, großer Vorhof. Ich stand in einem Saal ohne Decke, so kam es mir jedenfalls vor. Die Wände waren nicht mehr mit Figuren aus Stein geschmückt, sondern einfach nur weiß. Der Raum ohne Decke hatte etwas unglaublich Erhabenes, Großes und doch Einladendes.

Ich zögerte nicht und ging weiter, bis ich schließlich am Fuße der Statue angekommen war. Groß und mächtig stand dieser Kollos vor mir. Ich war begeistert von seiner Größe und schon prasselten wieder Hunderte von Gedanken gleichzeitig auf mich ein. Wer hat so etwas erschaffen? Ist es ein Schüler gewesen Warum ausgerechnet ein Löwenkörper? Und warum hier? Was soll ein Löwe in einer Schule mit drei Pyramiden? Die Forscherin in mir war fest entschlossen, dem Meister, sobald sie wieder sprechen durfte, diese Fragen zu stellen. Doch das würde noch sieben Tage dauern. Also bewegte ich mich weiter, um auf meine Art und Weise vielleicht doch noch ein paar Antworten zu finden.

Plötzlich erschrak ich. Huch, da sitzt ja jemand, dachte ich. Da oben auf dem Sockel sitzt ein junger Mann und schaut in die Ferne ... Mein Schreck legte sich und ich verspürte den Drang, auch dort hoch zu wollen. Ich trat in sein Blickfeld in der Hoffnung, dass er mich wahrnahm und mir eventuell sagen konnte, wie ich dort hinaufkomme. Und siehe da, nach einer Weile nahm er mich tatsächlich wahr. Jetzt erkannte ich das Gesicht, es war ein Junge aus meiner Gruppe. Ich deutete ihm, dass ich gerne auch dort hinauf wollte, da bewegte er sich und verschwand. Doch kurz darauf stand er neben mir und deutete mir, dass sich ihm folgen solle. Wir verschwanden in einem Seiteneingang, den man, wenn man es nicht wusste, leicht übersehen konnte, denn er war aus dem gleichen Stein gefertigt wie der ganze Löwe. Doch der Stein ließ sich bewegen und schaffte dabei Platz, um hindurch zu gehen. Eine Treppe aus Stein führte nach oben zu einer Öffnung, die man von unten nicht einsehen konnte. Dort krochen wir hinaus und er begab sich wieder an seinen Platz. Ich zögerte nicht und setzte mich neben ihn. Als ich meinen Blick hob, eröffnete sich vor mir ein unglaubliches

Bild am Horizont. Ein spitzer länglicher Stein, ähnlich dem Stein bei dem großen Ritual, erstreckte sich schwarz und groß am Horizont - und hinter ihm funkelten Millionen von Sterne. Vor ihm glitzerte das Wasser des Flusses, der hier entlang floss, vom Mondlicht hell und friedlich in die Nacht.

„Oh", rutschte es mir heraus und schon hatte ich meine Hand an meinem Mund, weil ich erschrak, schon wieder so unkonzentriert gewesen zu sein, doch der Junge lachte und deutete mir, dass er diese Reaktion verstehen konnte. Dann kicherten wir beide, weil es mit jeder Sekunde lustiger wurde, zu wissen, dass man nichts sagen durfte und doch hier nebeneinander saß und so viel sagen wollte. Sein Körper wirkte zart wie ein Mädchenkörper. Sein Blick war sanft und seine Bewegungen ganz weich. Etwas dünn kam er mir vor, doch er hatte etwas Edles an sich. Etwas Erhabenes. Ich mochte seine Ausstrahlung und fühlte mich wohl bei ihm. So lächelte ich weiter in die Nacht hinein und genoss den Anblick. Ab und zu huschte eine Sternschnuppe über das Himmelszelt.
Dort begann sie, eine tiefe Freundschaft in meinem Leben. In jenen Minuten der Stille inmitten dieser Schönheit.

Nach einer gefühlten Ewigkeit verspürten wir beide den Impuls, nun doch schlafen zu gehen und so bewegten wir uns wieder fort von dem großen Löwen, dessen Stein noch so warm und weich schien, dass wir uns ab sofort, so oft wir konnten, dort zusammenfanden. Erst als ich einschlief, wurde mir bewusst, wie wenig ich in all der Stille und während dieser Begegnung gedacht hatte.

Als sei ich eben erst zu Bett gegangen, erschien mir das Wecken der Wächter viel zu früh. Doch der neue Tag forderte seine Aufmerksamkeit. Und bald schon fand ich mich am See wieder, diesmal aber nicht mehr alleine, sondern wie in den ersten Tagen, im Beisein der ganzen Gruppe. Einer nach dem anderen wuschen wir uns, jeder einen Moment lang für sich. So gerne wäre ich noch liegengeblieben, aber ich war ja selber schuld, denn hätte ich nicht die halbe Nacht den Himmel angeschaut, dann wäre ich jetzt munter. Die Müdigkeit verlieh mir die richtige Geschwindigkeit, da ich sonst eher zu schnell als zu langsam durch den Tempel wandelte. So folgte ich einfach der Geschwindigkeit der Gruppe und fand mich bald schon in unserem Unterrichtssaal wieder. Wer würde uns wohl heute unterrichten? Gespannt versuchte ich mithilfe meiner Kraft der Neugier irgendwie munter zu werden.

Ein etwas älterer weiß gekleideter Mann betrat den Raum und setzte sich zu uns.
Den zarten Junge von letzter Nacht nahm ich genau am anderen Ende des Halbkreises wahr und lächelte ihm zu. Es schien, als hätte er keine Probleme mit seiner Aufmerksamkeit und strahlte wach dem neuen Lehrer entgegen. Dieser sprach zugleich:

„Verehrte Neophyten, es ist meine Aufgabe, euch in die Energiegesetze einzuweihen. In den folgenden Jahren werdet ihr nun Stück für Stück in die Geheimnisse des Kosmos eingeweiht, bis ihr diese so verinnerlicht habt, dass ihr und vor allem euer Körper, als wichtigstes Werkzeug eures Lebens, bereit seid, für die Energiearbeit, wie wir sie nur hier in Memphis

mithilfe der drei großen Pyramiden erfahren können. Energiearbeit ist mit größtem Respekt und höchster Demut den kosmischen Gesetzen gegenüber anzuwenden und darf niemals zum
Schaden anderer eingesetzt werden. Sie fordert unsere volle
Konzentration und ist gnadenlos radikal, wenn wir ihr diese
Aufmerksamkeit nicht bieten. Daher rufe ich euch eindringlich
zu größter Aufmerksamkeit, Wachsamkeit und Hingabe auf. Sie
sind die Grundbedingungen für euer geistiges Wachstum, doch
das kann nur erfolgen, wenn ihr euren Körper richtig führt."

Diese Worte sprach der Lehrer in einer Geschwindigkeit, die
ich mit der Beschreibung „langsam" in ihrer Langsamkeit lange
nicht treffend beschreiben kann. Ich wurde müder und müder
und bekam immer größeren Hunger. Die anderen schienen keinerlei derartige Verlangen zu haben und hörten immer noch gebannt zu.
„Ist einer in eurer Gruppe schwach", fuhr er fort, „so müssen es
alle anderen ausgleichen, daher achtet darauf, dass ihr in volls-
ter Verantwortung füreinander immer ausgeschlafen zum Unterricht erscheint. Das Frühstück wird euch deshalb erst nach
den ersten Unterrichtsstunden gereicht, weil der Geist klarer
ist ohne die Kraft, die der Magen von uns fordert, während seiner Verdauung. Oder anders gesagt: Ihr seid aufnahmefähi-
ger und vor allem reiner. Da Reinheit eine der wichtigsten Voraussetzungen für eine gelungene Energiearbeit ist, ist diese
Maßnahme leider notwendig. Im Laufe der Jahre aber werdet
ihr es schätzen lernen, wie ergiebig es ist, mit frischem, klaren Geist Energiearbeit zu tun. Und außerdem werdet ihr lernen, den Hunger anders zu stillen. Der Kosmos bietet uns eine

unendliche Vielfalt an Fülle, wir müssen sie nur erkennen. Energiearbeit in ihrem besten Sinne macht euch nicht müde, sondern hält euch wach, auf eine Art, die ihr bisher nicht kennt. Daher merkt euch bitte, wenn ihr bei unseren Übungen müde werdet, so seid ihr nicht in Balance, oder ihr macht einen Fehler. Energiearbeit gibt Kraft, sie nimmt sie nicht.

Am Ende jeder Unterrichtseinheit übergibt euch die Wesenheit eine Tontafel mit der Essenz des soeben vermittelten Lehrinhalts. Diese Tontafel dürft ihr gerne studieren und bei euch behalten, doch spätestens am Morgen nach dem Unterricht ist sie in den Akasha-Hallen wieder abzugeben. Diese Hallen sind unsere Bibliothek und jeder von euch darf dort das Wissen des bereits erfahrenen Unterrichts nachlesen, wann immer er mag. Die Tontafeln selbst dürfen aber nie von euch aus der Bibliothek entfernt werden.

Doch bevor wir wirklich beginnen, die wunderbaren Energien zu nutzen, müsst ihr die wichtigsten Dinge über sie erlernen. Und dazu beginne ich nach der Frühstückspause mehr zu berichten."


Erlöst von der Anstrengung, mich konzentrieren zu müssen, wollte ich mich am liebsten in die Kissen auf dem Boden fallen lassen. Die Schüler standen langsam auf und bewegten sich aus dem Raum. Ich war mal wieder hin- und hergerissen, einerseits wäre ich gerne hier geblieben und hätte mich schlafen gelegt, andererseits aber wollte ich meinen Hunger stillen. Die Vernunft siegte und ich ging langsam zum Essenssaal, in dem erneut eine wunderschöne Vielfalt an Mahlzeiten auf uns wartete. Heute war es anders hier, die stillen Schüler veränderten die Umgebung. Die Bilder an der Wand waren fast nicht mehr wahrzunehmen. Umso dankbarer war ich, dass ich es gestern hatte anders erleben dürfen. Heute hätte ich nicht einmal die Kraft gehabt zu reden, daher tat mir das Schweigen sehr gut. Wie ein Lamm seiner Herde folgte ich meinen 21 männlichen Gruppenmitgliedern nach dem Essen gleich wieder zum Unterricht. Mit etwas weniger Hunger und einem wohligeren Gefühl ging es auch schon wieder weiter. Der ältere dicklichere Mann forderte alle Konzentration von uns und begann mir seiner Rede:


„Verehrte Neophyten, meine Worte sollen euch in die feinstofflichen Welten einweihen, die immer Teil von uns sind und uns ständig umgeben. Noch nehmt ihr sie nicht wahr, doch das wird sich im Laufe der nächsten Jahre ändern. Ich fordere von euch alle Konzentration, die ihr aufbringen könnt und die respektvollste Ernsthaftigkeit, denn auch wenn es den Anschein erwecken könnte, dass meine Worte nur Theorie vermitteln, so sind sie dennoch sehr wichtig, um dann in der Praxis erfolgreich energetisch arbeiten zu können und im besten Falle mit diesem Wissen, Gutes für diese Welt zu vollbringen. Mein Name ist Schou und ich spreche aus der sechsten Ebene zu euch. Heute spreche ich zu euch, doch morgen schon kann es eine andere Wesenheit aus dieser Ebene sein. Wir sind alle Teil der „Weisen Bruderschaft" und lehren von hier aus. Dieser Ort und die energetischen Umstände ermöglichen uns dies. Daher hört gut zu und nehmt dieses Wissen tief in euch auf, ihr werdet es auf ewig nutzen können."

Seine Worte klangen unglaublich erhaben und die Energie im Raum schien sich in feinen Sternenstaub zu verwandeln, der mit jedem Wort, das die Wesenheit sprach, die Energie des Raumes weiter anhob. Ich konnte mich in diese Energie fallen lassen wie in die Arme meines Vaters und lauschte weiter sehr aufmerksam.

∞

# Das Rad der Transformation

„Alles Geistige wirkt in die Materie und alle Materie wirkt in das Geistige hinein," fuhr unser Lehrer fort. „Feinstoffliche Formen wirken auf grobstoffliche und diese wiederum auf die feinstofflichen. Und so werden euch immer wieder die gleichen Abläufe begegnen. Makro- und Mikrokosmos sind nur Ausdrucksformen ein und desselben.

Des Ganzen.

Doch die Essenz all der vielen Formen und Zustände des Kosmos ist, dass über all dem ein übergeordnetes Gesetz herrscht, das die Bewegungen der Energien lenkt: Es ist das Gesetz der Balance.

Wie ein Wesen, das immer und immer wieder den Zustand der Balance erhalten und herstellen will, so treibt alles, das einmal aus der Balance herausgefallen ist, wieder zurück in diesen Zustand. Und damit ist der Ausgleich einer der wichtigsten Siegel des Kosmos. Denn nur durch den Ausgleich kann die Balance des Kosmos erhalten werden. Alles was euch begegnen wird, werdet ihr erkennen als etwas, das entweder bereits ausgeglichen ist, oder noch ausgeglichen werden muss oder sich gerade aus dem Zustand der Balance heraus bewegt. Meist geschieht das durch die Unwissenheit eines Wesens über die energetischen Hintergründe. Daher bitte ich euch dieses erste Siegel als das wichtigste aller Gesetze in euch zu verinnerlich. Ihr werdet nun in den nächsten Jahren viel Zeit, Kraft und Konzentration darauf verwenden müssen, zunächst erst einmal euch selbst auszugleichen, bevor ihr überhaupt wirklich die Verbindung mit dem Kosmos leben könnt."

Ich lauschte seinen Worten wie ich noch nie einem Menschen hatte zuhören können. Sie fesselten mich und es fiel mir nicht schwer, konzentriert zu bleiben. Ich wollte noch mehr von alledem wissen, noch mehr verstehen. Die Hoffnung, auf diese Weise Zusammenhänge zu erfahren, die mir den Verlust von Vater und Mutter besser verständlich machen konnten, wuchs mit jeder Sekunde. Es schien so leicht und doch gleichzeitig so intensiv, was er sagte.

„Alles was euch begegnet ist eine Form von Energie. Die Natur ist Energie. Gedanken sind Energie. Impulse sind Energie. Der ganze Kosmos, alles, was ihr kennt, und alles, was ihr noch nicht kennt, sind Zustände aus Energie. Um genauer zu sein, ist jegliche Materie eine variable Konzentration von Energie in verschiedenen Zuständen.

Aber es ist immer Energie.

Die Energie ist die Basis allen Seins und sie formt aus verschiedensten Gründen Materie in jeweiligen Zuständen anders. Diese Ursachen werdet ihr hier in der Ausbildung ergründen, um mit diesem Wissen mit den Energien zu arbeiten und zum Wohle von uns und dem Wohl der Menschheit zu wirken.

Da sich die Bezeichnung der Energieteilchen mit den Werkzeugen der jeweiligen Wissenschaft, sowie mit dem Bewusstsein der Wissenschaftler immer wieder verändern wird, möchte ich diesen »unbestimmten Formen« eine Bezeichnung geben, die jegliche Wertung – auch in der Zukunft – offen lassen soll. Ich nenne sie Energieeinheiten.

Alles, was wir kennen und noch erforschen werden, besteht also aus Energieeinheiten.

Daher gibt es letzten Endes gar keine wirklich feste Materie, sondern nur verdichtete Energie in unterschiedlichen Zuständen.

Außerdem, und ihr werdet erfahren, dass dies den Kern aller Formen ausmacht, sind die Energieeinheiten keine in sich starren Konzepte, sondern sie sind in Bewegung. Die Richtung dieser Bewegung folgt immer ein und demselben Prinzip: Sie bewegen sich aus sich heraus und wieder zurück. Alle Energie folgt diesem Gesetz, mal mehr mal weniger, mal schneller mal langsamer, mal sichtbar für unsere Augen, mal unsichtbar für sie. Selbst die Energiezustände folgen diesem Prinzip."

Ich konnte die Worte des Lehrers auf ganz merkwürdige Weise verstehen. Es war nicht mein Verstand, sondern etwas tief in mir, das es aufnahm und verinnerlichte. Aufmerksam beobachtete ich, wie der Lehrer, während er diese Worte sprach, seinen Körper veränderte. Es wurde „größer", ohne wirklich größer zu werden. Ich empfand ihn als „weicher", „sanfter" als eben noch, bevor er über diese Dinge gesprochen hatte. Seine Bewegungen wurden langsamer, und als würde er die Luft zwischen seinen Händen spüren, bewegten sich seine Arme behutsam. Sie nutzten den Sand auf dem Boden des Tempels, um dort langsam und ganz zaghaft ein Symbol zu zeichnen. Er begann an einem Punkt eine Schleife nach rechts zu ziehen, zog diese wieder zu dem Ausgangspunkt und zeichnete von dort aus eine andere Schleife in die andere Richtung. Noch während er diese beiden Formen in einer Mitte zusammenführte, sprach er weiter:

„Das hier ist das Rad des Wandels des Bewusstseins. Es ist die Basis für alles, was ihr in den nächsten Jahren hier erfahrt, es ist Anfang und Ende aller Gesetze. Daher prägt es euch ein - so tief ihr nur könnt:

Es zeigt euch die Bewegung aus der Mitte heraus und zu ihr zurück.

Diese Bewegung ist die Ursache für die Entstehung aller Materie. Die Entschleunigung der Energien durch die Rechtsdrehung und die Beschleunigung der Energien durch die Linksdrehung sind beide Teil eines Prozesses, der immer ausgleichend wirkt, um immer wieder in den Zustand der Balance zurückzukehren. Ein Impuls auf diesem Weg wird zu einer Wirkung und

diese zu einer weiteren Ursache für die nächste Wirkung. Dies ist ein unendlicher Lauf des Seins, in dem die Energien aus der Quelle über verschiedene Zustände unterschiedliche Erfahrungen machen.

Diese Gesetzmäßigkeit beschreibt die Kraft hinter den Kräften, und ihr könnt sie im Großen wie im Kleinen, im Mikrokosmos wie im Makrokosmos, immer wieder, überall, oben wie unten, vorne wie hinten, innen wie außen vorfinden. Ob in dichter Form oder in feinstofflicher Art – alle kosmischen Prinzipien, wie auch dieses hier, durchdringen alle Schichten der Materie.

Das Rad des Wandels steht für die zwei Richtungen, für die rechtsdrehende, entschleunigende Bewegung, und für die linksdrehende, beschleunigende Bewegung; und es fasst zusammen, dass die Bewegungen immer wieder in den Ursprung aller Energien zurückführen.

Es zeigt sowohl die unterschiedlichen Geschwindigkeiten als auch das Prinzip des Ausgleichs: ebenfalls ein universelles Gesetz der Bewegungen der Energien.

Nehmen wir einmal den unwahrscheinlichen Fall an, der Kosmos bestünde nur aus »starrer« Energie, so würde keinerlei Materie entstehen können, da nur die Bewegungskraft der Energie der ausschlaggebende Impuls zur Bildung von Materie ist.

Diese Gesetzmäßigkeit bildet die Grundlage für alle Seinsformen, die ihr hier in eurer Ausbildung erfahren werdet. Die einen werden mehr Formen erkennen, weil sie einen anderen Zugang haben als die anderen, doch am Ende ist die Ursache für diese Vielfalt ein und die Gleiche.“

Mich faszinierte die unendliche Fülle an Informationen, die in so einem kleinen Symbol steckten, und vor allem begeisterte mich, wie solch ein Symbol sich verändert, nur weil man weiß, was es bedeutet. Ich hatte dieses Symbol schon oft gesehen, doch hatte es nie eine derartige Bedeutung für mich. Weil ich es nicht wusste. Nun begann ich zu „verstehen" und eine neue Welt tat sich auf. Ich hätte mich noch ewig in dieser Symbolhaftigkeit verlieren können, da wischten die sanften Hände des Lehrers das Symbol wieder vom Boden und begannen ein neues Symbol zu zeichnen.

Diesmal begann er aus einem Punkt heraus einen Kreis weiter und weiter um diesen Punkt zu ziehen, sodass ein neues Symbol entstand. Eine Spirale.

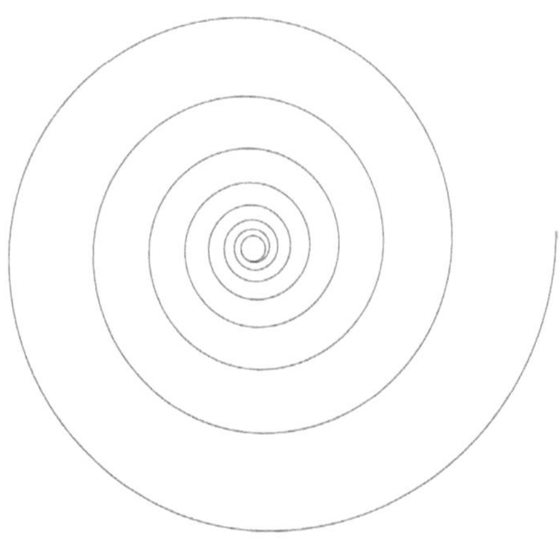

Und er fuhr fort:

„Während der spiralförmigen Bewegung erschafft ein und dieselbe Energie in unterschiedlichen Zuständen unterschiedliche Formen von Materie. Die Bewegung der Energie aus der Quelle heraus beginnt, diese in andere, niedrigschwingendere energetische Zustände zu wandeln und dabei entstehen jeweils andere/neue Formen. Je weiter weg sich die Energieeinheiten vom hochschwingenden Zustand der Quelle bewegen, umso langsamer und niedrigschwingender werden sie und umso fester und dichter wird ihre Energie. Auf dem Weg zurück in den Zustand der Quelle ist es genau umgekehrt. Also besteht eine solche Spirale aus einer unendlichen Zahl an Energiezonen. Diese Zonen müsst ihr euch wie ein »Meer im Meer« vorstellen, wie einen Teil, der sich in seiner »Wasserqualität« ein wenig von einem anderen Teil unterscheidet, aber doch Teil des Meeres bleibt. Im Kosmos geschieht diese Unterscheidung aufgrund von Frequenzunterschieden der energetischen Ebenen, wobei die Skala der Frequenzbereiche von null bis in die Unendlichkeit reicht und auch dieser Prozess ewig wandelbar ist."

Mit diesen Worten beendete die Wesenheit ihren Unterricht und übergab uns eine Tontafel:

*Tontafel*
*Das Rad der Transformation zeigt mehrere Gesetzmä-*
*ßigkeiten in einem Symbol zusammengefasst:*
*die Bewegung aus der Mitte heraus und zu ihr zurück.*
*Diese Bewegung ist die Ursache für die Entstehung*
*aller Materie. Die Entschleunigung der Energien*

*durch die Rechtsdrehung und die Beschleunigung der Energien durch die Linksdrehung sind beide Teil eines Prozesses, der immer ausgleichend wirkt. Ein Impuls auf diesem Weg wird zu einer Wirkung und diese zu einer weiteren Ursache für die nächste Wirkung. Dies ist ein unendlicher Lauf des Seins, in dem die Energien aus einer Quelle über verschiedene Zustände unterschiedliche Erfahrungen machen.*

Der Lehrer schloss seine Augen, holte tief Luft und schnaufte kurz einen langen Atemzug mit großer Kraft aus sich heraus. Dann veränderte sich seine massive Körperlichkeit wieder und es schien, als sei er nur noch halb so kräftig. Erhaben stand er auf, verbeugte sich und verließ den Raum.

Wir blieben alle noch etwas sitzen und sinnierten über das soeben Erfahrene nach. Dann begannen die ersten Schüler sich zu erheben und gingen nach draußen. In mir war es still. Ich dachte über all diese vielen Informationen nach und wollte sie „greifen". Ich wollte sie begreifen, doch ich schaffte es nicht. Die Sprachlosigkeit war mir buchstäblich ins Herz geschrieben, sodass die Schweige-Übung, die wir alle absolvieren mussten, genau das Richtige war und sich auf einmal vollkommen stimmig anfühlte.

In diesem stillen Schweigen verbrachte ich nun all die nächsten Tage immer im gleichen Rhythmus. Abends suchte ich den großen Löwen auf und traf mich dort mit dem Schüler aus meiner Gruppe. Wir machten es uns schon zu einem Spaß, ob wir es hinbekamen, dass wir uns verstehen konnten, ohne zu reden, und hatten dabei sehr interessante Erkenntnisse. Die dunkle Nacht, die Fackeln an den Steinmauern und das Sternenzelt umrahmten die Situation und prägten unvergessene Bilder in meine Seele ein. Bilder des Friedens und Bilder einer unbeschreiblichen Tiefe. So tief, warm und schön wie diese Nächte. Stundenlang schauten wir in den Himmel und dachten über das Erfahrene nach.

In den nächsten Tagen belehrten uns die Wesenheiten über Schwingungen. Gespannt lauschte ich auch diesem interessanten Wissen.

„Liebe Neophyten, wie ihr schon erfahren habt, ist Energie immer in Bewegung, und diese Bewegung nennt man Schwingung.

Sie erfolgt immer wellenförmig und erzeugt Energiefelder, die so genannten Schwingungsfelder. Auch wir Menschen sind aus Energieeinheiten zusammengesetzt und bewegen daher wellenförmig Energie. Jede einzelne Zelle und damit jedes Organ, aber auch unsere Gedanken und Gefühle sind Energie, die Schwingungsfelder erzeugen. Nun kommen wir in den Bereich der Frequenzen. Frequenzen setzen sich aus zwei Komponenten zusammen – aus dem Ausschlag der Amplitude, also einer Kraft, und einer bestimmten Geschwindigkeit. Jede Energieeinheit, alles was ihr als Materie erkennt, aber auch die feinstofflichen, für unsere Augen nicht erkennbaren Formen besitzen eine ganz eigene Frequenz. Es erschafft sie. So wie jeder Planet seine eigene Frequenz erschafft, so tut das jedes Lebewesen, jede Pflanze und jedes Tier – all das, was den Energiegesetzen unterliegt – also alles. Auch die Zonen der weniger dichten Energie basieren ausschließlich auf den Gesetzen der Frequenzen, Energien und Schwingungen.

Jede Energieeinheit erschafft somit ein Schwingungsfeld. Dieses interagiert mit anderen Schwingungsfeldern und geht dadurch in Resonanz. Es entstehen so genannte Resonanzfelder, die sich gegenseitig beeinflussen und in Schwingung bringen. Daher ist alles auf ewig miteinander verbunden und in ständiger Interaktion miteinander. Das bedeutet, dass Energieeinheiten, die schwingen, beeinflussbar, also nicht fest in ihren Strukturen sind, sondern nur »fest« eingebunden sind in die Gesetzmäßigkeiten, denen sie folgen. Meist sind das Gesetzmäßigkeiten der Umwelt, wie beispielsweise die Temperatur eines Ortes. Ein Stein schwingt beispielsweise anders als Holz. Luft schwingt anders als Wasser, aber am Ende sind alles nur schwingende und resonierende Energieeinheiten in verschiedenen Energiezuständen. Ändern wir einen Umstand, so ändert sich die Schwingung. Hier in der Schule haben wir besondere Werkzeuge, die es euch ermöglichen, euren Geist, also euer Bewusstsein in einen anderen Zustand zu bewegen, um dadurch eure Wahrnehmung zu verändern. Diese veränderte Wahrnehmung ist aber nur das Ergebnis eines Prozesses, den ihr mit der Aufnahmeprüfung begonnen hattet. Wenn ihr es wollt, so wird er auf ewig andauern und euch viele unbeschreibliche Erkenntnisse schenken. Es braucht dazu aber eure volle Aufmerksamkeit und eure Reinheit. Doch dazu später von der Wesenheit der Reinigung mehr.

Der Kosmos besteht zu einem Teil aus den weniger verdichteten

Energien, die wir feinstoffliche Energien nennen, und zu einem anderen Teil aus den fester verdichteten Energien, die die grobstofflichen Formen hervorbringen.

Die Erde ist solch ein Ort der grobstofflichen Energieformen. Die Energieeinheiten sind hier langsam im Vergleich zu den feinstofflichen Welten. Durch diese Trägheit entsteht die grobe und feste Materie, die wir hier auf der Erde kennen. Somit ist alles, was wir hier vorfinden, Ausdrucksform dieses Frequenzbereichs und zeigt sich daher »anders« (weil verlangsamt und dichter) als in feinstofflicheren Ebenen. Dennoch ist es möglich, über bestimmte Orte wie diesem hier und deren Werkzeuge, stetig die Verbindung mit den feinstofflichen Formen aufrechtzuerhalten. Die Wesenheit zum Thema Bewusstsein wird euch noch genauer erläutern, wie essentiell ein freier Geist ist, um diese Dehnbarkeit des Bewusstseins zu ermöglichen.

Feinstoffliche Wesen können in unserer grobstofflichen, sehr festen, zusammengezogenen Ebene nicht existieren, weil die Frequenzen es schlicht und ergreifend nicht möglich machen. Und umgekehrt kann ein Körper nicht feinstofflicher werden, als die Natur eines Planeten es möglich macht.

Mit unserem Bewusstsein ist es jedoch möglich, dass wir die anderen Frequenzbereiche wahrnehmen. Alle Materie zeigt sich dem Betrachter in seinem jeweiligen Betrachtungshorizont. Ausschlaggebend für diesen Radius sind die Werkzeuge des Betrachters. Der gröbste Fels, der härteste Stahl, die von deinen Sinnen als härteste Materie wahrgenommene Form, wird sich euch unter einem veränderten Betrachtungswerkzeug, wie beispielsweise einer Lupe, erneut als Mikrokosmos kleiner, schwingender Teilchen und Energiewirbel offenbaren. Und genau da beginnt die hier beschriebene Gesetzmäßigkeit. Das Gesetz der Schwingung ist eine wichtige Grundlage zum Verständnis der Resonanzen aller Energien zueinander.

Somit ist alles, was aus einem Blickwinkel grobstofflich scheint, eigentlich auch feinstofflich und umgekehrt. Dieser Prozess kennt keine Grenzen außer die unserer Wahrnehmung. Und diese werdet ihr mithilfe unserer Lehren und eurem Willen in den nächsten Jahren formen lernen, bis sie alles wahrnehmen kann, was ist."

Wir waren am Ende des Unterrichts angelangt und er überreichte uns die Tontafel.

*Tontafel*
*Der Kosmos ist Energie. Energie bewegt sich*
*wellenförmig in Schwingungen.*
*Im »Rad des Seins« verändern sich aufgrund*
*verschiedener Gesetzmäßigkeiten*
*die Frequenzen dieser Schwingungen.*
*Dabei entstehen unterschiedliche*
*Frequenzzonen, in denen die Energie sich*
*jeweils unterschiedlich materialisiert.*
*Die Wahrnehmung dieser Materieformen*
*ist eng an die Frequenzen des*
*Betrachters gebunden und verändert sich*
*mit dem Bewusstsein des Betrachters.*
*Auch du bist Energie, die mit anderen Energien resoniert.*
*Nicht nur Körper »schwingen«, sondern auch*

Ich war begeistert von den vielen Komponenten, die alle zusammenspielten, und mit jedem Tag konnte ich mich tiefer und tiefer in dieses Wissen hineinfallen lassen. Die Abläufe waren immer die Gleichen, tagaus tagein, doch die Inhalte, die wir vermittelt bekamen, erschufen in jedem Moment eine neue Welt, und vor allem eine neue Weltsicht in uns. Ich begann auf seltsame Weise Geschehnisse aus meiner Vergangenheit unter einem anderen Aspekt zu betrachten. Ausgleich, Energien, Schwingungen ... wenn alles aus Energie besteht, dann ist es sehr verständlich, dass man „nur" die Energiegesetze kennen muss, um das Geschehene besser zu verstehen. Ich verstand diese Logik in sich einerseits ganz klar, doch wirklich greifen konnte ich all das nicht. So lauschte ich der Wesenheit, als sie uns an einem anderen Tag weiter unterrichtete.

# All eins

„Liebe Neophyten, ihr müsst verstehen, dass Energie nie vergeht, sondern nur ihre Formen verändert, sie wandelt. Gleichzeitig ist Energie nie trennbar, allenfalls ist sie mal stärker, mal schwächer in Verbindung, doch in Verbindung ist sie immer. Ich greife unser Bild vom Meer erneut auf, um euch nun eine weitere Gesetzmäßigkeit zu verdeutlichen.

Das Wasser ist der Lebensraum vieler, vieler Pflanzen und Tiere. Es bildet ein in sich abgeschlossenes System aus Stirb und Werde an Organismen und Pflanzen. Am Wasser »sehen« wir mit unseren physischen Sinnen am deutlichsten, wie sehr alles immer mit allem verbunden ist und wirkt. So kennt der eine oder andere von euch sicher die Wale, die über ihre Töne über viele Tausend Kilometer hinweg in diesem Element Wasser kommunizieren. Aufgrund der Gesetzmäßigkeiten dieses geschlossenen Systems »Meer« könnt ihr erleben, wie ein Impuls, der auf der einen Seite ins Meer abgegeben wird, ganz sicher irgendwann einmal woanders auftauchen wird. Und so ist es mit allem. So ist es mit allen Elementen der Materie und so ist es im ganzen Kosmos. Geistig und materiell, grobstofflich und feinstofflich. Alles ist miteinander verbunden – im »Meer des Kosmos«.
Die »Essenz allen Seins« ist das »Meer der Energien«. Wie die bunte Vielfalt der Fische und Pflanzen im Meer sind wir Menschen eine Ausdrucksform all der Energien. Alles Sein in seiner unendlichen Vielfalt unterschiedlicher Formen ist nur eine

andere Ausdrucksform ein und derselben Quelle. Wie in einem »Meer aus Energien« ist daher alles immer mit allem verbunden, in Aktion und Reaktion. Wir sind alle Teil dieser einen Energie und auf ewig mit ihr verbunden.

Der ganze Kosmos, unser ganzes Universum ist solch ein »Meer«. Und unsere Galaxie ist ein Korallenriff in diesem Meer. Die Erde ist Teil dieses Riffs, und alle Lebewesen auf ihr bewohnen diesen Teil des Riffs, das aber in keiner Weise eigenständigen Gesetzen folgt, sondern eingebettet ist in das »Meer des Kosmos«. In nächster Instanz dieses Gedankens muss klar sein, dass auch jeder von euch Teil von etwas viel Größerem ist – in ihm und mit ihm ist: … sein darf. Teil von etwas so Großem zu sein ist schön, bringt jedoch vor allem eine unglaubliche Verantwortung mit sich. Denn, wie schon erwähnt, ist die Erde nicht nur irgendein eigenständiger Planet. Sie ist Teil des »Meeres an Energien«, Teil der Gesetze des Universums. Und damit sind wir alle Teil davon.
Jeder Einzelne von uns. Ihr alle seid ein Teil von diesem großen Ganzen. Ist euch bewusst, was das bedeutet?“

…

Die Wesenheit schwieg lange.
Sie schaute uns tief in die Augen und atmete langsam ein und aus.
Die Augen unseres Lehrers wanderten vom linken Ende des Halbkreises zum rechten Ende und wieder zurück. Als würde die Wesenheit nach einer Antwort in unseren Gedanken suchen,

so wanderten die Blicke hin und her. In mir begann sich ein eigenartiges Gefühl zu regen. Meine Augen sanken zu Boden und ich träumte mich in Gedanken über das Verstehen-wollen in eine Traurigkeit hinein. Denn mir wurde bewusst, was es bedeutete, wenn die Menschen in dieser Verbundenheit nicht achtsam handelten. Nicht um diese Zusammenhänge zu wissen, bedeutete angesichts dieser Wahrheiten ja nicht, dass es nichts bewirkte, was man aufgrund dieser Unwissenheit tat. Ich habe als Kind oft gesehen, wie Eltern ihre Kinder angeschrien haben in Lieblosigkeit und Aggression. Doch ich habe auch Erwachsene erlebt, die andere lieblos und herzlos behandelten und damit verletzten. Teilweise war diese Verletzung sogar eine bewusste Tat, um im Gegenüber Hass, Argwohn und Wut zu provozieren. In mir wurde es still. Immer stiller.

Meine Gedanken entfalteten sich wie eine Rose, die sich entblättert und am Ende ganz offen vor der Wahrheit liegt. Ich wurde traurig. Denn eine Frage türmte sich größer und größer unter der sich entfaltenden Rose auf: Was geschieht, wenn viele Menschen in ihrer Unbewusstheit die Energien ins Ungleichgewicht bringen? Was genau macht das mit uns allen, mit der Erde, mit dem Kosmos?
Ich spürte ein Gefühl der Ohnmacht, das ich nicht in Worte fassen konnte, und Tränen begannen meine Wangen herunterzufließen.

In diese Traurigkeit und Stille hinein begann die Wesenheit weiter zu sprechen:

„Ein erster Schritt, all das besser zu begreifen, ist, sich dieser Dinge einmal bewusst zu werden. Und auf diesem Weg befindet ihr euch nun. Seid euch dieser Wahrheit bewusst: Ihr seid jeder Einzelne von euch Teil dieser »Kosmos-Meer-Energien«. Ihr seid in dieses Meer eingebettet und verbunden mit allem.

Tut man einem Menschen etwas Böses, so »macht« das etwas mit ihm und in nächster Instanz mit uns allen. Jede Grausamkeit, jedes respektlose Wort, jede Handlung, jeder Impuls wird im Kosmos beantwortet. Weil jeder unausgeglichene Impuls an einem anderen Ort, zu einer anderen Zeit ausgeglichen werden MUSS. Der Ausgleich ist nur der Weg zurück in die Balance, der Weg zurück in den Zustand der Quelle.

Und genauso ist es umgekehrt. Sind eure Impulse rein und voller Liebe, so verteilt sich diese Liebe im »Meer der Energien«. Ganz gleich, in welche Richtung ihr geht, eure Entscheidung wird in diesem Kreislauf des Seins aller Energien etwas bewirken. Und dies geht sogar so weit, dass eure Entscheidungen und folglich auch euer Handeln sogar das Leben auf anderen Planeten mitbestimmt, weil ihr über dieses »Meer an Energien« auch mit ihnen verbunden seid. Im Kosmos gibt es keine Grenzen, und somit sind auch eure Impulse, die ihr zeit eures Lebens setzt, grenzenlos in ihrer Wirksamkeit. Das Gesetz von Aktion und Reaktion ist unveränderbar. Es wird nicht haltmachen vor der Unbewusstheit der Menschen.

Mit diesen Worten schließe ich die heutige Unterrichtsstunde und bitte euch der Bedeutsamkeit dieser Worte nachzuspüren.“

Am Tag darauf wartete der nächste Morgen bereits in seiner Frische neugierig auf weitere Botschaften aus dem Kosmos. Die Wesenheit begann über den Fluss des Lebens zu sprechen und bat uns, dass wir nach dem Unterricht den Zulauf des Tempelsees genauer betrachten sollten. Noch während ich am Abend die Sonne untergehen sah, klangen die Worte unseres Lehrers über diesen Fluss des Lebens in meinem Herzen nach. ES in mir, wollte es verstehen, wollte es wissen ... alles .

# Der Fluss des Lebens

„Alle Energie ist in Bewegung", begann die Botschaft der Wesenheit. „Sie ist die Bewegung. Diese Bewegung ist der Motor hinter der Entstehung aller Materie. Daher ist in allen Ausdrucksformen der Materie alle Energie immer im Fluss. Wir nennen es den »Fluss des Lebens«. Dieses Bild hilft uns zu verstehen, warum die Dinge so sind, wie sie sind, und warum sie sich so zeigen, wie sie es tun. Ein Fluss hat immer eine bestimmte Richtung. Er hat unterschiedliche Tiefen. Er trifft auf Widerstände wie Stromschnellen, Berge oder Wasserfälle. Doch er würde nie aufhören zu fließen. Ganz dem Gesetz der Entsprechung – wie oben so unten – folgend, sind alle Energien und damit auch deren Energieformen in einem immer währenden Fluss. Der (Energie-)Fluss besteht unaufhörlich und wirkt durch alle Energiezonen hindurch – durch die grobstofflichen Zonen der niedrigeren Frequenzbereiche und die feinstofflichen der höherschwingenden Frequenzbereiche.

Wir alle sind eingebettet in diesen »Fluss des Lebens« – er ist um uns und er ist in uns. Er verbindet alles mit allem, er ist die geheime Bewegung hinter dem Gesetz des Rads der Wandlung, denn ohne Bewegung kann keine Wandlung geschehen. Er kennt keinen Anfang und kein Ende. Er ist die ewige Kommunikation aller Energien mit allen Energien – weil er die ewige Verbindung offenbart. Er ist die Verbindungsenergie zwischen den Ebenen und den Wesen, und er ist die Verbindung all dessen mit dem Ursprung, der so genannten Quelle, auf welche die

Wesenheit der Energiewelten später näher eingehen werden.

Ebenso wie diese Quelle und die Bewegung der Energien aus ihr heraus und zu ihr zurück der Motor hinter allem Sein ist, so steht der Fluss der Energien (des Lebens), der Motor, »hinter« dem Gesetz der Schwingungen. Da der Fluss durch alle Frequenzbereiche hindurchwirkt, hat er in den verschiedenen Ebenen unterschiedliche Ausdrucksformen seiner Wirkungskraft. Im feinstofflichen Kosmos verbindet er alles Geistige und Feinstoffliche, indem er alle Energien, die sich aus der Mitte herausbewegt haben, wieder zu ihr zurückfließen lässt. In der grobstofflichen Materie durchdringt diese Energie alles Leben, jede Zelle, jede Pflanze und jedes Tier. Es gibt viele Begrifflichkeiten dafür: Die einen kennen sie als »Qi«, die anderen als »Prana«, und wieder andere bezeichnen sie noch ganz anders, doch hinter all dieser Vielfalt an Bezeichnungen steckt genau diese treibende Kraft des Flusses. Der Energiefluss ist die Verbindung, die die Materie geheimnisvoll zusammenhält. Er ist die Richtung der Fort-Bewegung der Energien aus der Mitte heraus und wieder zurück. Der Fluss ist immerdar, er vergeht nicht, somit ist er auch in der grobstofflichen Materie präsent, zeigt sich hier aber anders. Er gibt die Richtung des »Stirb und Werde« vor. Er überwacht und koordiniert, dass alles Verwelkte wieder blüht und alles Blühende einmal welkt. Er ist der Kreislauf des Seins, der wie von Geisterhand unaufhörlich immer weiterfließt.

Doch genau diese »Geisterhand« ist der geistige Kosmos, der in den materiellen Kosmos hineinwirkt. Die Schnittstelle zwischen den feinstofflichen Energien und den Möglichkeiten ihrer

Ausdrucksform in der Materie ist unser Herz. Zum einen sind all unsere Zellen, aber auch unsere feinstofflichen Anteile eingebunden in den Fluss des Lebens. Zum anderen ist das Herz das Organ, mit dem wir die Impulse aus den feinstofflichen Ebenen aufnehmen können. Daher ist das Herz das Organ, mit dem ihr »sehen« könnt, wenn sich die Richtungen im Fluss des Lebens korrigieren oder wenn Widerstände auftreten. Ist das Herz weit geöffnet, so fließt der Fluss des Lebens bewusst durch euch hindurch, und das lässt euch noch authentischer und vor allem harmonischer mit ihm in der Materie wirken. Die Naturgesetze im Grobstofflichen sowie die Energiegesetze hinter diesen sind die Kanäle, die den Fluss des Lebens steuern, und unser freier Wille kann entscheiden, wie er euch in diesem Fluss bewegt. Auf eurer Ebene der Grobstofflichkeit herrschen Raum und Zeit. Sie erschaffen hier die Richtung und die Geschwindigkeit, in welcher der Fluss fließt. Das bedeutet, dass der Mensch keinerlei Einfluss auf diese Komponenten hat. Die Zeit ist nicht umkehrbar auf dieser Ebene, genauso wenig wie der Raum, in dem sich der Fluss entfaltet, veränderbar ist. Diese Einsicht in die Formen und die Grenzen dieser Welt könnten ein Gefühl von Ohnmacht entstehen lassen. Doch ihr entscheidet, wie ihr in diesem Raum und in dieser Zeit wachst. Der Mensch ist der »Ruderer« auf dem Fluss des Lebens – jeder mit seinen eigenen Potenzialen und Möglichkeiten.

Doch es gilt, sich der Potenziale, des Rucksacks mit euren ganz eigenen Werkzeugen darin bewusst zu werden, den Menschen eure Talente zu schenken, und schon wird aus dem Taumeln zwischen den Naturkräften des Flusses ein aktives Agieren.

Ihr lenkt euer Boot, nur ihr, jeder für sich, ganz alleine und doch verbunden miteinander. Ihr seid aufgerufen, die Chancen und Widerstände des Flusses zu erkennen und zu nutzen. Stromschnellen, Wasserfälle, Stürme und Steine im Fluss rufen euch deshalb vor allem dazu auf, wachsam, achtsam und bewusst mit eurem »Ruderboot« zu navigieren und zu wirken. Mit dem Fluss sein bedeutet, in ihm zu sein und nicht gegen ihn. Ihn sich zunutze zu machen und nicht von ihm benutzt zu werden.

Aus dieser Unumgänglichkeit ergibt sich zusätzlich eine entscheidende Botschaft für euch: Das Einzige, was am Ende der langen Liste aus Umständen, Beeinflussungen, Abhängigkeiten und Ohnmachtsgefühlen bleibt, ist die Kostbarkeit jedes einzelnen Moments.
Ich möchte euer Bewusstsein über die Erkenntnis der Einmaligkeit jedes einzelnen Moments und seiner Chancen für euch und unser Sein dorthin lenken, wo es keine Verzweiflung mehr gibt. Nämlich in das Hier.

In diesen Moment . . .

. . . in das Jetzt.

Denn wenn ihr euch voll dem Moment hingeben könnt, so endet unweigerlich eure Verzweiflung über das Leben, und es offenbart sich euch eine ganz neue, viel tiefere und schönere Erfahrungswelt. Diese Bereitschaft für das Jetzt verändert alles, doch vor allem den Blick auf euer ganzes Potenzial. Ist euch die Kostbarkeit des Moments bewusst, so werdet ihr nie wieder

in Lieblosigkeit und Unachtsamkeit handeln können. Das Streben einer Seele nach der bestmöglichen Entfaltung ihres Potenzials bewirkt, dass sie aus diesem Moment das Bestmögliche schöpfen will, und das sind im besten Falle keine negativen Impulse. Die Bewusstheit über die Vergänglichkeit macht das Jetzt zu dem kostbarsten Werkzeug des Seins.

Euer Leben ist eine Abfolge von unzähligen Momenten, die ihr allein im Zusammenspiel mit den kosmischen Gesetzen, wie beispielsweise dem Fluss der Energien, kreiert. Diese Momente sind euer »Schatz des Lebens«. Sie sind alles, was ihr sammelt auf dieser Reise. Die Seele nimmt kein einziges Stück Materie mit, wenn ihr diese Welt verlasst. Aber sie nimmt sehr viele Erinnerungen an Menschen, Erlebnisse, Erfahrungen, Einsichten und Erkenntnisse mit. Deshalb ist es jetzt, heute und hier wichtig, dass ihr begreift, dass ihr keinen einzigen Moment in eurem Leben wieder zurückholen könnt. Wenn euch bewusst wird, wie unveränderbar die Vergangenheit ist, dann beginnt ihr sofort, die Zukunft zu gestalten. Und der Impulsgeber zwischen diesen beiden Polen seid ihr. Ganz alleine, jeder für sich, ausgestattet mit dem freien Willen.

Hier, in diesem Moment könnt ihr das Wunder des Seins erleben. Jeden Tag, jede Sekunde – immer. Dann verwandelt ihr den Kampf des Lebens in ein Spiel des Seins und erfahrt dabei den Moment, das Jetzt, als das göttlichste, reichste und schönste Geschenk. Dann erfahrt ihr allein die Tatsache, dass ihr jetzt so sein dürft, in dieser Form, zu dieser Zeit, hier in dieser Schule als ein Schüler dieser Klasse, als eine Anhäufung dieser Geschenke und damit als das Kostbarste, was es überhaupt an Erfahrungen geben kann.

Bitte lasst keinen Moment in eurem Leben einfach nur vorbeistreichen. Ihr könnt ihn nie wieder zurückholen. Nie wieder! Wenn ihr einem Menschen etwas sagen möchtet, zögert keine Sekunde mehr, das jetzt zu tun. Denn es kann morgen sein, dass dieser Mensch nicht mehr ist und ihr keine Chance mehr habt, das zu tun.

Nie wieder.

Wenn ihr etwas aussprechen wollt – SAGT ES JETZT! Wenn ihr etwas erledigen wollt, das ihr schon immer tun wolltet, tut es jetzt! Ihr wisst nicht, was morgen ist …
Mit diesen Worten überreiche ich euch die Tontafel unseres Unterrichts und bitte euch genau nachzuspüren, ob es in eurem Leben Dinge gibt, die ihr verändern möchtet. Wenn ihr etwas findet, dann bitte ändert es und lasst keinen Tag mehr verstreichen, ohne in diesem Bewusstsein zu sein."

*Tontafel*
*Potenzial ist die Möglichkeit der Kraft in dir.*
*Erkenne, wer du bist, und du erkennst dein Potenzial.*
*Fördere es, liebe es, nutze es.*
*Erkenne die Gesetze des Kosmos.*
*Wirke in der Welt, aber nie gegen den Strom der*
*Energien des Kosmos.*
*Nie gegen den Fluss des Lebens.*

So saß ich nun am Rande des Tempelsees und sinnierte den Worten der Wesenheit nach. Mit jedem Gedanken kam ein Gefühl in mir auf. Traurigkeit, Ohnmacht, Alleinsein ... Ich kann Vater nicht mehr sagen, was ich denke und wie lieb ich ihn habe, ich konnte es auch nie meiner Mutter sagen, auch nicht meinem Bruder oder meiner Schwester. Ich bin hier gestrandet, alleine und verloren, auf einer Suche, deren Ziel ich nicht wirklich kenne. Ich fühlte mich leer und alleingelassen nach diesem Tag und traurig wandelte ich in mein Zimmer zurück. Erschöpft von der Masse an Informationen schlief ich ein, doch das Gefühl der Einsamkeit schenkte mir keine Wärme und auch keine schönen Träume. Ich hoffte, den kommenden Tag neu beginnen zu können .

So kam es dann auch und etwas beruhigter saß ich wieder im Halbkreis und lauschte der Wesenheit aufmerksam.

# Tier und Gott

„Liebe Neophyten, ihr erinnert euch, dass Energie nie vergehen kann, sie wandelt sich und verändert die Form.

In der uns hier bekannten dichten, festen Materie bedarf es zum Sein, zum Existieren einer bestimmten Energieeinheit eines Organismus. Organismen sind tierisch. Und schon befinden wir uns auf der Ebene der Tiere. Der Mensch ist mit seinen Fingerfertigkeiten und seinem Intellekt das am besten und intelligentesten »ausgestattete« Tier auf diesem Planeten. Und genau diese hoch entwickelte animalische Form ist die Ursache dafür, dass bestimmte Energien diese Form wählen.

Denn der Körper des Menschen ist ein perfektes Werkzeug zur Bewusstseinsformung. Tiere und Pflanzen haben auch Werkzeuge, aber diese sind so begrenzt, dass sie kein solches Potenzial an Bewusstseinsentwicklung mitbringen. Sie sind einfach nur. Sie existieren. Sie reflektieren nicht, sie hinterfragen nicht, weil sie dazu nicht geschaffen sind. Der Mensch aber hat die Fähigkeit, zu lernen und eigenständig zu denken und diese Gedanken mithilfe des Willens und seines Körpers zu formen.

Das »Göttliche« oder der »göttliche Funke in uns« oder gar »Gott in uns« sind Beschreibungen des Potenzials eurer Energie, die in eurem Körper wohnt. In jedem von euch. Die meisten Menschen erkennen dies nicht und leben das Animalische des Körpers aus, doch ihr hier in unserer Schule habt euch dazu entschieden, den Weg der Bewusstwerdung zu gehen. Denn die Energie, die einem ganz anderen, übergeordneteren System entspringt und immer existieren wird, ist gleichzeitig bewusst genug, um anhand der hier gegebenen Werkzeuge Materie zu erschaffen, Realitäten zu kreieren und Großes wie auch Kleines zu vollbringen. Dann seid ihr die Schöpfer, die Götter eures Seins.

Somit sind wir Tier und Gott zugleich. Ihr seid die Wesen, die essen, trinken, schlafen und sich fortpflanzen wollen. Aber ihr seid auch der göttliche Funke der Kreation, der Ideen, Erfindungen und schöpferische Impulse auf die Welt bringen will. Ihr seid die Energie, die feinstofflich und ohne Körper existieren kann und in ewiger Verbindung mit anderen Energien, Wesen und Welten steht. Dieses göttliche geistige Wesen, das ihr auch seid, ist der eigentliche Impulsgeber. Das Tier ist nur das ausführende Werkzeug dieser Impulse.

Doch gleichzeitig ist dieser Organismus die Ursache für die Bildung eines Egos in euch. Grund dafür ist die veränderte Wahrnehmung. Ein Körper bringt einerseits spezielle Möglichkeiten der Formung von Materie mit sich. Gleichzeitig verändert er die Wahrnehmung der Verbindung jedoch derartig, dass die Gefahr besteht, dass die Energie, die ihr seid, in der veränderten Wahrnehmung Gefühle der Trennung empfindet, obwohl die Verbindungen weiterhin bestehen. Diese veränderte Empfindung erschafft Gefühle von Hass, Aggression, Wut und anderen niederen Energien. Und so geschieht es, dass viele Menschen ein ganzes Leben lang in dieser blinden Wahrnehmung agieren und negative Impulse setzen, die an anderer Stelle in einem anderen Leben ausgeglichen werden müssen. Daher freue ich mich umso mehr, dass ihr die Gesetzmäßigkeiten hier studiert, um nicht in Unbewusstheit negative Impulse zu kreieren, deren Auswirkung ihr gar nicht bemessen könnt, aber dennoch ausgleichen müsst.

Das Ego ist unumgänglich. Es entsteht durch eine Art „Verkapselung eurer Energie" in einem Körper. Was zunächst getrennt erscheint, weil es sich in einem Körper aus Fleisch, Knochen und Haut mit anderen Sinnen empfindet, ist all die Zeit aber weiterhin verbunden mit der Quelle aller Energien und alles andere als getrennt von allen anderen Energieformen. Doch diese Erfahrung ist Verlockung und Herausforderung zugleich.

Denn was einerseits die Chance birgt, ein Leben in Vergessen zu vergeuden, ist gleichzeitig all die Zeit Aufruf zu wachsen und die Energie in Bewegung zu bringen. Fort aus dem Zustand des Vergessens, aus dem Empfinden der Getrenntheit in das Erkennen der Verbindungen und ihrer Potenziale.

Ist das Ego nur vom Verstand geleitet, werden energetische Gesetze so lange hinterfragt und angezweifelt, bis jegliche Verbindung zu ihnen, ja sogar zur Natur, vergessen wird. Die Menschen handeln dann sich ihres eigentlichen Seins unbewusst, aber dennoch selbstbewusst in der Welt. Sie sind sich ihres »Egos« bewusst. Nicht mehr und nicht weniger. Weit weg von dem Tier, das im Fluss der Natur wirkt, und noch weiter entfernt von der Göttlichkeit in ihnen. Das ist das »Egobewusstsein«, und dieses wird bestimmt, geleitet und geführt von der

Kraft des Tieres, doch vor allem von der Kraft des unbewussten Tieres. Das Ego will gewinnen, erobern, kämpfen, hassen, verletzen, weil es die Verbindung zu denjenigen, die es bekämpfen, erobern, hassen und verletzen will, nicht erkennt.

Die Energien der Quelle erschaffen Formen der Materie, um sich dort zu entfalten, zu formen, zu schöpfen und dabei das Wissen über die Sinne zu erfahren. Somit ist das Ego als Form des unbewussten Tieres ein Teil der Erfahrungswelt, die der Kosmos selbst erschaffen hat. Daher ist dieses Potenzial in keinster Weise zu verurteilen, sondern als Tatsache zu erkennen. Doch der Mensch ist weit mehr als nur dieses Tier. Wir sind ein Tier mit einem Potenzial an Bewusstseinsformung und -erweiterung. Die Gesetze bleiben immer die gleichen – der freie Wille, der Gedanke, die Kraft, die Verantwortung –, aber es macht einen großen Unterschied, ob das Tier in euch mit diesen Energien unbewusst existiert, oder ob ihr euch eures wahren Ichs ganz bewusst werdet und aus diesem Wissen heraus diese Gesetze anwendet und lebt. Dann wird der Körper zu eurem Werkzeug und nicht ihr zur Marionette einer vernebelten Wahrnehmung, taumelnd, verletzend und blind Impulse setzend, die weit mehr bedeuten als ihr je erahnen könnt.

Der Weg zu eurem »vergessenen geistigen Wesensteil« beginnt jedoch ausschließlich mit eurem Körper. Daher ist es wichtig, dass ihr alles Animalische, Irdische in und an euch nicht verteufelt, sondern tief in dieses hinabtaucht, um es zu »erfahren«, mit all seinen Schatten und Geschenken. Denn euer Körper ist Werkzeug und perfektes Hilfsmittel, um dadurch das Göttliche in euch lebendig zu machen. Um dem Göttlichen in euch eine Form zu geben. Ihr könnt Materie nur mit Materie formen. Nur euer Körper kann hier Dinge vollbringen, aber es ist entscheidend, ob diese Materie eine Idee bewusst oder taumelnd formt. Sich seiner selbst bewusst zu sein bedeutet, sich aller Talente und Chancen des Lebens bewusst zu sein. Damit werdet ihr zu »Gott«, zu dem Schöpfer eures Lebens, der jeden Gedanken in Einklang mit allen Gesetzen und allen Lebewesen durch das bewusste Wirken zu einer ganz anderen Materie formt, als das ohne dieses Bewusstsein der Fall ist.

Es liegt nahe, dass man fragt, warum das überhaupt passieren kann, dass der Mensch sich selbst in seinem ganzen Potenzial so unbewusst (er-)leben kann. Es gibt Menschen, die sich wirklich ein ganzes Leben lang von einer Ablenkung zur nächsten treiben lassen. Ich möchte euch zur Veranschaulichung folgendes Bild mit auf den Weg geben:
Ihr beobachtet einen Menschen, der die Augen geschlossen hat und nicht weiß, dass er die Augenlider bewegen kann, um zu sehen. Mit geschlossenen Augen das Leben zu erleben muss unweigerlich zum Chaos führen. Dann irrt man in einem Raum herum, den man nicht begreifen kann, dann steht man nicht mit beiden Beinen fest auf dem Boden, sondern schwankt und weiß nicht, wo Halt zu finden ist. Doch haltlos verliert man unendlich viel Kraft auf der Suche nach dem Weg. Dabei stolpert man, tut sich weh, rempelt andere an, tut ihnen weh, wirft Dinge zu Boden, die vielleicht nie wieder reparabel sind. Man fühlt sich allein, nur weil man die anderen nicht sieht, und verzweifelt daran.

Dabei ist es so einfach. Haltet inne, sucht nicht im Außen, schaut nach innen, und ihr werdet ganz schnell erkennen und erfahren, dass ihr bisher nur einen Bruchteil eures eigentlichen Potenzials genutzt habt. Wenn ihr es schafft, in eurem »Raum der Hilflosigkeit« diese Ruhe zu finden, dann werdet ihr ganz schnell in euch den Weg erkennen, der aus dieser Dunkelheit führt. Lauscht den Signalen und Zeichen, die sich euch zeigen. Der größte Teil der Menschen erlebt auf dem Weg zur Selbstfindung ein tiefes Gefühl, das ihnen ganz deutliche Impulse gibt. Ein Gefühl des »Ja« oder des »Nein«. Ein Gefühl, das euch beispielsweise nach »links« zieht oder eben nach »rechts«. Aber Achtung, jetzt wird es kompliziert, denn zu erkennen, wo das »Animalische « und wo das »Göttliche« in euch fühlt, ist eine lange, schwere Aufgabe.

Beide haben ihre Berechtigung, doch ist die so genannte innere Stimme, die ich meine, ein Gefühl tief aus dem Herzen heraus. Ihr erkennt es klar und deutlich daran, wie viel »Herzblut«, wie viel Wärme, Intention und Liebe ihr bei einem Gefühl erfahrt oder eben nicht.

Tatsächlich aber ist die Verbindung des Tieres in euch mit dem energetischen Teil in euch essentiell, um das eigentliche Potenzial zu entfalten und viel Schöneres hier auf der Welt zu vollbringen, anstatt nur zu essen, zu trinken, zu schlafen und sich fortzupflanzen. Und die Energie, die euch innewohnt, braucht wiederum das Tier, um seine geistigen Impulse in der Materie zu formen. Beide gehören zusammen. Doch die »Hochzeit« von Geist und Organismus, von Gott und Tier, könnt nur ihr, Kraft eures freien Willens und der Richtung, die dieser vorgibt, vollziehen. Wer beide voneinander trennt, beraubt sich der Chance, wirklich ganz zu sein. Dann wird das Leben zu einem blinden Taumeln in der Materie, das ausschließlich egoistisches Handeln nach sich zieht. So ist der Egoist ein Mensch, der sich seiner selbst am wenigsten bewusst ist, doch vor allem jemand, der sich der Verbindung mit dem All-Eins nicht bewusst sein will. Und damit ist der Egoist das Wesen, das die absolute Trennung empfindet. Das andere Extrem der Trennung sieht so aus, dass ein Mensch den irdischen und tierischen Geschenken des körperlichen Erlebens völlig entsagt. Auch dort wird getrennt, was zusammengehört. Wir sind nicht hierher gekommen, um ausschließlich geistig zu agieren, sondern um die göttlichen, geistigen Impulse in der grobstofflichen Materie zu formen und sie hier zu erleben.

Nur der Körper lässt uns diese Gefühle erfahren. Entsagen wir dem Körper, so entsagen wir all dem, was den eigentlichen Sinn des Kreislaufs von Geburt und Wiedergeburt ausmacht."

*Tontafel*
*Der Körper ist das Werkzeug,*
*um das Wissen zu erfahren.*
*Der Geist ist der Schlüssel,*
*um den Körper wissend zu nutzen.*

*Beide kannst du nur über dein Herz*
*miteinander verbinden.*
*Erst wenn beide zusammen wirken,*
*wirst du der Schöpfer, der du eigentlich bist.*

Mit dem letzten Atemzug entschwand die Wesenheit so schnell wie sie gekommen war wieder aus dem Köper des Lehrers.

Auch der fünfte Tag hielt viel Wissen für mich bereit, doch auf unerklärliche Weise ergriff mich dieses Thema noch tiefer als alles bisher Erfahrene. Es ging um Bewusstsein. Was genau das ist, woher es kommt und wie es sich bewegt. Dieses Wissen ergriff mich wie von Geisterhand und zog mich magisch an. Ich konnte keine Sekunde den Blick von den Lippen des Lehrers lassen und wollte die Worte am liebsten zu Teig formen, sodass sie immer erhalten blieben und ich davon essen könnte, wann immer ich es bräuchte. Ich war fasziniert:

∞

# Bewusstsein

„Liebe Neophyten. Ihr wisst nun schon aus verschiedenen Unterrichtsstunden, dass alle Materie eine Form von Energie darstellt. Doch nun erfahrt ihr, dass Energie auch Information ist, genauso wie Information Energie ist. Daraus folgernd sind alle Energieformen Informationsspeicher. Und diese Energieformen besitzen jeweils ein ihrem Potenzial entsprechendes Bewusstsein. Denn alle Energie besitzt eine Form von Bewusstsein. Alles was ihr kennt und noch erfahren werdet, ist Bewusstsein. Die Menschen wissen von jeher um die Dreifaltigkeit von Körper, Seele und Geist. Der Körper ist das animalische Tier, das euch beherbergt. Er ist die »Hülle«, die den Organismus bildet, der es euch auf diesem Planeten ermöglicht zu leben.

Die Seele hingegen ist die Energie, die diesen Organismus bewohnt, solange dieser lebendig sein kann. Und diese Energie im Organismus besitzt wie alle Energien ein Bewusstsein. Und oft wird das Bewusstsein auch als Geist bezeichnet. Diese Energie in euch seid ihr. Alles was euch lenkt und voranstreben lässt. Nicht in allen Organismen nistet sich die gleiche Form an Energie ein, sondern je nach Potenzial eines Organismus, Energie zu beherbergen und zu wandeln, bedarf es für die Inkarnation in einen menschlichen Körper einer bestimmten Masse an Energie. Und diese Energie ist im menschlichen Organismus groß genug, um ausreichend Energie zu beherbergen und damit ein ganz bestimmtes Potenzial an Bewusstheit zu ermöglichen. Schließlich bringt der menschliche Körper andere Werkzeuge

mit als ein Käfer oder eine Katze. Und genau diese „Formen" des Organismus, sind die entscheidenden Kriterien für die Bewusstseinsformung der jeweiligen Energie. Insofern ist alles, was ihr jetzt gerade seid, in folgendem Satz zu benennen: Tier plus Energie mit genügend Bewusstsein zur bewussten Formung dessen.

Doch nicht immer ist es nur die eigene Energie, die entscheidend dafür ist, ob und wie Bewusstsein geformt wird. Eine sehr wichtige Bedingung hierfür ist die Energie der Umgebung. Sie beeinflusst den Prozess wie das Wasser das Wachstum einer Pflanze. Somit erklärt sich, dass hochschwingende, feine Energien ein höheres Bewusstsein besitzen als energieschwache, niedrigschwingende Energie. Also ist Bewusstheit in jedem Fall eine Frage der Energie und eine Frage der Reinheit der Energie. Über Reinheit werdet ihr immer wieder in unseren Lehrstunden viel erfahren, denn sie ist der Schlüssel zur Bewusstwerdung, und da ihr auf dem Weg des bewussten Seins wandelt, ist die Reinheit euer Weg und damit auch euer Ziel.

Kraft ist ein Maßstab von Energie. In den »höheren«, feinstofflichen Ebenen ist die Energie am klarsten und ungestört von den niedrigen Frequenzen eines Organismus sowie von irdischen Magnetfeldern oder den Naturgesetzen, die in der Materie auf die Seelenenergie einwirken.
Dort, in den feinstofflichen Ebenen ist auch das Bewusstsein klarer und stärker. Der Inkarnationsprozess stellt daher eine deutliche Verunreinigung der Energieform dar.

Ihr wisst nun, dass Bewusstsein Teil einer Energie ist. Da alle Energie sich aus der Mitte heraus – und wieder zu ihr zurück bewegt, folgt auch das Bewusstsein diesem Prinzip. Im niedrigschwingendsten Zustand dieser Spirale, weit entfernt vom hochschwingenden Zustand der Quelle, entsteht unsere grobstoffliche Materie. Dort ist die Energie am langsamsten und somit auch das Bewusstsein am unbeweglichsten. Es gilt, diese Beweglichkeit wiederzufinden, und dieser Prozess macht den Schöpfer in uns aus. Die Gefahr der irdischen Existenz besteht darin, in einen Teufelskreis an Kraftlosigkeit zu gelangen, der uns gleichzeitig das Bewusstsein vernebelt. Daher ist, wie schon erwähnt, jegliche Schulung des Bewusstseins nicht ohne Reinigung zu absolvieren. Durch diesen Prozess wird ein entscheidender Schritt getan, die Vernebelung aufzulösen. Denn ist man sich erst einmal seiner selbst bewusst, wird eine Grundenergie erreicht, aus der heraus das Ich die Kraft so lenken kann, dass diese nicht mehr verloren geht.

Die Dichtheit der grobstofflichen Materie verunreinigt die Energien, und das wiederum kostet Kraft. Findet der Mensch aber über Reinigungsprozesse zurück zu seiner eigentlichen Kraft, so kommt er mit seiner ihm innewohnenden Energie wieder stärker in Kontakt, und dort beginnt Bewusstheit. Sich selbst »wiederzufinden«, reinigt und klärt den Blick auf das Leben und macht euch »wissender« und vertrauender in die kosmischen Gesetze, die immerdar sind und euch immer umgeben.

Energie hängt also über die Kraft des Bewusstseins direkt mit Wissen zusammen. Je gereinigter euer Körper, umso kraftvoller

wird euer Innerstes, und damit einhergehend, kann euch mehr und mehr kosmisches Wissen erreichen. Umso mehr Zugang bekommt ihr zu eurem eigentlichen Wissen und zu dem des ganzen Kosmos, aber auch zu eurer Erkenntnis, wer ihr wirklich seid und wie alles mit allem verbunden ist. Jede Energieerhöhung eurer Seelenenergie in euch bringt folglich immer auch eine Erhöhung eures Erkenntnisgrades mit sich. Je weniger Energie ihr zur Verfügung habt, desto weniger könnt ihr verstehen, wer ihr wirklich seid. Wie in einem Milchglas ist eure Wahrnehmung so getrübt und das Bewusstsein so erlahmt, dass die Gefahr besteht, in einer Illusion, in einer Blendung die vielen Momente des Lebens zu vergeuden.

So gibt es Orte, die wir als Energiebeschleuniger bezeichnen, weil sie aufgrund unterschiedlicher Ursachen reinigend auf den Organismus und damit natürlich beschleunigend auf die Energie wirken. Hier in der Schule findet ihr einen derartigen „Energiebeschleunigerort" vor.

Ich erinnere euch: Energie ist in Bewegung. Bewusstsein ist in Bewegung. Aus der Mitte heraus ist es die Neugier im Hinblick auf die Erfahrung, die Energie zu wandeln, die sie bewegt. In die Mitte wieder zurück ist es die Sehnsucht nach dem hochschwingenden Zustand der Quelle, die das Bewusstsein antreibt. In einer unendlichen Abfolge von Verunreinigung und Reinigung erfährt somit das Bewusstsein seine Entwicklung. Das ist der Schlüssel ins Paradies und zur Hölle zugleich, doch um ihn zum Eintritt ins Paradies zu nutzen, bedarf es zuerst der Zündung des göttlichen Funkens. Und hier in unserer

Schule bekommt ihr die Möglichkeiten, diesen göttlichen Funken in euch zu zünden. Doch dazu werdet ihr erst in den späteren Lehrgraden intensiv von den Wesenheiten geführt und in die Abläufe der Großen Pyramiden eingeweiht werden.

Außerdem möchte ich darauf hinweisen, dass das Bewusstsein eine sehr große Täuschungsgefahr in sich birgt: Es kann uns das Gefühl vermitteln, allwissend zu sein. Das bedeutet, dass es euch in jeder seiner Stufen das Gefühl geben kann, dass ihr euch bereits auf der höchsten Stufe befindet. Aber auch das ist eine Illusion. Bewusstsein ist Wahrnehmung. Und solange euer Bewusstsein vernebelt und vergessend agiert, ist eure Wahrnehmung verzerrt. Das Paradies werdet ihr erfahren, wenn ihr es schafft, die Impulse des Schicksals, die Chancen und Möglichkeiten, die sich euch bieten, zu erkennen und zu ergreifen. Und diese Wachsamkeit schärft euer Bewusstsein, klärt es und … bewegt es wieder.

Passiert das nicht, dann erlebt ihr euer Leben als ein nicht von euch erschaffenes, sondern als ein von außen initiiertes und beeinflusstes Leben. Dann empfindet ihr euch als ohnmächtige, von den Umständen gebeutelte und herumgeschubste Wesen. Und dort beginnt eure »Hölle«. Doch das muss nicht sein. Wenn jede Stufe euch das Gefühl vermittelt, dass ihr bereits auf der höchsten Stufe seid, dann ist die Aufforderung, eure Wachsamkeit und Offenheit immer weiter zu formen, dadurch eigentlich umso stärker. Doch das Tier in euch wird diesen Zustand anders »nutzen« wollen als euer Geist. Das Tier in euch neigt dazu, mit diesem Gefühl tyrannisch, dogmatisch und in jeder Hinsicht machtmissbrauchend zu wirken. Begegnen euch

Personen, die sich euch zeigen, als seien sie die stärksten, tollsten, klügsten und weisesten Menschen, die euch je begegnet sind, dann vergesst bitte nicht, dass solche Menschen nur deshalb in dieser Position verweilen können, weil andere an diese Illusion glauben und sie lebendig machen. Das Volk nährt die Macht des Königs und nicht umgekehrt. Daher ist es eure Entscheidung, dieser Illusion zu entfliehen und euch immer ein eigenes Bild zu erschaffen. Aber seid vorsichtig und achtet darauf, dass ihr nie glaubt, an der obersten und letzten Stufe angekommen zu sein. Das könnt ihr gar nicht erreichen, denn Bewusstsein hat unendlich viele Stufen. Es wird immer jemanden geben, der noch bewusster ist.

Deshalb bewahrt euch immer eure Offenheit und den Respekt vor der nächsten Stufe. Es wird immer eine geben.

Wir werden euch die 22 Bewusstseinsstufen intensiv lehren. Im zweiten Lehrjahr beginnen wir damit und im letzten Lehrjahr werden wir euch dann die beiden letzten Bewusstseinsstufen nahe bringen. Das werden dann andere Wesenheiten übernehmen und mit diesen Worten schließe ich meinen heutigen Unterricht auf ein Neues. Ich danke euch für eure Aufmerksamkeit und freue mich schon auf morgen."

*Tontafel*
*Bewusstsein ist an deinen freien Willen gebunden.*
*Denn mit ihm entscheidest du,*
*wie du die Dinge wahrnimmst.*
*Du entscheidest, ob du das Glas als halb voll*

Der Lehrer schnaufte kurz, begann noch einmal tief zu atmen und bewegte sich aus dem Raum.

Wie immer, wandelte ich langsam und still durch die Hallen des Tempels und schlief später erschöpft ein. Diese Zeit war nicht dafür da, dass ich mich in meinen Lieblingsraum begeben konnte. All die Informationen kosteten sehr viel Aufmerksamkeit und Konzentration, daher brauchte ich all meine Kraft, um nicht in einen Zustand zu gelangen, der mich zwar zuhören, aber nichts verstehen ließ.

Der nächste Tag wartete erneut in aller Frische, und die Wesenheit fuhr fort, ihr Wissen zu formulieren.

# Schicksal

„Liebe Neophyten, alles was die Menschen nicht verstehen, wird schnell als Wunder oder Magie bezeichnet und nicht weiter hinterfragt. Doch das ist falsch. Wir alle sind Teil eines Ganzen, das in all seinen verschiedenen Möglichkeiten dennoch immer ein und denselben Gesetzen folgt. Daher gibt es keine Orte und auch keine Zustände oder Ereignisse, die nicht aufgrund der kosmischen Gesetze existieren. Alles folgt den gleichen Gesetzen, das heißt, immer wenn ihr etwas nicht versteht, ist es nur eine Frage eures Wissens und eurer aktuellen Wahrnehmung, bis ihr es gänzlich verstehen könnt. All das also, was wir bis heute nicht verstehen, basiert auf Gegebenheiten, deren Hintergrund und Ursache wir ganz einfach noch nicht kennen.

Und so ist das auch mit dem Schicksal. Jeder von euch hat sicher mindestens einmal, wenn nicht schon mehrfach in seinem kurzen Leben verzweifelt gefragt, warum ihm das geschieht, was ihm geschehen ist.“

Die Wesenheit schwieg, sie wusste, wie bedeutsam diese Frage für uns alle war.
Ich lauschte in diese Stille hinein und hatte sofort meine eigene Geschichte vor Augen. Nicht dass ich sie vergessen hatte, doch diese vielen Informationen jeden Tag und all das Neue lenkten mich sehr ab von der Traurigkeit in mir. Ich musste an Mutter denken, und gleich darauf an Vater, dann an den Weg in die Schule bis hin zur Aufnahmeprüfung. All die Menschen, die

mir begegnet waren oder mich plötzlich verlassen hatten. All die Momente, die ich nicht verstand ... ich hatte sie klar vor Augen. Doch Antworten hatte ich noch immer keine.
Nach einer kurzen Pause sprach die Wesenheit weiter:

„Ihr solltet wissen, dass nichts, wirklich gar nichts, ohne eine Gesetzmäßigkeit dahinter geschieht. Wir müssen sie nur erkennen.

Gehen wir einmal etwas tiefer in das Thema hinein. Da dies nun jeden Einzelnen von euch betrifft, werde ich euch nun einzeln mit du ansprechen.
Der Tag, an dem du geboren wirst, ist keineswegs irgendein Tag. Es ist genau der richtige Tag für deine Seelenenergie, um hier in der Materie zu landen. Und schon sind wir wieder bei den Schwingungen, aus denen der Kosmos besteht, denn diese sind auch hier der Grund dafür, dass jeder auf der linearen Zeitlinie unserer Ebene existierende Tag eine eigene Schwingung besitzt. Aus kosmischer Sicht ist ein Tag eine Momentaufnahme der Stellungen vieler Planeten und deren Schwingungsfelder zueinander. Dieses Zusammenspiel von Milliarden Planeten mit eigenen Frequenzen erschafft eine ganz bestimmte neue »Gemeinschaftsfrequenz«. Ihr müsst euch das vorstellen wie Musik, die nicht nur von einem Instrument gespielt wird, sondern von unendlich vielen. Der Kosmos ist bemüht, diese Instrumente in Harmonie zueinander ertönen zu lassen, und diese Motivation hinter der Tatsache steuert letztlich alles, was damit zusammenhängt. Ich erinnere euch: Die Balance der Energien ist der wichtigste Schlüssel des Kosmos. Alles was ihr

jemals tut oder auch nicht tut, sollte in der Harmonie des ganzen Kosmos geschehen. Die Werkzeuge zu ergründen, wann ihr etwas in Harmonie tut und wann nicht, werdet ihr hier im Laufe der Jahre erlernen. Unser aller Ziel ist es, dass ihr so bewusst mit den kosmischen Gesetzen agiert, dass ihr nicht nur für euer Leben keinerlei negative, unausgeglichenen Spuren hinterlasst, sondern auch für die ganze Menschheit achtsam und regulierend tätig sein könnt. Doch sich aller Gesetze immer bewusst zu sein und achtsam wandelnd zu handeln ist eine große Kunst, die nur wenigen zuteil wird. Ich hoffe und wünsche euch, dass ihr derartige kosmische Helfer werden könnt.

Doch nun weiter:
Im Orchester des Kosmos entstehen Resonanzfelder, in denen harmonisierende Schwingungsfelder sich anziehen und nicht resonierende sich wiederum abstoßen. Und auch ihr seid Teil einer »Energiewelt«, die natürlich auch verbunden ist mit der Erde und ihrem Schwingungsfeld. Auch die Erde ist mit ihrer Frequenz eingebunden in Aktion und Reaktion auf all die anderen Welten und Planeten. Geistig und materiell. Also ist die Erde ein Spiegel für den kosmischen Moment im Jetzt auf der Zeitebene der Materie und gleichzeitig ein Indikator für die feinstofflichen Impulse aus anderen Welten.

Das Gesetz des Widerstands, das wir euch später noch näher erläutern werden, ist die Grundlage dafür, dass manche Frequenzen sich ergänzen und manche einander abstoßen. Und da alle Formen von Materie aus Schwingungsfeldern bestehen, »entscheiden« deren Frequenzen, was, wie, wann hier mit und in der grobstofflichen Materie passiert. Am Ende einer endlos langen Kette von feinstofflichen Gesetzen, Impulsen und Impulsgebern drückt sich all das in der grobstofflichen Materie aus.

Auch Planeten sind Ausdruck der feinstofflichen Energien und schwingen daher in einer ihnen eigenen Frequenz. Gehen wir zurück zu dem Thema Geburt. Wir nehmen einmal an, um es visuell und damit einfacher darzustellen, deine Energie schimmert blau.

Und an irgendeinem Tag schwingt die Erde rot. Gehen wir weiter davon aus, Rot und Blau harmonieren nicht. Also wirst du an diesem Tag nicht auf die Erde kommen können. Erst dann, wenn die Frequenz der Erde passend zu deiner Frequenz schwingt, ist das Tor offen. Das wiederum bedeutet, dass der Tag, an dem du geboren wurdest, kein Zufall war, sondern aufgrund einer Abfolge von ganz bestimmten Gesetzmäßigkeiten genau der richtige Tag für deine irdische Inkarnation. Und in der Fortführung dieses Gedankens bedeutet das, dass wir, wenn wir die Schwingung der Erde an diesem Tag kennen, ein bisschen mehr darüber erfahren, wer du bist. In unserem Beispiel mit der Farbe also, welche Farbe deine Energie besitzen muss. Aus dem einfachen Grunde, weil wir das aufgrund des Resonanzgesetzes daraus schlussfolgern können. Alles ist Energie, und auch die Erde ist Teil dieser Energie, befindet sich also immer in Resonanz mit allem. Die Menschen auf der Erde sind eingebettet in die kosmischen Energien wie auch in die Erdfrequenzen und erschaffen ein weiteres eigenes Feld aus Gedanken und Aktionen, aus ihren vergangenen Taten und ihrer Seelenenergie, die sich mal mehr mal weniger entfalten darf. All das ist an Größe und Unendlichkeit nicht in Worte zu fassen,

doch es ist mit dem menschlichen Verstand auf diese Weise greifbar.

Du wiederum warst als Energie vor deiner Geburt nur Teil der feinstofflicheren Energiewelten, die dir die Wesenheiten der Energiewelten dann noch näher bringen werden. Aber die Frequenzen der Erde, und daraus folgend des ganzen Kosmos, sind immer genauso existent wie die Erde selbst. Deine Seele, deine Energie also, reagiert mit all diesen Frequenzen. Sie überlappen sich oder sie stoßen sich ab. Und zu einem bestimmten Moment im Kosmos harmonieren alle Komponenten so, dass du ohne »Energiewiderstand« auf der Erde inkarnieren konntest. Kennen wir also den Tag deiner »Niederkunft«, kennen wir die Schwingung des Tages, so kennen wir die Schwingung des Kosmos. Kennen wir diese, so erfahren wir, wer du bist, weil du mit ihr resoniert hast.
Wie im Großen, so im Kleinen.

Die Zahlen sind beispielsweise ein Weg, Schwingungsfelder zu »übersetzen«. Und das wiederum hilft, anhand des Datums des jeweiligen Tages besser zu erkennen, woher und aus welcher »Seelenfrequenz« du kommst. Denn eine bestimmte Seelenfrequenz schließt aufgrund der kosmischen Gesetze und des kosmischen Gesetzes der Balance nur eine bestimmte Möglichkeit ein. Und diese nachvollziehbare Möglichkeit bedeutet, dass man herausfinden kann, wer du bist, weil man nachvollziehen kann, »woher, aus welcher Seelenfrequenz« du kommst und wie diese »schwingt«.

Und so geht es jetzt immer weiter. Das ganze Leben lang. Jeden Tag und bei jeder Entscheidung. Nur die Unbewusstheit der Menschen stellt eine gefährliche Komponente in dieser Gesetzmäßigkeit dar, denn solange die Menschen unbewusst in diesen Gesetzmäßigkeiten leben, erkennen sie das Potenzial darin nicht.

Dann sind Verzweiflung, Hoffnungslosigkeit, Kraftlosigkeit und Lieblosigkeit an der Tagesordnung. Und dann ist das Leben eine Qual. Aber das muss so nicht sein.

Lernt die Gesetze und »spielt das Leben«, nutzt es, um Gutes zu tun und die Balance zu erschaffen oder zu erhalten, doch in jedem Fall tut dies freudig und in vollem Bewusstsein, wie kostbar das Leben ist.

Doch gehen wir zurück zu der Frage, ob es ein vorgeschriebenes Schicksal gibt. Zur Beantwortung dieser Frage möchte ich euch erst einmal eine Formel geben:
Schicksal ist die Summe aus Chance, Potenzial und Bewusstsein.

Chance + Potenzial x Bewusstsein = Schicksal

Die »Schicksalsformel« ist also eine Mischung aus drei verschiedenen Komponenten. Die Chancen, die letztlich nur Ausdrucksform der Gesetzmäßigkeiten in uns und um uns herum sind.
Das Potenzial, welches ausdrückt, wie viel Kraft eine Seele in die Inkarnation mitbringt. Diese Kraft will sich verwirklichen,

sich entfalten. Sie will sein. Diese Kraft ist wie ein Muskel, der über viele Inkarnationen auf unterschiedlichen Planeten entstanden und »trainiert« wurde. Die Kraft der Energie ist stark an die Reinheit gebunden und damit direkt an die Verbindung mit der Quelle. Stellt euch die Verbindung zur Mutterseele, die wir euch später noch näher erläutern werden, wie eine Energieleitung vor, durch die im gereinigten Zustand mehr Energie fließen kann. Das ist das Potenzial einer Energie. Die Summe aus euren Erfahrungen beziehungsweise Erinnerungen, aus eurer erlernten Fähigkeit, euch wieder und wieder zu reinigen und damit in Balance zu bringen, sowie aus eurem bereits erreichten Bewusstseinszustand auf diesem Weg ergeben dieses Potenzial. Um die Unterschiedlichkeit der Potenziale eines jeden Lebewesens besser beschreiben zu können, nehme ich gerne folgendes Beispiel:

Ähnlich wie Fackeln unterschiedlich dick und groß sind, so kann das Kraftpotenzial der Menschen unterschiedlich sein. Es gibt kleine Fackeln, die nach einer Stunde schon ausgebrannt sind und es gibt große Fackeln, die tagelang brennen können. Egal welches Potenzial ihr in euch tragt, wir alle haben doch Kraft – und diese Kraft gilt es, bestmöglich auszuschöpfen, zu fördern und vielleicht sogar zu erhöhen. Denn auch kleine Fackeln können sehr kräftig strahlen und anderen ein Licht sein. Dagegen kann es einer großen Fackel passieren, dass sie verglüht, verbrennt und sich völlig verausgabt. Doch selbst das würde an ihrem Kraftpotenzial nichts ändern. Es würde lediglich die Ausschöpfung des Potenzials erst einmal hemmen.

Und als Nächstes sind die zu erkennenden Chancen und das zu erweiternde Potenzial abhängig davon, ob ihr diese bewusst

oder unbewusst einsetzt. Deshalb ist das Bewusstsein ein ganz entscheidender Faktor in dieser Formel, denn es ist tatsächlich auf diesem Planeten möglich, ein Leben zu leben, ohne sich dieser Dinge bewusst zu sein. Der Geist des Menschen ist so ausgestattet, dass er das Potenzial der Bewusstheit entfachen aber auch völlig bremsen kann. Das ist Chance und Fluch zugleich, denn ihr werdet in eurem Leben oft Menschen begegnen, die aufgrund ihrer geistigen Verfassung, ihrer energetischen Schwäche, die aus der Verunreinigung stammt, wirklich alles dafür tun, unbewusst ihr Leben zu verleben. Wertet dies nicht, achtet diesen Zustand als eine Basis, dass der freie Wille in jedem von uns herausgefordert werden möchte, um entscheiden zu müssen. Doch letztlich liegt die Entscheidung bei jedem selbst. Und so mancher wählt sehr bewusst die Unbewusstheit. Die Gründe dafür sind unendlich, weil die Wege des Kosmos unendlich sind.

Daher denkt bitte darüber nach, meine lieben Neophyten: Lasst ihr euch in eurem Leben von all den Umständen, Potenzialen und Möglichkeiten unbewusst treiben, oder nehmt ihr sie bewusst wahr und formt damit euer Schicksal?

Der Grad eurer Bewusstheit erhöht die Chancen und euer bisheriges Potenzial um ein Vielfaches.

Ich möchte aber nicht vergessen zu erwähnen, dass es zusätzlich noch Gesetzmäßigkeiten gibt, die über dein jetziges Leben hinaus wirken und auch Teil eures ganzen Seins sind. Denn jeder von euch hat einen ganz bestimmten Lebensplan, also ein Ziel, das sich eure Seele vorgenommen hat und das sie in diesem Durchgang erfahren will. Dieses Ziel stellt den so

genannten Grundton in der unendlichen Tonleiter des Prozesses von Stirb und Werde dar, und eure Seele wird dieses Ziel nie »aus den Augen verlieren«. Es ist die Grundrichtung auf der Reise der Seele. Eine wache, klare Energie hat einen anderen »Startpunkt ins Leben« als ihn ein noch sehr unbewusster und vernebelter Geist erfährt. Auch wenn alle Menschen durch den Schleier des Vergessens tauchen müssen, so wird ein bereits sehr wacher Geist sich schneller seiner selbst bewusst und dadurch kraftvoller in der Materie wirken und agieren können als eine noch sehr unbewusste und stark verunreinigte Energie.

Jeder von euch ist die Summe all eurer Erfahrungen der letzten Inkarnationen plus das Ziel, das ihr in dieser Inkarnation erreichen wollt. Schicksal ist also die Abfolge von Gesetzmäßigkeiten, mit denen ihr anhand eures Potenzials und des Grades eures Bewusstseins diese nutzbar machen könnt. Solange ihr das Gefühl habt, vom Schicksal gebeutelt und herumgeschubst zu werden und ein unglückliches, ohnmächtiges Leben zu leben, so lange lebt ihr in einer völligen Illusion. Nämlich in der Illusion der Ohnmacht – abgetrennt von euren vielen Talenten, Chancen, Möglichkeiten und Geschenken, die dieses Leben euch bietet. Immer wieder – und jedem Einzelnen von uns!

Nehmen wir einmal eine Naturkatastrophe als Beispiel für solch eine angebliche Ohnmachtserfahrung. Naturkatastrophen geschehen aufgrund der Gesetzmäßigkeiten der Natur, und diese werden gelenkt von den kosmischen Gesetzen. Eine Naturkatastrophe ist aufgrund verschiedener Komponenten an dem Tag, an dem Ort so, wie sie ist. Und selbst diese Katastrophe ist verbunden mit den kosmischen Gesetzen, also nur eine Reaktion auf eine andere, übergeordnete Aktion. Der Mensch, der an diesem Tag, an diesem Ort weilt, tut das auch nicht aus purem Zufall! Seine Entscheidungen, seine Impulse, sein Bewusstsein und seine Energie sind alle Teil des Weges, die ihn an diesem Tag an diesen Ort brachten. Also wirken diese vielen Komponenten ineinander und ergeben das Schicksal eines jeden Einzelnen.

Würde der Mensch nicht abgetrennt von sich das Leben verleben, würde er Impulse in sich erfahren, die ihn auf einen anderen Weg und somit eventuell zu diesem Zeitpunkt an einen anderen Ort gelenkt hätten. Doch auch das nur, wenn der Lebensplan des Einzelnen das so vorgesehen hat. Jedoch möchte ich der Entscheidung eines jeden Einzelnen gegenüber nicht respektlos erscheinen: Denn egal, was euch auf eurem Weg begegnet, Schönes wie nicht Schönes, es ruft euch immer und immer wieder auf, zu reflektieren und bewusst oder weniger bewusst zu entscheiden. Jeden Tag aufs Neue. Also kann eine Naturkatastrophe Teil eures Weges sein, der euch ganz bestimmte Erfahrungen bringt, die ihr ohne die Katastrophe nicht gemacht hättet. Ich will euch damit ermutigen, bewusster die Zeichen in euch und damit auch die Zeichen der Natur zu deuten, um anders darauf zu reagieren.

Je bewusster ein Mensch ist, umso mehr Kraft hat er, umso wacher sind seine Sinne und sein ganzes Wirken in der Materie. Die Summe eurer Wachsamkeit wirkt deshalb auch entscheidend auf eure schicksalhaften Begegnungen. Und so kann es passieren, dass man immer wieder »zur richtigen Zeit am richtigen Ort« landet. Auch hier ist es unser Herz, das die Impulse empfängt und weitergibt, und damit zu dem verlässlichsten »Partner« in all dem Sammelsurium von Gesetzen, Gegebenheiten, Umständen, Potenzialen und Kräften werden kann. Daher haltet euer Herz geöffnet, es wird euch alle »Wahrheit« offenbaren.

Damit beende ich meinen Unterricht für heute und überreiche euch hiermit eure Tontafel."

*Tontafel*
*Erkenne, wer du bist, dann erkennst du dein Ziel.*
*Erkennst du dein Ziel, so erkennst du die Chancen,*
*dieses Ziel zu erreichen.*
*Kennst du dich, so kennst du dein Potenzial.*
*Dein Potenzial lässt dich dein Bewusstsein noch weiter*
*und wacher entfalten.*
*Das ist das Geschenk des Lebens!*

Taumelnd verließ ich an diesem Tag den Unterricht. Noch immer konnte ich es nicht verstehen, was die Wesenheiten mir mit ihren immer wiederkehrenden Erklärungen über die Energie vermitteln wollten. Wie kann ein Stein Energie sein, oder der Tisch, an dem ich jeden Morgen und Abend meine Mahlzeiten zu mir nahm?!, fragte ich mich. Ich verstand es nicht, aber ich hatte auch keine Kraft, das alles weiter zu hinterfragen. Wie ein Gefäß, das einfach nur die Flüssigkeit aufnimmt, die ihm zugeführt wird, so hatte ich das Gefühl, eine Unmenge an Wissen zu

trinken, ohne es zu fühlen. War das richtig so? War das gut so?
Wie erging es wohl den anderen damit ...?
Mein Geist war zu müde, um nach den Antworten zu suchen, und mein Körper zu schwach. Mit jedem Tag wurde es stiller und stiller ... in mir und um mich herum. Ich beobachtete, wie die anderen aus der Gruppe ähnlich geschwächt und still den Raum am Morgen betraten und am Abend wieder verließen.

Doch unermesslich und ohne Rücksicht auf unser Befindlichkeiten wartete am nächsten Tag erneut eine wichtige Botschaft auf uns.

# Die Ohnmacht

„Liebe Neophyten, ihr habt nun schon erfahren, dass die Ausbildung eines Egos nur im Prozess der Verkapselung der Seelenenergie in einem Organismus geschehen kann. Dies ermöglicht die Erfahrung von Illusionen, wie zum Beispiel der Illusion der Getrenntheit von allem. Als Folge dieser Illusion empfindet die Seelenenergie Ohnmacht. Dieses Gefühl ist genau das Gegenteil von der schöpferischen Kraft, die in euch wohnt. Es ist kraftlos, haltlos, dunkel, selbstzerstörerisch und passiv. Doch nicht umsonst ist auch diese Möglichkeit der Erfahrung Teil des kosmischen Seins.

Die Ohnmachtserfahrung schenkt der Seele auch eine Chance, nämlich die, sich aus diesem Zustand herauszubewegen. Sie ist es schließlich, die den entscheidenden Impuls zur Gegenbewegung des Bewusstseins, der Beschleunigung wieder in den Zustand der Quellenenergie zurückzufinden, geben kann. Ist der Schmerz zu groß, die Nacht zu dunkel, die Qual zu tief - wird die Seele anhand dieser Gefühle aufgerufen, ihren freien Willen zu aktivieren und endlich wieder der Schöpfer zu werden, der all die Zeit vergessen worden ist. Er lenkt den entscheidenden Impuls, aus diesem Zustand der Lethargie des Bewusstseins auszusteigen ... und einzusteigen in die aktive Gestaltung des eigenen Prozesses. Doch wo und wie genau das im einzelnen Fall geschieht, ist so vielfältig wie die Formen des Seins selbst.

Ein Beispiel für eine Ohnmachtserfahrung der Seele kann eure Kindheit sein. Hattet ihr immer das Gefühl entscheiden zu können, was ihr fühlt und dass es das richtige sei? Konntet ihr den Weg so wählen, wie ihr es wolltet, oder war die Obhut eurer Eltern auch eine Fessel eurer sich entfalten wollenden Seele?

Ihr werdet im Laufe eures Schaffens oft Menschen begegnen, die gerade in der Kindheit ihre größten Erfahrungen der Ohnmacht machen mussten, und die Zeit ihres Lebens nach Wegen suchen, diese Wunden zu heilen.

Helft ihnen, erkennt die Chance der Seele hinter diesem kosmischen Prinzip. Sie beinhaltet immer auch eine transformierende Möglichkeit, die die Entwicklung der Seelenenergie um ein Vielfaches wachsen lassen kann. Vögel wollen fliegen und nicht im Käfig lernen, wie man läuft. Als Kinder seid ihr alle naiv, offen, ehrlich und lebenshungrig wie nie wieder im späteren Leben. Ein Kind will fliegen, und sein Geist will in der Welt »spielen«. Nehmen wir ihm die Freiheit in Arbeit, Familie und Gesellschaft, so stutzen wir dem Vogel die Flügel – bis er fest daran glaubt, er sei ein Pinguin. Einem Menschen seine Kindlichkeit zu nehmen ist, als ob man ihm den Atem des Lebens rauben würde. Den Atem der Freude, den Atem des Kreierens von Träumen und Märchen. Daher bewahrt euch diese Freude, diese Kraft, sie kann euch auch in all den anderen Ohnmachtsprüfungen der Seele zeit eures Lebens sehr hilfreich sein."

*Tontafel*
*Die Erfahrung der Ohnmacht ist fester Bestandteil*
*des Egobewusstseins*

*und zeigt sich jedem auf andere Weise.*
*Erfährst du sie in der Kindheit, so ruft sie dich auf*
*zu erforschen, wo, wann und wie du begonnen hast,*
*dich aus den unterschiedlichsten Gründen von deinem*
*eigentlichen Wesen zu entfernen.*
*Das kindliche Tier in uns will spielen.*
*Der Geist in uns will spielend lernen.*
*Wer das trennt, nimmt dem Tier die Kraft*
*und dem Geist das Ziel.*
*Die Ohnmacht ermöglicht dir, die Illusion der falschen*
*Glaubensbilder und negativen Erfahrungen zu*
*erkennen und dich aus ihr heraus wieder zu dir*
*zu bewegen und damit ganz zu werden.*
*»Er-wachse« aus den Anforderungen der anderen und*
*erblühe in deinen eigenen Anforderungen.*
*Du bist, was du bist, lass »dich nicht rauben« in der*
*Zeit der Ohnmacht und nutze diesen Impuls,*
*um dich fort-zu-bewegen.*

Als ich abends endlich erschöpft wieder in meinem Bett lag, konnte ich nicht sofort einschlafen. Meine Gedanken kreisten um die Worte der Wesenheit. Wenn die Ohnmacht ein Weg ist, der kosmisch so viel Aufforderung beinhaltet, dann hat mich meine Ohnmacht schon weit gebracht, dachte ich so in die Stille der Nacht hinein. Die Grillen stimmten mir mit ihrem Zirpen zu und schenkten mir ein Gefühl der Erkenntnis, dass nach jedem traurigen Ohnmachtsgefühl die Hoffnung umso größer werden kann.

Ich habe dieses Potenzial erkannt, überlegte ich weiter, und in meinen Möglichkeiten genutzt ... mehr konnte ich nicht tun. Dass Mutter gestorben war, lag genauso wenig in meinem Einflussbereich wie Vaters plötzlicher Tod.

Die Traurigkeit und die Einsamkeit in mir sind es gewesen, die mich schließlich bis hierher an diesen Ort gebracht haben ... Und ich bin dankbar dafür. Sehr dankbar, denn auf unbeschreibliche Weise fühle ich mich hier sehr wohl und verstanden - doch vor allem geliebt. Mit einem Lächeln schlief ich ein.
Der nächste Morgen begrüßte mich in seiner Frische und wieder saßen wir alle beisammen, wie all die letzten Tage und lauschten der Wesenheit.

# Der freie Wille

„Liebe Neophyten, das Universum hat allem Bewusstsein eine
»Zauberkraft« mit auf den Weg
gegeben, und zwar die des freien Willens. Keine Energieform
des Universums würde sich be- oder entschleunigen können,
wenn sie nicht vom freien Willen der Energie gelenkt werden
würde. Daher besitzen alle Energieformen mit Bewusstsein einen freien Willen. Er ist ein universelles Gesetz. Er ist der Impulsgeber für alles, was im Kosmos – geistig und in der Folge
materiell – passiert. Er ist die Fähigkeit, mit der Tiere allein
durch einen kraftvollen Impuls entscheiden können, wohin sie
sich bewegen, ob sie spielen, kämpfen oder schlafen wollen,
genauso wie der Impuls der Seelenenergie, Mensch zu werden.
Er trifft die Entscheidung, ob und wann wir auf der Zeitlinie eines Planeten inkarnieren möchten. Im Zusammenspiel mit der
Kraft des Bewusstseins, das den freien Willen »anwendet«, ist
er Anfang und Ende aller Impulse, aller Ideen, aller Formen,
allen Seins im Kosmos. Alles, was ist, war einmal ein Impuls.
Ein Impuls, der einem Entschluss und den Resonanzen darauf folgte Somit ist alles, was groß und beständig im Kosmos
wirkt, ausschließlich das Ergebnis eines beständigen, kraftvollen Bewusstseins und dessen aktivem Willen.
Ihr müsst wissen, dass der freie Wille in grobstofflichen Ebenen mehr bewirken kann als in feinstofflichen Ebenen. Diese
Tatsache ist einer der Hauptgründe, warum die Seelenenergien überhaupt inkarnieren. Der freie Wille gibt ihnen zusammen mit der Wirkungskraft in der grobstofflichen Materie mehr

Möglichkeiten, zu lernen und zu wachsen. Es scheint, als hätte die Energie mithilfe des Körpers mehr Ausdrucksmöglichkeiten ihrer Schöpfungskraft als in einer körperlosen feinstofflichen Form. Etwas zu wollen bedeutet, entscheiden zu können. Und um wählen zu können, muss man Vergleiche oder Möglichkeiten haben, unter verschiedenen Angeboten zu unterscheiden. Die Materie und ihre Dualität bietet uns genau diese Möglichkeit: zu wählen. Die Dualität erschafft den Raum, in dem wir vergleichen, wählen, bewerten und durch all dies das Bewusstsein wachsen lassen und ausdehnen können. Und wo Ausdehnung stattfindet, da ist Bewegung. Bewusstsein kann sich bewegen. Doch Initiator dieser Bewegung ist ausschließlich der freie Wille. Bewusstsein ohne einen freien Willen wäre ein starrer Zustand, den es im Kosmos nicht gibt. Lediglich in den sehr niedrig schwingenden Bereichen des Kosmos halten sich auch sehr niedrig schwingende Energieformen auf, doch einen wirklich bewegungslosen Zustand gibt es nicht. Die Neugier, in die irdische Entfaltung hineinzugehen, und die Sehnsucht der Energie hinaufzusteigen in die hochschwingende Frequenz der Seele, sind die Antriebskräfte hinter allem Sein, doch bestimmt der freie Wille letztendlich die Richtung und die Geschwindigkeit dieser universalen Bewegungen. Ein Wesen ohne freien Willen wäre nur wie ein lebloser Zustand. Genauso, wie es ein Wesen wäre, das mit der Kraft des freien Willens ausgestattet ist, aber kein Bewusstsein besitzt. Doch beides ist allein schon aufgrund der Vielfalt all der kosmischen Gesetze nicht existent und wird es auch nie sein.

Ich erinnere euch auch an dieser Stelle gerne wieder an das

Gesetz der Balance. Solange der freie Wille Teil des Kosmos ist, so lange ist er auch der Initiator der unausgeglichenen Schöpfungen im Kosmos. Und damit beginnt der Kreislauf von Aktion und Reaktion und endet mit dem Ausgleich derselben nur anhand des freien Willens. Er ist weder berechenbar noch kalkulierbar, er ist das höchste Gut der Energien. Selbst wählen zu können macht den Schöpfer in euch auch zu einem Führer.

In der grobstofflichen, dichten Materie ist das Bewusstsein gelähmt, langsam, träge und betäubt von der Verunreinigung des Organismus und der vielen Ablenkungen, die das irdische Leben mit sich bringt. Die Bewegung wiederzufinden bedeutet, das Bewusstsein so zu lenken und zu konzentrieren, dass es sich noch in andere Ebenen weiten kann. Dieses Weiten und Zurückziehen bedeutet, den Schwingungszustand der Energien in euch, doch vor allem den eurer Seelenenergie rein mit eurem freien Willen zu lenken. Das bedeutet, alle Erfahrungen, Gedanken und Impulse in euch dadurch aus anderen Blickwinkeln anhand anderer Wahrnehmungen zu betrachten. Und diese veränderten Zustände bringen andere Erkenntnisse mit sich als eben nur ein einziger. Die Intensität und die Reichweite eines Geschehens liegen im Auge des Betrachters. Doch der Betrachter kann den Standpunkt, von dem aus er schaut, selbst lenken. Und genau dort beginnt das Bewusstsein beweglich zu werden.

Nicht umsonst haben unsere Pyramiden ihre charakteristische Form. Stellt euch eine Fläche vor, die ein Quadrat darstellt. In diesem Quadrat gibt es Grenzen, Ecken und Längen.

Ihr bewegt euch innerhalb dieses Quadrates und gelangt ziemlich schnell an dessen Grenzen. Ähnlich verhält es sich mit dem Denken in derartigen Grenzen. Eure ganze Wahrnehmung kann nur in diesem Quadrat geschehen. Das beengt. Euer freier Wille nun ist es, der genau dann sich zu melden beginnt. Er fordert, dass ihr diese Grenzen verändert, um euer Bewusstsein zu erweitern, Neues zu entdecken, „anders" zu denken. Aber es geht nicht, da das Quadrat die Form vorgibt, in der das Bewusstsein sich bewegen kann. Und deshalb stellt euch nun vor, wie ihr einen Punkt direkt in der Mitte weit über dem Quadrat platziert. Von diesem Punkt aus betrachtet ihr nun dieses Quadrat. Verbindet ihn mit dem Quadrat und es entsteht eine Pyramide. Das Symbol der Einweihung. Das Symbol für die Erweiterung des Bewusstseins, in andere Zustände hinein und wieder heraus. Die Pyramide stellt dieses Symbol wunderschön dar, da sie außerdem eine Vielfalt an anderen kosmischen Gesetzmäßigkeiten bildlich verkörpert.

Seid euch bewusst: Dieselbe Situation kann aus einem anderen Blickwinkel ganz anders aussehen und damit auch anders wirken. Auf euch, in euch und auf andere. Versucht zu erkennen, was ihr aus der anderen Betrachtungsweise wahrnehmt. Ihr werdet sehen, wie sich eure Entscheidungen verändern – und ihr damit auch euch selbst und euer Leben verwandelt.


Der freie Wille kreiert Impulse. Diese Impulse sind reine Energie, und somit ist der freie Wille in uns ein energetisches Kraftwerk, weil er nur durch seine Existenz Energie erschaffen, bündeln und auch lenken kann. Und diese Impulse sind es, diese Energien sind es, die letztlich das ganze Leben lenken. Da

dieser Prozess unbewusst wie bewusst jeden Tag millionenfach im Geiste des Menschen geschieht, ist es von besonderer Wichtigkeit, das Bewusstsein zu erweitern, um dann mit der vielschichtigen Draufsicht auf die Situation und unter Einsatz des freien Willens den richtigen, energetisch harmonischen Impuls zu setzen.

Als Nächstes lenkt der freie Wille unsere Gedanken - er formt sie sogar. Die Gedanken wiederum bereiten unsere Wahrnehmung und diese erschafft folglich unsere Realität. Die Gedankenkraft mit diesem beständigen Willen dahinter setzt die Samen in der grobstofflichen Materie. Alle Energie, die uns umgibt, ist wie das Wasser, das diesen Samen weiter gießt und, eingebettet in die kosmischen Gesetze, wachsen lässt. Habt ihr einmal einem Gedanken in euch so viel Kraft gegeben, dass er euch bewegt, dann wird diese »Gedankenblume« irgendwann ein Baum. So wie alles auf diesem Planeten einmal ein Gedanke war. Jede Straße, jedes Haus, jedes Buch, jede Errungenschaft der Menschheit und sogar ihr – jeder von euch - ja, selbst ihr wart einmal die Idee zweier Menschen.
Ihr solltet erkennen, wie einmalig und großartig und essentiell das Wissen um den freien Willen als Teil des Bewusstseins für die Existenz aller Formen im Kosmos ist. Jede Energieform mit ausreichend Energie hat dieses Werkzeug inne und je bewusster es sich dessen ist, umso positiver und harmonischer kann der freie Wille eingesetzt werden. Gleichzeitig ist er der „Faktor X“ der Energien, denn wohin sich die kosmische Energie heute tendenziell bewegen *will,* heißt nicht, dass sie dies morgen auch noch tut. Warum ist das so? Weil der freie Wille jeder einzelnen

Energie diese Richtung ändern kann. Die Verantwortung, die mit dieser Kraft einhergeht, ist eine der wichtigsten Lehren hier in der Schule. Denn alles ist möglich, im Meer der Energien, das Positive wie auch das Negative - was davon materialisiert werden soll, wählt ihr alle jede Sekunde aufs Neue. Nutzt den freien Willen, um Positives und Harmonie zu erschaffen und nutzt ihn auch, um ganz gezielt euer Bewusstsein zu bewegen. Denn das wird dann euch *bewegen*.

Und mit diesen Worten möchte ich meinen Unterricht heute beenden. In den letzten neun Tagen habt ihr alle Grundgesetze des Kosmos erfahren und bald geht es weiter mit der nächsten Stufe. Nun habt ihr zwei Tage frei, in denen ihr bitte weiterhin viel über das Erfahrene nachdenkt und meditiert. Danach wird dann eine andere Wesenheit die nächsten Unterrichtsstunden bei euch absolvieren.
Ich danke euch von Herzen für die gemeinsame Zeit und für eure Aufmerksamkeit. Es ist wichtig, dass es Menschen wie euch gibt, die dieses Wissen erfahren wollen, um es zu erhalten und weiterzugeben. Ich danke euch für diese Bereitschaft, eure Zeit und eure Hingabe an diese Aufgabe.
Seid in Liebe und Frieden."

*Tontafel*
*Nutze den freien Willen so oft und so viel du kannst.*
*Nur hier in der dichten Materie wirkt er so intensiv, so konzentriert und stark. Nur hier kann er dir die entscheidende Chance bieten, das zu erfahren, was du erfahren willst. Nutze ihn, aber nutze ihn mit Respekt*

*allem Leben gegenüber.*
*Sei dir der »Verbindung« bewusst und erkenne in ihr*
*dein Potenzial.*

Dann schaute er uns lange an. Erneut nahm er einen tiefen Atemzug und atmete ihn schnell und heftig aus. Dann verwandelte sich seine Ausstrahlung wieder zu dem Menschen, den wir als Lehrer kannten. Die Wesenheit hatte den Tempel der Worte verlassen und uns alle in einer erhabenen Stimmung zurückgelassen. Der Lehrer erhob sich aus seiner Position und verneigte sich wortlos, um abzutreten. Wie immer bleiben wir Schüler noch eine Weile im Raum, um dem soeben Gehörten nachzuspüren.

Meine Gedanken waren noch immer bei den letzten Worten der Wesenheit. Was meinte sie wohl mit „meditieren"? Ich sollte meinen Meister mal fragen, was das genau ist ... morgen sehe ich ihn ja wieder und ich freue mich schon sehr darauf. Dieses Schweigen ist anstrengend. Man will doch lachen, man will doch miteinander reden, um miteinander zu sein, man will doch „sein"...
Ich empfand das Schweigen als unglaublich mühsam und freute mich nun schon sehr auf die Begegnung mit meinem Freund an der Löwenstatue heute Abend. Wie wird es wohl sein, wenn ich mit ihm spreche? Wer ist er, woher kommt er?

Am nächsten Tag freute ich mich wirklich sehr auf meinen Meister und war gespannt, was er wohl für mich bereit hielt. Wie verabredet trafen wir uns im Tempel der Worte und setzten uns auf die Kissen des Vorraums mit der großen Sonne. Ich war ruhiger als all die letzten Male, vor allem in meinen Gedanken.

Er sah mich lange an und begann wieder sanft zu lächeln. „Na mein Kind, was hat dir die Stille erzählt?", fragte er.

Ich begann zu stammeln: „Nun ja, es war teilweise etwas langweilig, aber ich habe einen Weg gefunden, wie ich dennoch kommunizieren konnte. Ich habe einen Jungen aus meiner Gruppe ab und zu bei der Löwenstatue getroffen und wir haben versucht, uns anderweitig auszutauschen. Ich hab es als Übung sehr gemocht, aber das Reden mag ich doch mehr."

„Hast du denn sonst noch andere Erkenntnisse aus der Zeit ziehen können? Überlege bitte etwas genauer, etwas tiefgründiger."


Ich nahm einen tiefen Atemzug und ließ meine Gedanken um die letzten Tage und Nächte kreisen. Ich fragte mich, ob sich irgendetwas für mich verändert hatte, bis auf die Tatsache, dass ich mich jetzt hier im Tempel schon besser auskannte. Ein Satz stieg aus meinen Gedanken an die Oberfläche und formte Worte, noch bevor ich sie reflektieren konnte:

„Ja, ich habe durch dieses Schweigen erkannt, dass ich mich besser auf meine Umgebung konzentrieren kann. Es kostet mich keine Anstrengung und doch kann ich viel mehr im Tempel wahrnehmen als vorher. Ich habe Bilder gesehen, die ich vorher nicht sah, ich habe Statuen gesehen, die ich vorher nicht einmal ansatzweise wahrgenommen hatte und Pflanzen gerochen, die ich vorher nicht einmal gesehen hatte. Außerdem hatte ich manchmal das Gefühl, als ziehe sich die Zeit bis in die

Unendlichkeit."

Ich hörte mich das alles sagen und war etwas erstaunt, wie klar sich diese Worte ihren Weg gesucht hatten.


Der Meister nickte beruhigt und antwortete: „Bravo mein Kind, genauso soll es sein. Die Stille bringt uns dazu, unser Bewusstsein zu schulen und dadurch unsere Wahrnehmung zu verändern. Die Ablenkungen der Umwelt ziehen viel von dieser Kraft ab, und dadurch verlieren wir scheinbar die Verbindung mit den anderen Welten. Die Stille ist der Schlüssel, diese Verbindung wieder zu finden, und ich freue mich, dass du dir dieses Schlüssels von ganz alleine bewusst geworden bist. Das freut mich sehr. Hast du denn in all den Unterrichtsstunden verstanden, was dir gelehrt wurde?"

Abermals nahm ich einen tiefen Atemzug und schaute ihn lange an ... denn ein großes Ja wollte aus mir heraus ... konnte aber nicht. „Es" in mir schwieg. Im Nachsinnen über die erfahrene Masse an Informationen, Gesetzen und Zusammenhängen drängte sich mir jedoch eine Frage auf, die ich unbedingt stellen wollte:

„Lieber Meister, wir haben gelernt, dass alles Energie ist. Das verstehe ich soweit, wie ich die Energie in einem Lebewesen sehe, wie sie sich bewegt, den Körper erwärmt und lebendig die Form durchdringt. Doch wo und vor allem wie soll zum Beispiel in den Steinen des Tempels hier Energie sein? Oder in dem Tisch, an dem ich mein Essen zu mir nehme, im Bett, in dem ich schlafe? Wo ist dort die Energie?"

Wie immer lächelte mich der Meister sanft an. Es schien, als könnte er es gar nicht erwarten, mir darauf zu antworten:

„Liebes, das ist eine schöne Frage. Viele Menschen kommen an diesen Punkt und ich will sie dir gerne beantworten. Grund der Vielfalt im Kosmos sind die Gesetze, die du nun kennen gelernt hast. Doch am besten kann ich dir deine Frage beantworten, wenn du gar nicht mal so weit in die kosmischen Gesetze hineindenkst, sondern hier auf der Erde bleibst. Ich möchte dabei das Bild eines Tontopfes wählen. Hast du schon einmal gesehen, wie ein Töpfer arbeitet ?"

Ich nickte interessiert.

„Dann hast du auch gesehen, wie eine ganz besondere Art Materie, nämlich der Ton, mit dem Element Wasser vermischt und dann leichter formbar wird. Wenn der Töpfer mit dem Formen fertig ist, wird der Topf für eine gewisse Zeit in einem Ofen sehr heiß aufbewahrt. Dabei verhärtet sich das Material und es entsteht letztlich ein Tontopf, der Flüssigkeiten oder andere Dinge aufbewahren kann, ohne dabei auseinander zu fallen. Und so mein Liebes, ist es mit allen Energien. Die Energie der Quelle aller Energien ist das Material, der Ton. Sie wird in Bewegung gebracht und je nach der Kraft des Töpfers, seiner Gedankenkraft und daher natürlich auch seinem freien Willen, formt dieser die Form, die er haben möchte. So formen sowohl die Menschen als auch die Natur die Energie des Kosmos in all ihren jeweiligen Möglichkeiten zu dem, was sie möchten. Das macht den Schöpfer in uns aus, genauso wie es zeigt, dass die Natur selbst ein Schöpfer ist. Denn alle Formen, die du aus der Natur kennst, aber auch die Steine und Statuen, die Tische und Betten hier im Tempel sind aus dieser Folge entstanden. Wenn ihr später die Energiewelten gelehrt bekommt, dann wirst du noch etwas besser verstehen, wie wichtig bei dieser Formung

der Energien die jeweiligen Frequenzen einer Ebene dazu beitragen, welche Formen jeweils entstehen. Mit dem Wasser verbunden hat der Ton eine andere Fähigkeit, als im Ofen. Jedes Element, jeder Umstand beeinflusst den Zustand einer Energie. Verstehst du, was ich meine?"

Staunend schaute ich ihm tief in die Augen und grübelte nach, wie er das wohl gemeint haben könnte. In der Tat ist es etwas schwer, sich Energiewelten vorzustellen, wenn man dafür gar kein Bild hatte. Doch ich verstand die unterschiedlichen Hintergründe, die er anhand der Metapher versucht hatte zu beschreiben. Warum sich Materie wie und warum so formt, wie sie sich formt.

„Ja mein Meister, ich glaube, ich habe es verstanden. Wir können Energie zu Materie formen. Lenken nicht wir diese, so tut es die Natur, aber in jedem Fall ist es Energie, die wir dazu nutzen und die nur in eine andere Form gebracht wird. Richtig?"

Der Meister strahlte über sein ganzes Gesicht und sagte begeistert: „Ja, genau so ist es. Bravo Kleines, Bravo. Wenn du das einmal klar erkannt hast, dann bist du schon einen großen Schritt weiter in deiner Bewusstheit darüber, warum alles so ist, wie es ist - doch vor allem, warum dir in der groben Materie, hier auf der Erde, ganz andere Formen begegnen als in den feinstofflichen Ebenen. Es ist wichtig, dass du diese Erkenntnis nutzt, um flexibel zu sein, denn oft können die anderen Welten sehr ungewöhnliche Formen hervorbringen. Um deinen energetischen Zustand nicht zu irritieren, ist es deshalb wichtig, dass du in dir immer genau weißt, warum etwas so ist, wie es ist. Und das, denke ich, hast du nun erkannt.

Deshalb möchte dir heute eine weitere Aufgabe übergeben, die du bitte lebst, bis wir uns wiedersehen. Bitte sprich nur, wenn dich andere ansprechen, und versuche deine Fragen auf andere Weise zu beantworten. Suche dir einen Ort deiner Wahl, der dir Ruhe und Stille schenken kann, und stelle deine Fragen. Wenn wir uns dann in einer Woche wiedersehen, berichte mir bitte von deinen Erkenntnissen."

Staunend nickte ich. Mein Meister verabschiedete sich schnell und verschwand im Licht der heißen Sonne. Ich hatte Gefallen am Duft und an der Atmosphäre des Tempels der Worte gefunden und konnte so Stunden dort verbringen. War dies vielleicht der Ort, den ich mir suchen sollte, um die Antworten zu bekommen? Ich versuchte in mich hinein zu lauschen, doch so wirklich begeistern konnte ich mich für diese Möglichkeit nicht. Also erhob ich mich und schritt langsam durch die anderen Räume im Tempel der Worte - wachsam in mich hinein lauschend, ob ich einen Impuls verspürte, der mich das Ziel meiner Suche erkennen ließ. Doch nichts geschah. Also begann ich weiter draußen in der Tempelanlage zu suchen. Ich bewegte mich langsam und sorgfältig durch die Gänge. Hier und da entdeckte ich wieder neue Malereien und in Stein gehauene Bilder und versuchte fasziniert sie zu verstehen. Doch allein das Betrachten entführte mich schon in eine andere Welt. Eine Welt voller Wunder und Schönheit. Dieses erhabene Gefühl sog ich auf und schwebte so weiter bis ans andere Ende der Tempelanlage.

Wie von Geisterhand geführt stand ich plötzlich vor einem

kleinen, fast unscheinbaren Raum. Der Eingang war weiß mit goldenen Beschriftungen, und zwei Wächter hielten jeweils einen Kelch aus Gold in der Hand, sowie einen Stab, der mir den Weg versperrte. Ich schaute sie beide sehnsüchtig an, weil es mich magisch in diesen Raum zog, und meine Augen glänzten vor Flehen. Mein Herz schlug laut, mein Puls raste und mein Atem stockte. Da begannen beide plötzlich, die Stäbe vom Eingang zu entfernen. Einer der beiden streckte mir den Kelch entgegen und zeigte mir, ich solle daraus trinken. Zittrig und aufgeregt wie am ersten Tag trank ich kurz einen Schluck, bis er den Kelch wieder zurückzog und mir mit einer Geste zu verstehen gab, dass ich nun eintreten könne.

Ich war froh, dass ich hier ganz alleine war, denn sonst hätte ich mich für meinen lauten Herzschlag geschämt. Die Wände waren alle ganz weiß und in der Mitte des Raumes stand ein großer Kelch aus Gold auf einem Sockel. Meine Neugier trieb mich zu diesem Kelch, um zu schauen, was sich darin befand. Langsam ging ich also auf diesen Kelch zu. In ihm glitzerte klares Wasser, das im Licht der Fackeln golden wirkte. Es drängte mich, mich zu setzen und ich genoss die Schönheit dieses Ortes. Meine Augen wollten alles sehen, alles begreifen, doch vor allem wollte ich verstehen, warum ich diesen Ort so mochte. Die Decke war ebenfalls weiß, doch eine Spirale aus Gold unterbrach diese Einheit. Ich erinnerte mich - diese Spirale hatte uns die Wesenheit erklärt. Sie steht für die Bewegung des Bewusstseins. Stolz lächelte ich, dass ich mich daran erinnern konnte und meine Augen fielen wieder auf den Boden zurück. Jetzt erst bemerkte ich, dass auch der Boden aus einem weißem Stoff war und versuchte ihn zu spüren. Ich begann meine Beine so zu formen wie in dem Ritual und versuchte tief zu atmen. Tränen stiegen mir in die Augen, so glücklich war ich hier, an diesem Ort. Mein Atem wurde ruhiger und tiefer und ich begann meine Augen zu schließen.

Nach einer kleinen Weile vermischten sich meine Gedanken mit den Bildern, die ich begann wahrzunehmen. Ich ließ mich in die Erinnerungen an meine Heimat fallen, roch wieder den Lavendel, spürte das Gefühl des Beschütztseins und erinnerte mich an das Leben, wie ich es mit Vater gelebt hatte. Ich folgte den Vögeln bei ihrem Gesang durch den Abend und lauschte dem Wind, wie er sanft über den Nil strich und kleine Wellen formte. So träumte ich mich davon und vergaß die Zeit. Es tat mir gut, so zu sein. Es machte mich wachsam, nicht müde. Als ich die Augen wieder öffnete, war ich von einem tiefen Gefühl der Erfülltheit erfasst, dass mir leise in jede Pore flüsterte: Du kannst immer wieder dorthin. Und diese Erkenntnis ließ mich tränenerfüllt vor Glück lächeln.

Voller Kraft aber dennoch behutsam, bewegte ich mich wieder aus diesem Raum heraus und dankte den Wächtern mit einem Nicken für ihre Güte, mich hineingelassen zu haben. Ich wankte noch ganz glückserfüllt zum Abendbrot, doch schon bald begann ich mich sehr auf das Treffen mit dem Jungen auf der Löwenfigur zu freuen.
Und so war es dann auch. Kaum war die Sonne am Himmelszelt der Nacht gewichen, machte ich mich nach dem Essen auf den Weg dorthin und fand meinen stummen Freund dort vor.

Ich lächelte ihm zu und freute mich wirklich sehr, ihn wiederzusehen. Er lächelte mich auch erwartungsvoll an und keiner wusste so recht, wer nun beginnen sollte. Aus mir platzte ein: „Na, haben wir es endlich geschafft", heraus, und er lächelte noch breiter zurück. „Ja, endlich, das war eine Qual", setzte er nach.

„Ich bin die Olevah", wollte ich gerade beginnen zu erzählen, da sagte er bereits: „Ich bin der Erloh und ich komme von weit her. Meine Eltern haben mich hierher gebracht, weil sie meinten, ich habe eine besondere Begabung, die hier gefördert werden kann, also bin ich jetzt hier. Aber sie fehlen mir sehr."

Ich wurde still, denn eine derartige Vergangenheit hatte ich nicht aufzuweisen. Und auch, ob ich eine Begabung hätte, wagte ich sehr anzuzweifeln. Plötzlich wollte ich ihm nichts mehr von meinen Eltern erzählen und von meiner Geschichte. Es schien hier nichts zu suchen zu haben. Also schwieg ich und Es flüsterte nur ein leises: „Ich freue mich, dass wir uns hier getroffen haben, ich bin die Olevah."
Erloh redete unentwegt. Über seine Erfahrungen, seine Eindrücke vor und nach der Prüfung, seinen Weg in den Tempel und seinen Umgang mit all dem Neuen hier. Doch er fragte mich nie nach meinen Erfahrungen. Da erinnerte ich mich an die Worte meines Meister. Ich solle nur antworten, wenn ich gefragt werde - Erloh war eine perfekte Übung dafür. So verbrachten wir viele Stunden miteinander, doch vor allem nebeneinander. Er war ein komischer Kauz, doch irgendwie liebenswert. Seine offene Art bewegte mich, mal in ein stilles Gefühl

hinein, mal in ein euphorisches.

Ich mochte diesen Tanz der Gefühle und doch schwieg ich so viel. Was erst so ungewohnt und abschreckend für mich war, begann nun tief in mir Wurzeln zu schlagen. Die Wurzeln der Stille, die die Erkenntnis hervorbringen.

# Das Herz

Am nächsten Tag begab ich mich wieder in den weißen Tempel. Dort versuchte ich mich wieder auf meine Heimat einzustimmen und es gelang mir in Windeseile. Schnell landete ich bei einer Szene, in der ich mit meinen Geschwistern vor unserem Haus spielte, und wo Erloh mir von seiner Arbeit beim Pharao im Tempel erzählte. Vielleicht wurden damals die Wurzeln gelegt für meine Sehnsucht, die mich dann hierher führte, ich wusste es nicht. So erkannte ich am Ende des Tages, dass ich auf diese Art und Weise auch in die Vergangenheit eintauchen konnte, ohne die Grenzen von Zeit und Raum. Wieder um eine Erkenntnis reicher, freute ich mich nun sehr auf den Unterricht, der in den nächsten Tagen folgte.

Wie schon einige Male zuvor saßen wir im Halbkreis beisammen und erwarteten schweigend den Lehrer. Die Tür bewegte sich leise, und als würde ein Windhauch durch den Raum schweben, stand plötzlich eine Frau vor uns. Wie alle Lehrer erschien auch sie in einem weißen Gewand. Ihre Bewegungen wirkten sanft und leicht wie von Geisterhand geführt. Ich kannte dieses Gesicht. Ja, es war die Frau, deren wundersame Kraft ich zu Beginn der Aufnahmeprüfung wahrgenommen hatte und die mich außerdem zusammen mit dem Mann am Ende der Prüfung mit ihrer unbeschreiblichen Ausstrahlung begeistert hatte. Warm und wohlig fühlte es sich an, ihr in die Augen zu blicken. Weich und unendlich liebevoll strahlte sie ununterbrochen in einer sehr aufrechten, edlen und würdevollen

Art. Als sie sich setzte, wurde mir noch wärmer ums Herz. Ein Gedanke ergriff mich. Die Sehnsucht nach der Mutter, die ich nie kennen gelernt hatte, wurde durch ihre Anwesenheit neu entfacht, und das brachte zwei starke Gefühle mit sich. Ein Teil in mir war dankbar, solch einen Menschen getroffen zu haben, ein anderer Teil wurde traurig, dass ich eine derartige Kraft bisher noch nicht hatte erfahren dürfen. Ich musste aufpassen, dass ich mich von diesen Gefühlen nicht einnehmen ließ.

Sie schaute uns alle langsam und mit einem inneren Lächeln tief in die Augen. Ihr Atem ging langsam und tief. Ihre Schönheit fesselte mich auf wundersame Weise. Am Ende des Halbkreises bei mir angekommen, bleib ihr Blick lange bei mir hängen. Es war, als würden ihre Augen direkt in mein Herz schauen und es mir aufreißen. Die Wärme ergriff mich, die Sehnsucht nach einer Umarmung wurde fast übermächtig, Traurigkeit packte mich und die Dankbarkeit war es schließlich, die mir die Tränen in die Augen trieb. Doch es war keine Trauer, es war ein anderes Gefühl, das mich so übermannte. Ich gab mich dem vollends hin.
Sie schloss ihre Augen und atmete tief ein und aus. Dann öffnete sie diese wieder und begann zu sprechen:

„Verehrte Neophyten."
Ich erschauderte vor der Schönheit und der Wärme, die aus ihr sprachen.
„Es ist auch mir eine große Freude und Ehre euch hier zu lehren. Mein Aufgabengebiet ist die Verbindung in die feinstofflichen Ebenen. Ich werde euch lehren, wie wichtig es ist, diese

Verbindung zu leben, genauso wie ich euch lehren werde, wir ihr sie wiederfindet und aufrechterhaltet. Und da die Verbindung in die anderen Welten die Essenz dieser Ausbildung ist, bitte ich euch, wirklich aufmerksam und genau zuzuhören. Ihr werdet dieses Wissen brauchen. Über alle Äonen durch alle Leben auf allen Planeten des Universums."

Gebannt hörte ich ihren Worten zu, von denen mir jedes Einzelne wie ein Lied aus Licht und Liebe erschien.

Sie holte tief Luft und begann erneut zu reden, wie eine Mutter, die ihrem Kind eine Geschichte voller Liebe und Hingabe erzählen möchte.

„Liebe Neophyten, es ist an der Zeit, dass ihr das wichtigste Organ eurer Seele kennen lernt."

Wir schauten wohl alle etwas verdutzt, denn jeder von uns wusste, dass eine Seele sicher kein Organ besitzt. Auch die schöne Lehrerin wusste das und lachte uns sanft an.

„Euer Herz ist es, das die Seele mit eurem Körper verbindet und deshalb eines der faszinierendsten und magischsten Organe aller Körper des Universums darstellt. Denn wo Feinstoffliches mit Grobstofflichem verbunden werden kann, treffen unendlich viele Möglichkeiten und Funktionen aufeinander.

Unser Herz ist weit mehr als nur ein Organ. Es ist die Brücke zu unserem göttlichen Herz, der Energie, mit der wir auf ewig mit allem Sein verbunden sind. Es ist ein Turbo für den freien Willen, Sprachrohr eurer Seele, Sender und Empfänger für jegliche Impulse, ein Energiewandler und ein Schöpfer – doch in jedem Fall ist es ein Tor. Ein Tor zu euch selbst. Ein Tor in andere Welten. Ein Tor des Bewusstseins und damit das Tor zur Quelle. Ein Durchgang für die Impulse, die euch erreichen sollen, und für solche, die ihr selber kreiert. Dieser »Durchgang« wirkt in beide Richtungen. Doch ganz gleich, was letzten Endes von all diesen Eigenschaften wirkt, es unterliegt, wie ihr schon erfahren habt, eurem freien Willen und damit eurem Entschluss, all dies auch wirklich zuzulassen. Jeder Einzelne von euch muss sich immer wieder aufs Neue entscheiden, das Tor zu schließen oder zu öffnen. Wie weit, wie lange, oder ob dieses Tor nie wieder geöffnet sein darf, entscheidet ihr, lenkt ihr – jeder von euch, jeden Moment, immer wieder. Es ist da, die ganze Zeit, euer ganzes Leben lang. In euch. Es wartet darauf, dass ihr es öffnet, damit es euch seine Fülle offenbaren darf. Doch ihr müsst es zulassen und wirklich wollen. Wirklich wollen.

Kein Werkzeug, keinen Schlüssel des Seins könnt ihr anwenden, wirklich verstehen, erfahren und nutzen, wenn ihr nicht euer Tor geöffnet habt. Wie ein Körper ohne Herz nicht sein kann, so kann ohne diese Toröffnung eure Seele nicht zur Bewusstheit gelangen. Dort treffen sie sich, Mensch und Geist, Körper und Seele. Und dort beginnen sie gemeinsam, ein Drittes, eine neue Energie zu werden. Dort beginnen sie gemeinsam, Neues zu erschaffen, was jedes Einzelne in seiner Getrenntheit nicht erschaffen konnte.

Und zugleich ist das Herz das »Verbindungsorgan« aller Herzenergien des Universums. In ihm erschaffen Geist und Materie einen neuen »Raum« – den Raum des Einheitsbewusstseins. Es ist der Ort, an dem ihr die Verbindungen mit dem All-Eins wahrnehmen könnt, aufnehmt, belebt und nutzen könnt. Und da, wo Verbindungen wahrgenommen werden, wird auch die Liebe empfunden. Je bewusster ihr euch der Verbindung mit allem seid, umso stärker werdet ihr diese Verbindung mit allem spüren. Genau dann entsteht ein Gefühl. Und dieses Gefühl ist die Liebe. Somit ist dieses Gefühl direkt an die Offenheit eures Herzens gebunden und damit auch an euer Bewusstsein. Doch davon später mehr.

Zu lieben wiederum heißt, in bewusste energetische Kommunikation zu treten. Also ist das Herz gleichzeitig auch ein Tor der Kommunikation mit anderen Welten. Und dadurch wird es zu einem Sender und einem Empfänger für genau diese Impulse. Als Sender werden eure Gedanken zu Gefühle und die Gefühle letzten Endes zu Impulse. Und diese Impulse sind es, die ihr sendet. Die euer Herz sendet! Ob ihr etwas mit der Kraft eures Herzens bewegt oder ohne, wird sich darin offenbaren, wie kraftvoll eure Impulse in der Materie wirken. Das geschieht so, weil das Energiefeld des Herzens sich in seiner Strahlungskraft stark von allen anderen Organen, die ihr in euch tragt, unterscheidet. Es ist »stärker« und strahlt deshalb, wenn ihr es zulasst, unendlich weit in andere Frequenzbereiche hinein. Diese Kraft durchdringt alle Formen von Materie und erschafft sie zugleich. Je mehr ihr euer Herz also öffnet, umso stärker werden Resonanzfelder auf diese Kraft reagieren. Daher geht jede Öffnung in euch und für die zukünftigen Geschehnisse mit euch ausschließlich nur über euer Herz. Das Herz ist das Werkzeug dieser unumgänglich notwendigen Öffnung in euch. Und ist das Tor geöffnet, so fließen auch die Energien hindurch. Ein Austausch, aber auch eine Wandlung geschieht, wenn Energien aufeinandertreffen.

Daher ist das Herz auch der Ort, an dem und mit dem ihr eure inneren Ängste, eure Verzweiflung und eure Schmerzen lösen und transformieren könnt. Denn nur wenn ihr diese Faktoren transformiert habt, kann euer wahres Innerstes wirklich blühen. Das Herz kann euch einen Moment schenken, in dem euer ganzes Leben einen völlig neuen Impuls, eine neue Richtung erfährt. Denn nur über das Herz seid ihr mit der Quelle allen Seins verbunden, ob unbewusst und schwach oder bewusst und gestärkt. Nur mit dem Herzen könnt ihr das Rad der Wandlung in eine entscheidende, neue Richtung bewegen. Nur dort könnt ihr das Ego in euch bezwingen und wieder »nach Hause« (in den höherschwingenden Zustand der Quelle) finden.
Hier treffen sie sich, die Egokraft deines Verstandes und die Kraft des Kosmos. Und nur hier könnt ihr die Umkehr einleiten, weg aus dem Egobewusstsein in ein Einheitsbewusstsein. Das ist die Chance eures Seins. Das ist die Chance des Lebens auf diesem Planeten. Jetzt und hier. Und ihr seid hierher gekommen, um diese Chance bestmöglichst zu nutzen. Unsere Schule hier bringt euch den nötigen Abstand von den Ablenkungen dieser Welt und bietet euch gleichzeitig ausgewählte Kräfte und Werkzeuge, die alle das Ziel haben, euer Bewusstsein zu bewegen, zu beschleunigen, zu erwecken. Doch, wie ihr nun erfahren habt, ist die Bewusstseinsformung direkt an eure

Herzöffnung gebunden. Also bedingen sie einander, braucht das eine das andere - wie das Feuer die Luft .

Das Herz kann viel heilen. Doch es braucht euch dafür. Euren inneren Entschluss, euren Mut, eure Kraft und, aus all dem folgend, die Bewusstwerdung eures ganzen Potenzials. Und dann, wenn ihr euch dieses »Kraftwerks« in euch bewusst seid und es nutzt, um eure Impulse über das Herz zu formen, dann werdet ihr zu einem Schöpfer. Nur das Herz führt eure Ideen und Impulse zu einem Gefühl, und genau da beginnt Schöpfung. Weil diese gebündelte Energie durch das Tor in die anderen Welten zu wirken beginnt.

Die Kraft dieses Schöpfens ist unendlich und kann Unglaubliches bewegen und bewirken. Wir sind alle miteinander verbunden, und wir sind es ausschließlich über das Herz. Dort begegnen sich feste Materie und Feinstoffliches auf unbeschreiblich schöpferische Weise, weil dieses Organ als Einziges Energien transformieren kann. Dort findet das Hier zum Jetzt, dort findet die Gegenwart die Zukunft und auch die Vergangenheit. Dort ist das Tor eurer Seele zu sich selbst, weil sie dort mit der Quelle die Verbindung aufrechterhält. Daher ist eine Herzöffnung auch immer die unabdingbare Voraussetzung in eurem Leben, wenn ihr den Kontakt zu eurem eigentlichen Ich wiederfinden wollt. Zusätzlich dazu ist das Herz das Organ, in dem wir mit Mutter Erde am stärksten verbunden sind. Die Einzigartigkeit der Kraft der Erde schenkt euch eine einzigartige Plattform, mit dem Herzen zu »erfahren«. Nutzt dieses Geschenk.

Wird aber all das nicht genutzt, so verkümmert das Herz und damit auch das ganze Potenzial der Schöpfung, des Sendens, Empfangens, Kommunizierens und Transformierens. Ein Tor wird vergessen, und damit die größte Chance des Menschseins. Was zusammengehört, kann nicht zusammenfinden und geht schließlich an der Leere kaputt, die dann entsteht. Der Mensch hat über das Herz die Gabe, die »Ganzheit des Seins« zu erfahren. Erkennt und nutzt er diese Gabe nicht, so erfährt er sich nie in dieser Ganzheit des Seins, sondern nur in kleinen Teilen, getrennt von seinem Ganzen. Ein Herz will lieben, es will kommunizieren, es will leben und verbinden – nehmen wir ihm das, so nehmen wir ihm den Atem des Lebens. So nehmen wir ihm den Atem des Seins.

Und mit diesen Worten möchte ich mich nun für heute verabschieden. Ich bitte euch, in Ruhe über das Erfahrene zu meditieren und behutsam in euch hinein zu lauschen, was euer Herz euch sagen will."

Die Wesenheit verließ den Körper der schönen Frau und sie begann uns lächelnd und liebevoll anzuschauen. Dann verabschiedete sie sich, legte die Tontafel auf den Boden und ging aus dem Unterrichtsraum.

*Tontafel*
*Was immer ihr vollbringen wollt auf dieser Welt,*
*tut es aus ganzem Herzen.*
*Das Herz ist das Tor allen Seins.*
*Nur im Herzen geschieht die Öffnung.*

Ich war wie betäubt von diesen Worten. Einerseits hatte ich ihr aufmerksam zugehört, und andererseits fragte ich mich, wie wichtig diese Botschaft für das ganze Leben eines Menschen sein könnte. Wissen die Menschen außerhalb dieser Mauern, dass sie in sich ein solches „Zauberorgan" besitzen? Ist ein Leben in erfahrender Trennung nicht wie ein verlorenes Leben? Mich beflügelten ihre Worte und ich träumte davon, mein Herz so weit zu öffnen, dass ich Vater wieder wahrnehmen konnte. War es tatsächlich nur eine Frage des Herzens, das im Ritual weiter geöffnet war als in meinen anderen Versuchen? Erneut begannen sich Fragen in mir zu formen, auf die ich wie immer keine Antworten fand. Doch ich hatte ja meinen Meister und ich freute mich schon, mit ihm darüber zu sprechen.

Alle Mitschüler freuten sich schon auf die freie Zeit, doch ich wollte und konnte noch nicht gehen. Ich war taumelnd verloren in einer Sehnsucht nach dieser Kraft, die nie vergehen sollte. Ich wollte auf ewig hier bleiben. Also tat ich das. Erloh schaute mich noch fragend an, verließ aber dann auch den Raum. Es war mir egal, was andere darüber dachten, ich entschied mich ganz klar, jetzt noch dableiben zu wollen.

Plötzlich spürte ich eine sanfte Präsenz im Raum. Die Lehrerin betrat erneut den Raum und setzte sich neben mich, dorthin, wo ein anderer Mitschüler eben noch gesessen hatte. Ich war aufgeregt und wusste nicht so recht, wie ich mit dieser Situation umgehen sollte.

Und schon sprach sie zu mir: „Hallo du hübsches Mädchen, kann ich etwas für dich tun oder warum sitzt du noch hier ?"

Ich war ganz erstaunt, dass ich mal eine Frage beantworten sollte und nicht nur darauf wartete, dass andere mir endlich meine Fragen beantworteten. Und so versuchte ich so klar und konzentriert wie nur möglich zu antworten:

„Ach wissen Sie, liebe Lehrerin, ich bin nur so ergriffen von der schönen Energie, die Sie hier verbreitet haben. Ich hatte dieses Gefühl noch nie in meinem Leben, so warm, so weich, so schützend und doch sanft zugleich. Und deshalb möchte ich es noch genießen und festhalten solange ich nur kann. Können Sie das verstehen?"

Sie lächelte mich sanft an und nickte. Dann antwortete sie:

„Kleines, ja das verstehe ich sehr gut, ich hatte meine Mutter auch sehr früh verloren, doch habe ich hier in der Schule erfahren, dass es die Trennung zu ihr gar nicht gibt und dadurch habe ich meine Traurigkeit überwunden. Ich denke, das schaffst du auch-"

Ich freute mich über ihren Zuspruch, der mich ermutigte, weiterzusprechen. „Ja, das mag alles sein, aber noch bin ich da nicht, verehrte Lehrerin. Außerdem sind in meiner ganzen Klasse nur Jungs und da fehlt mir umso mehr der weibliche Zuspruch. Ich fühle mich, glaube ich, allein durch die Sonderstellung in der Gruppe schon einsamer als so manch anderer von den Jungs."

Dann sank mein Blick auf den Boden und sie ergriff sofort das Wort:

„Ja, Liebes, das kann ich auch verstehen, aber du solltest diese Tatsache nicht werten. Versuche es als eine Herausforderung anzunehmen, neben so vielen Jungs deine Frau zu stehen ...", dann lächelte sie und ich musste auch lachen.

„Wann immer du dich alleine fühlst unter all den Jungs, kannst du gerne zu mir kommen, und wir reden über das, was dich bedrückt. Ich bin immer in dem orangefarbenen Haus im Zeremonienbereich der Tempelanlage zu finden. Doch solltest du auch wissen, dass alle Antworten, die du dir selbst beantwortest, dich einen größeren Schritt vorwärts bringen, als die Antworten, die ich oder andere Lehrer dir geben."

Erstaunt über diese Worte ließ mich meine Neugier nachfragen:

„Aber wieso ist das so? Wenn sie nun schon alle da sind, warum ist dann ausgerechnet das, was Lehrer tun sollten, nicht gut für den Weg des Schülers ?"

Wieder lächelte sie zärtlich und sah mir tief in die Augen.

„Liebes, du hast noch immer nicht ganz realisiert, wo du hier gelandet bist, glaube ich. Du meinst, es sei eine `lustige´ Institution, bei der man verrückte Dinge erfährt. Doch mein Kind, dem ist nicht so. Viele Menschen wünschen sich eine derartige Begleitung wie du sie hier durch uns bekommst, doch nur wenigen wird sie zuteil. Grund dafür ist, dass eine Seele bestimmte Voraussetzungen mit sich bringen muss, um die Lehre zu be-greifen. Hier geht es nicht um ein Spiel, oder um einen Versuch, wie man das Leben schöner machen könnte, hier geht es um dich. Nur um dich. Um deine Seele. Dein tiefstes Innerstes. Das, was du schon seit Äonen von Zeiten bist und was du noch für Äonen von Ewigkeiten sein wirst. Sehr wenige Menschen nutzen diese Chance. Sie verleben ihr Leben in alltäglichen Ablenkungen. Dort eine Feier, da die Arbeit, hier die Kinder, doch niemals fragen sie, wer sie wirklich sind und verpassen es, das eigentliche Potenzial eines Lebens auch nur einen Moment lang zu leben. Keiner von ihnen hat jemals erfahren, warum er auf die Erde gekommen ist, was seine Seele hier erfahren will. Und so verstreichen all die Chancen und Möglichkeiten und am Ende verlassen sie den Körper mit keiner einzigen seelenerweiternden Erfahrung. Aber wir sind hier, um unsere Energie zu wandeln, zu beschleunigen und dabei noch mehr Bewusstheit zu erfahren. Dadurch ist es uns möglich, wie ein Vogel zu wählen, aus welchen Perspektiven wir etwas wahrnehmen wollen. Dadurch wächst unsere Erkenntnis, unser Wissen, unsere ganze Kraft. Und was gibt es Schöneres als kräftiger zu werden ...?

Du wirst in meinem Unterricht noch genau erfahren, warum ausgerechnet das Leben so eine große Chance ist, das Nicht-Leben, also die anderen Welten, besser zu erreichen, zu verstehen. Ich freue mich schon sehr auf diesen Unterricht mit euch. Aber jetzt - heute und hier mein Liebes - solltest du wirklich mehr Ernsthaftigkeit in diesen Weg und diese wunderbare Chance legen.

Trauer und Angst sind die Schatten auf diesem Weg. Du hast genügend Kraft, um beides zu bewältigen, also nutze den dir so stark innewohnenden Mut und gehe diesen Weg, aber gehe ihn wirklich. Ich bin gerne für dich da, aber wie ich schon gesagt habe, dies ist der Ort, an dem du alle Antworten auch selbst finden kannst. Der Weg zu diesen Antworten ist der Schlüssel für deine Wahrnehmung, und wie du schon erfahren durftest, ist die Wahrnehmung euer Schlüssel für die anderen Welten."

Dann schwieg sie.

Ich war stumm und doch so dankbar dafür, wie sie mit mir redete. Mein Meister hatte eine andere, männlichere Stärke hinter seinen Worten, aber bei ihr kam all das so warmherzig und wohlig in meinem Herzen an, dass ich bei all der Strenge, die zur Ernsthaftigkeit aufrief, nur dankbar war.

„Liebes, du solltest zwei Dinge beherzigen. Das Leben, wie du es kennst, ist nun vorbei. Ein ganz anderes, ewiges Leben erwartet dich und du wirst dich wundern, wo es dich hinbringt. Und bitte meditiere über die Ernsthaftigkeit deiner Schritte. Hinterfrage, warum du hier bist und wohin du willst. Wenn du Antworten bekommst, schreib sie auf, oder male sie auf, in jedem Fall aber halte sie fest für dich. Jede Antwort, die DU findest, ist wie ein Baustein deines eigenen Tempels. Freue dich darauf."
Dann holte sie tief Luft und begann sich lächelnd und liebevoll aus dem Raum zu bewegen.

Da saß ich nun - wieder allein ... was für eine tolle Frau, ob Mutter auch so war?, ging es mir durch den Kopf. Die Liebe sprach aus ihr und doch war sie deutlich wie ein strenger Lehrer. Ihr Worte klangen noch lange in mir nach. Still und schweigsam wandelte ich durch den Tempel, betrachtete die Symbole, die Zeichen und die vielen schönen Farben, die mich umgaben. Schritt für Schritt stellte ich mir vor, wie ich mein altes Leben, mein altes Empfinden abstreifte und mir klarer und klarer wurde, warum ich hier bin und was ich hier will. Ich hatte das starke Bedürfnis, wieder in meinen Lieblingsraum zu gehen. Dort angekommen setzte ich mich wie immer auf den weichen Boden und begann mich in schönen Bildern aus der Kindheit zu verlieren.

„Es" in mir wurde immer stiller, immer ruhiger. Ich wollte nicht mehr den Monologen von Erloh lauschen, ich wollte mit mir sein, ganz alleine. Ich wollte niemanden sprechen, niemanden hören, bis auf die Lehrer. Eine Zeit der Stille begann und dies war wider all meiner Erwartungen eine wunderschöne Zeit.

Am nächsten Tag ging der Unterricht und alles andere wie gewohnt weiter. Die schöne Lehrerin begann erneut lange zu sprechen.

# Die Erde

„Unser Herz ist unser Tor zu unserem göttlichen Herz. Ein Tor zu den feinstofflichen Welten, ein Tor zu uns selbst, ein Schlüssel im Stirb und Werde der Materie. Es gibt im Kosmos eine unendliche Vielfalt und Anzahl an Planeten, die Leben beherbergen. Und so wie jede Seele und jeder Seelenteil einzigartig ist, so ist auch die Vielfalt der Ausdrucksformen in der Materie unendlich. Es existieren Planeten, die eine ganz andere Frequenz ausstrahlen, wo dann auch ihnen entsprechende Bewusstseinsformen der Seelenteile inkarnieren. Die Vielfalt an Möglichkeiten ist grenzenlos und mit ihnen auch die Vielfalt der Materialisierungen der geistigen Impulse. Mutter Erde ist in diesem »Ring der Kraft« ein ganz besonderer Planet. Sie ist der Planet, der in der »Herzfrequenz des Kosmos« pulsiert. Sie ist »Planet Herz«, da nur sie in dieser Frequenz schwingt. Sie ist ein pulsierendes Lebewesen, gleichzusetzen mit dem Herzschlag der Menschen. Sie lebt, atmet, hört, fühlt, sieht und riecht. Sie ist »liebend« und gebend in ihren Kräften, aber auch in ihrem Wissen, denn sie kann Informationen speichern und diese transformieren. Sie ist verbunden und verbindend. Sie ist bedingungslos, erwartungslos, seit ewigen Zeiten schon ein Ort, der den Seelen eine ganz besondere Plattform bietet, sich und das Wissen des Seins mit der Qualität eines liebenden, pulsierenden Herzens zu erfühlen. Sie ermöglicht die Formen und erschafft uns eine Heimat, in der unser Bewusstsein in dieser besonderen Herzenergie lieben, reifen, spüren, riechen, formen, geben und verbinden lernen kann. Sie ist der Planet, auf dem wir mit dem Herzen sehen lernen, mit dem Herzen fühlen, schmecken, riechen und all die anderen Sinne erfahren können. Nur hier, auf Mutter Erde, und eingebettet in ihre wunderbar liebende Energie.

Nicht umsonst treffen hier unterschiedlichste Bewusstseinsstufen der Seelenanteile aufeinander. Dunkle und helle, schwarze und weiße, liebende und hassende. Die Sehnsucht dieser Seelenanteile, zu wachsen und zu lernen, ist groß, und die Herzqualität wirkt bei all der Vielfalt wie ein Katalysator, wie ein »Crashkurs an Erfahrungen« für die inkarnierten Seelenanteile. Viel Herz bedeutet auch viele Emotionen, und diese sind das Werkzeug des Körpers, der wiederum unsere »Form«, unser Werkzeug der Bewusstwerdung auf der Erde darstellt. Nur hier könnt ihr ein Feuerwerk an Gefühlen erleben und daher auch wirklich tiefe Erfahrungen in eurem Bewusstsein machen. Das ist das Ziel der Seelenanteile, und dem kommt ihr hier sehr schnell, sehr intensiv nahe – wenn ihr es zulasst. Ihr könnt euch das Wissen von Mutter Erde zunutze machen, ihre Energien, ihre Geschenke sowie ihre Kraft, und mit ihnen Dinge erschaffen, die in dieser Energie, in diesem Impuls so nirgends anders zu erschaffen sind. Die Erde ist der einzige Planet, der euch die Chance gibt, liebend zu wirken, liebend zu wachsen und euch in dieser und durch diese Herzenergie zu entfalten, so wie auf keinem anderen Planeten.

Es ist die Schule der Liebe, die wir hier erfahren dürfen. Doch Liebe kann auch vergessen werden. Denn sie ist nicht selbstverständlich im Kreislauf des Seins. Liebe ist an Bewusstsein

gebunden und damit auch direkt an das Werkzeug zur Bewusstwerdung – an das Tor, an unser Herz. Nur hier auf Mutter Erde seid ihr eingebettet in ein riesiges Energiefeld aus Herzenergie, in dem ihr die Möglichkeit habt, euer Bewusstsein um ein Vielfaches zu erweitern und zu stärken. Nur hier könnt ihr eine derartige Planetenenergie erleben. Nur hier könnt ihr, umgeben von dieser Energie, euch selbst auf ganz neue, andere, doch vor allem wunderbare und intensive, nämlich liebende Weise entdecken und entfalten. Sie ist das Herz eures Herzens, sie ist die Sonne unserer Herzen, das Kraftwerk, der Pulsgeber für die außergewöhnlich starke Verbindungsenergie und ein Katalysator, um unser göttliches Herz zu aktivieren. Ist das einmal geschehen, sind wir auf ewig mit ihr verbunden. Jedes Lebewesen, jede Pflanze dieses Planeten wächst, blüht und stirbt in dieser so einzigartigen Schönheit der Liebesenergie der Erde. Deshalb ist er auch so besonders schön, unser Blauer Planet. Denn wo Liebesenergie wohnt, dort ist das Potenzial der Schönheit unendlich, und damit auch das Potenzial der Fülle und Erfülltheit.

Ihr wisst nun schon, dass die Geschwindigkeit ein entscheidender Faktor für die Energien und die Energiewelten ist. Mit der höheren Geschwindigkeit verändern sich die Energieformen. Und andere Formen ermöglichen eine andere Wahrnehmung. Daher ist das Potenzial der Bewusstheit auch indirekt an die Geschwindigkeit einer Energie gebunden. Unser Planet schenkt uns Orte wie diesen hier, der besonders rein ist, sodass wir genau diesem Kreislauf folgen dürfen, und somit hier auf der Erde die Wahrnehmung verändern können.

Mutter Erde besteht wie alle Planeten aus einem Gitternetz an Energiebahnen, die sich über den Erdball verteilen. Ähnlich wie das Magnetfeld, das sich gitterförmig um die Erde legt, gibt es ein weiteres Energie-Gitternetz, das mit den anderen Planeten und den Energiewelten eng verbunden ist. Der Ring der Kraft ist so gesehen ein Ring der Energiebahnen aller Planeten. Alle Planeten aller Galaxien im Kosmos sind mit solch einem Gitternetz ausgestattet, und diese Energienetze resonieren miteinander. Es sind miteinander kommunizierende Energiefelder, die aus Energiebahnen bestehen. Wie das Knochenskelett des Menschen, so ist das Gitternetz eines Planeten der Hauptkommunikator von Informationen. Das Gitternetz des einen Planeten ist also immer auch mit dem Gitternetz eines anderen Planeten verbunden.

Alle Wissenden dieser Welt kennen und nutzen dieses Netz. Es ist möglich, darüber positive wie negative Energien auf der Erde zu verbreiten. So haben es die schwarzen und die weißen Magier immer getan. In solch einem Netz gibt es Kreuzungen. Wie ihr erfahren habt, bewegt sich alle Energie spiralförmig aus sich heraus und wieder zurück. Diese Dynamik ist die Ursache dafür, dass sich in der festen Materie, wie wir sie hier vorfinden, Energiewirbel bilden. Jede Energiekreuzung erschafft einen großen Energiewirbel. Daher sind Energiekreuzungen Orte, an denen die Energiewirbel größer sind und damit stärker und weiter wirken; sie sind regelrechte »Materialisatoren«. Dort wirkt die Energie beschleunigt und erschafft dadurch schneller materielle Formen. Durch diese erhöhte Kraft und die gleichzeitige Verbindung all der Kreuzungen miteinander bis über unseren Planeten hinaus, ist dort das Potenzial der Wirkung eines Impulses um ein Vielfaches beschleunigt.

Das Bewusstsein desjenigen, der solch einen Energiewirbel nutzt, entscheidet darüber, wie er ihn nutzt. So besuchen viele Menschen solche Orte einfach nur, weil sie sich dort gut fühlen. Unbewusst aber beschleunigen diese Orte die Transformation der negativen Energiefelder in ihnen. Gleichzeitig aber kann der Mensch über diese Energiekreuzungen Impulse jeglicher Art beschleunigt in den Äther, also in die feinstofflichen Energiebahnen der Erde, aussenden.

Begibt man sich nun an einen solchen Ort, um dort zu beten, sich etwas zu wünschen oder ein Ritual abzuhalten, dann verbreitet sich diese Information blitzschnell über das Gitternetz auf der ganzen Welt und folglich über den Ring der Kraft im ganzen Kosmos. So manch „heiliger Ort" ist daher mit einem Haus oder einem Tempel bebaut, um dort die Menschen einzuladen, ihre Wünsche und Gebete zu verbreiten. Somit kann garantiert werden, dass jede abgehaltene Messe, jeder Gedanke, der an dieser Stelle zur Form des Wortes gebündelt wird, gleichzeitig als Energie die ganze Erde erfüllt. Jedoch ist Vorsicht geboten, denn jeder – ob positiver oder negativer – Impuls wird über solche Energiekreuzungen buchstäblich in Windeseile über die ganze Welt verteilt. Somit geht mit diesem Wissen auch viel Verantwortung einher.

Geben Menschen einen Impuls in dieses Gitternetz, so verteilt er sich auf der materiellen Ebene im ganzen Universum. Und auf der feinstofflichen Ebene in allen Energieebenen – je nach dem Kraftpotenzial des ausführenden Wesens. Dieses Kraftpotenzial ist an das Bewusstsein des Ausführenden gebunden. Je bewusster die Tat, desto stärker die Wirkung. Dieses

Kraftpotenzial ist für uns Menschen nicht wirklich zu begreifen, aber es reicht zu wissen, dass jeder Impuls, der dort initiiert wird, starke und rasche Auswirkungen auf alle materiellen und feinstofflichen Wesen hat.
Nur der Mensch erschafft durch seine unbewussten negativen Impulse in diesem Netz ein Ungleichgewicht.

So wie unsere Sonne in unterschiedlichen Frequenzen aktiv ist, so existiert und wirkt sie auch auf mehreren Frequenzebenen. Alle Planeten existieren auf mehreren Energieebenen, aber nicht so vielfältig und kraftvoll wie Sonnen.
Diese haben die ganz besondere Qualität, ihre Kraft über mehrere Frequenzbereiche zu manifestieren. Ihre Erscheinungsform und ihre Wirkung sind jedoch in den jeweiligen Energiewelten unterschiedlich. Auch andere Planeten existieren in einer uns nicht wahrnehmbaren Frequenz und beherbergen dort andere Formen des Lebens, die unter den Voraussetzungen jener Frequenz möglich sind.

Die Gesetzmäßigkeiten des grobstofflichen Kosmos unterscheiden sich nur in ihren Ausdrucksformen, aber nicht in sich selbst. Auf einem Planeten mit beispielsweise vier Elementen würden sich Impulse anders manifestieren als auf einem Planeten mit zehn Elementen. Doch dahinter steckt immer ein und derselbe Kreislauf. Der Impuls des Seins wird immer von einem »Außen« injiziert, und doch ist er gleichzeitig eine Gesetzmäßigkeit des Inneren.

Um es deutlicher zu machen, nehme ich ein Beispiel: Ein

Impuls von außen kann eine Sonnenaktivität sein. Die Strahlen der Sonne erreichen uns – mal mehr, mal weniger – in Rhythmen. So erreichen die Erde zur Zeit der Wintersonnenwende bestimmte Strahlen, die seit der Sommersonnenwende immer weniger wurden. Erst wieder deutlich spürbar sind diese Strahlen genau drei tage später. Mit dem Eintreffen dieser Strahlen auf der Erde passiert etwas mit allem, was dort existiert. Die Menschen erfahren einen ersten Impuls, der sich verbindend anfühlt. Tatsächlich aber ist es lediglich ein energetischer Impuls, der die Wahrnehmung verändert. Verbunden sind wir alle immer mit allem, doch je nach energetischem Zustand nehmen wir es mal mehr mal weniger wahr. Und zu dieser Zeit initiiert der Kosmos eine Veränderung in unserem Empfinden. Das bewirkt, dass die Menschen sich der Verbindung mit allem, was ist, wieder bewusster und somit liebender werden. Die eintreffenden Sonnenenergien verändern unser Bewusstsein also dahingehend, dass wir wieder vermehrt wahrnehmen, wie verbunden wir eigentlich miteinander sind.

Es geht um die erinnerte Verbindung mit der Quelle, mit dem All-Eins, über die Verbindung mit eurem Höheren Selbst, und damit um die Wahrnehmung, dass alles mit- und ineinander wirkt. Das lässt uns die Einheit des All- Eins wieder erkennen, und man bezeichnet es als Einheitsbewusstsein.
Zurück zum Impuls der Sonne – er kam von ihr, also in unserem Empfinden von außen, aber er bewirkt etwas in uns.

Es ist wichtig, dass ihr mehr und mehr verinnerlicht, wie immer alles mit allem verbunden ist und in dieser Verbundenheit wirkt. Nur wer die Verbindung und ihre Bedeutung versteht, kann auch das Ausmaß der Trennung wirklich begreifen. Und da die Trennung die Hauptursache für alles Chaos auf dieser Welt in uns und um uns ist, ist es sehr wichtig, zu verstehen, dass im Kleinen wie im Großen die Verbindung für die Weiterentwicklung der Menschheit entscheidend ist. Und damit auch entscheidend ist für euch.

Damit sind wir am Ende dieser Lehren, und ab morgen werden wir noch tiefer in die Energieformen hineingehen. Dann werdet ihr auch erfahren, wo überhaupt eure Seele ist und wo ihr herkommt. Darauf freue ich mich ganz besonders."

*Tontafel*
*Wie alle Materie so besitzen auch die Planeten*
*eine ihnen ganz eigene Energie.*
*Und wo Energie ist, ist auch Bewusstsein.*
*Also hat auch unsere Mutter Erde*
*ihr ganz eigenes Bewusstsein.*

Die Planeten sind alle miteinander verbunden und ergeben zusammen einen »Ring der Kraft«; Einziges Ziel und Aufgabe der Planeten ist es, die Plattformen zu sein, die das Leben und somit den Kreislauf des Stirb und Werde für die Seelen auf ihrem Weg des »Erinnerns an das Ganzsein« ermöglichen.
Auch ich war schon sehr gespannt auf die neuen Lehrstunden und fand mich an diesem Morgen etwas früher im Tempel der Worte ein. Die Vögel sangen in der Frische des Morgens ihre Morgenlieder, und ich konnte die Stille des Tempels in vollen

Zügen bei der Reinigung genießen. Nur die Wächter zierten das Bild mit Bewegung. Seit Tagen sprach ich kein Wort mehr und suchte auch nicht die Nähe zu den anderen. Die Jungs ließen mich wie ich war, sicherlich hatten sie den Aufruf zur Ernsthaftigkeit ebenso verinnerlicht und kamen daher auch auf keine bubenhaften dummen Streichideen, die einem als Mädchen das Leben nicht leichter machten. Nein, sie waren allesamt ein echt netter Haufen von immer ernsthafter und konzentrierter schauenden Mitschülern, die für mich zwar Teil dieser Gruppe waren, aber nicht existent, solange ich so mit mir beschäftigt war. Nichts in mir wollte mit anderen Menschen etwas zu tun haben. Gerade die Lehrstunde hielt ich aus, doch danach musste ich sofort in meinen weißen Raum flüchten oder in mein Zimmer. Als würde ich mich in mich zurückziehen, so verstummte in mir jegliches Drängen in die Welt hinaus.

Kaum war unsere Lehrerin da, begann der Unterricht und folgende wunderbaren Worte erfüllten den Raum.

∞

# Die Quelle

„Meine lieben Neophyten. Ich freue mich heute ganz besonders, euch dieses essentielle Wissen zu übermitteln. Wenn ihr verstanden habt, wer ihr wirklich seid, dann wisst ihr genau, was ihr hier auf der Erde vollbringen wollt und könnt. Und auf dieser Reise zu euch selbst ist eine der wichtigsten Erkenntnisse das Wissen um die Seele. Denn sie ist die Energie in euch, sie ist der Impulsgeber hinter den Impulsen, sie ist alles, was ihr wart und immer sein werdet, und sie ist es auch, die ihr hier entfaltet. Nicht eure Körper, nicht eure Egos sind es, die ihr hier erfahren sollt, sondern die euch ganz eigene einzigartige Energie in euch. Daher lasst mich nun beginnen.

Wie ihr wisst, bewegt sich alle Energie aus der Mitte heraus und zu ihr zurück. Diese Bewegung erschafft die verschiedenen Energiezonen und in ihnen die unterschiedlichen Formen. Mit unserem menschlichen Verstand ist es sehr schwer, sich diesen energetischen Prozess wirklich vorstellen zu können, denn wir denken immer in Räumlichkeiten. Ein erster entscheidender Impuls an die Beweglichkeit eures Bewusstseins ist nun, dass ihr all euer bisheriges räumliches Denken völlig abschaltet. Wenn ich hier von Ebenen, Räumlichkeiten und Orten rede, dann nur, um euch ein Konstrukt besser verständlich zu machen, das prinzipiell gar keine Räumlichkeit besitzt, sondern alles durchdringend wirkt.

Die sich spiralförmig bewegende Energie erfährt während

dieses Prozesses unterschiedliche »Zustände«, doch ist sie immer ein und dieselbe Energie. Das Zentrum, die so genannte Quelle, ist daher immerdar und durchstrahlt alles, was existiert. Sie befindet sich nicht an einem Ort irgendwo im Nirgendwo, sondern sie ist immer und überall, weil sie die Ursache aller Materie ist. Daher ist alle Materie letzten Endes nur eine andere Ausdrucksform der Energie der Quelle. Aus der Quelle heraus entschleunigen sich die Energien, und auf ihrem Weg zurück beschleunigen sie sich wieder.
Und da alle Energie auch Bewusstsein besitzt, erfahren die Energien auch in ihrem Bewusstsein eine Verlangsamung und eine Beschleunigung.

Das »Prinzip Kosmos« ist das Gesetz der Entsprechung. Daher können wir entsprechende Bilder finden, die uns diese Gesetzmäßigkeit einfacher verständlich machen. Nehmen wir beispielsweise unser Sonnensystem. Im Innersten befindet sich unsere Sonne. Sie strahlt - ähnlich wie die Quelle - von dort aus ihre Kraft und ihr Licht auf alle Planeten ab, und seien diese auch noch so weit entfernt. Am äußersten Rand dieses Konstrukts ist die Energie der Sonne schwächer, die Planeten der äußeren Bahnen sind kälter und sie schwingen langsamer.

Und genau so, aber ohne Räumlichkeit, verhält es sich im Feinstofflichen. Je weiter sich die Energien vom Zustand der Quelle entfernen, umso weniger Kraft haben sie. Die Geschwindigkeit der Energien ist dann um ein Vielfaches langsamer als in der Quelle, also ist auch das Bewusstsein der Energie stark entschleunigt und unbeweglich. Doch trotz der Verunreinigung, die

die dichte Materie mit sich bringt, besitzt die Energie noch ihren freien Willen. Diese Umstände bieten eine Vielfalt an Möglichkeiten für die Energien und deren Bewusstsein, sich nun auf unterschiedlichste Weise zu entfalten. Somit ist die Quelle das Zentrum, die Ursache, Ziel und gleichzeitig der Antrieb allen Seins. Sie wirkt durch alles Sein hindurch als die ewige Nabelschnur des Lebens, erschafft dieses aber zugleich.

Da alles – also jede Stofflichkeit – seine Ursache dort im Zentrum der Spirale hat, möchte ich zum besseren Verständnis kurz differenzieren. Die Energiezonen um das Zentrum herum bestehen aus einer Unendlichkeit an Frequenzen. Sie sind ein »Meer aus Frequenzen«. Bis zu einem gewissen Frequenzbereich nehmen wir Ausdrucksformen der Energien mit unseren körperlichen Sinnen wahr.
Doch der größte Teil an Frequenzen (Bereichen) kann nicht über unsere körperlichen Sinne wahrgenommen werden, das bedeutet aber nicht, dass sie nicht all die Zeit existent sind. Es gibt viele Begriffe für diese Stofflichkeiten. Diese feinstofflichen Energiezonen sind folglich »Räume des Bewusstseins«, die immer alles durchdringend wirken können, je nachdem, wie der freie Wille der jeweiligen Energie seine Aufmerksamkeit lenkt.
In dieser Vielfalt an Frequenzen können die höheren Frequenzen die niedrigeren Frequenzbereiche wahrnehmen, aber nicht die niedrigeren die höheren.

Die Seelen wiederum wohnen nicht auf der Erde, sondern nur Teile von ihnen. Jeder Einzelne von euch ist also solch ein Teil einer Seele. Die so genannte Mutterseele ist eine Art Gruppe an Energien, die in Form von Seelen, Teile in die Körper entsendet. Trotzdem bleibt alles immer mit allem verbunden. Das bedeutet, dass zwar nur diese Teile in die Organismen schlüpfen, doch letztlich sind diese über die Verbindung über die Mutterenergie auch direkt mit der Quelle verbunden.

Da alle Energie Informationen speichert und ein Bewusstsein besitzt, sind auch die Seelen Informationsspeicher mit einem individuellen Bewusstsein. So, wie sich beispielsweise die Zellen des Menschen teilen, ohne dabei die Informationen zu verlieren, so teilt sich die Quelle in vereinzelte Energien. Diese entstandenen Mutterenergien wiederum spalten erneut kleinere Energien ab, die wir Seelen nennen. Diese Seelen sammeln also Informationen durch Organismen und kehren dann wieder ohne das Kleid des Körpers als Energie über die Mutterenergie zur Quelle zurück. Das Bewusstsein spielt bei all dem, wie schon erwähnt, eine entscheidende Rolle. Über die Bewegung des Bewusstseins im Laufe vieler Inkarnationen und das Erfahren unterschiedlicher Ausdrucksformen in unterschiedlichen Frequenzbereichen erfährt die Seele unendliche Möglichkeiten des Seins – die Fülle des bewussten Seins. Zu sein – in vielen Ebenen, zu unterschiedlichen Zeiten, auf unterschiedlichen Planeten, in unterschiedlichen Umständen und Zuständen –, das ist der »Lauf des Seins«.

Die Quelle, der so genannte Ursprung aller Energien, ist die »Quelle allen Seins«. Gerne nutzen wir anstelle der Bezeichnung Quelle den Namen GOTT, um die unermessliche und unendliche Kraft, Weisheit und Reinheit durch die Personifizierung für unseren Verstand »greifbarer« zu machen. Ganz sicher aber ist es kein Wesen, weil es trotz unserer menschlichen Vorliebe für Formen und Grenzen keine Form besitzt. Wer hier nach dem Anfang und dem Ende fragt, der fragt zu »menschlich«. Sie ist eine immerwährende, unglaublich große Energiequelle, die Gesetzen folgt, die wir weder mit unserem menschlichen Verstand noch mit dem geistigen Wissen erfassen können.

Sie ist einfach.

So, wie das Weltall immerdar ist, wir aber dessen Ursprung, Weg und Ziel nur erahnen können und all das mit unserem Verstand nicht zu begreifen ist, so ist die Quelle eine immerwährende Kraft des Seins. Ähnlich der Luft, die hier in dieser Welt und in der Räumlichkeit unserer Atmosphäre existiert, so existiert die Quelle in uns, um uns und in allem. Ihre Kraft durchfließt alles Sein. Sie durchdringt alles, weil sie der Ursprung jeder Materie ist, ob feinstofflich oder grobstofflich. Sie ist die geheime Energie, die alles Leben erschafft, erhält und wandelt. Sie ist unendlich und unvergänglich. Eine Energie, die in sich entsteht, sich selbst erneuert und nie vergeht. Und wo so viel Energie ist, existiert natürlich auch unendlich viel Bewusstsein. Diese Energie ist reines Bewusstsein. Sie ist das Bewusstsein des ganzen Kosmos. Sie ist der Geist aller Materie, das »Bewusstsein des Seins«. Nur in der Quelle ist die Kraft, also die Energie so klar und so rein wie sonst nirgends auf der Reise der Seelen, und damit ist auch das Bewusstsein nur in diesem

Zustand so klar und rein wie nie.

Wie auch auf der Erde das Wasser in einem Kreislauf von Niederschlag, Flüssen, Meeren und Verdampfen immer zu seiner Quelle zurückkehrt, so kehren alle Energien wieder in den Zustand der Quelle zurück. Die spiralförmige Bewegung der Energien aus sich heraus findet immer auch einen Punkt zu sich zurück. Das ist das so genannte Ein- und Ausatmen des Seins. Aus sich heraus bewegt sich die Energie der Quelle entschleunigt und erschafft dabei immer festere Formen von Materie mit einem Bewusstsein - dem Bewusstsein der Quelle, aber in anderen Zuständen.

Die Energien der Quelle schwingen so hoch, dass es nicht möglich ist, von dort aus direkt dieses Bewusstsein zu inkarnieren. Die »Fallhöhe« zwischen der Frequenz der Quelle und den Frequenzen der grobstofflichen Materie (Planeten, Menschen, Lebewesen, Tiere usw.) ist zu hoch, daher bedarf es einer Art »Zwischenstufe « für die Energien. Diese Zwischenstufe ist die Seele, über die ihr nun mehr erfahrt. Ich werde euch in dieser Zeit wieder einzeln ansprechen, da es leichter verständlich und sehr wichtig ist, dass ihr genau erkennt, wann ich von einer einzelnen Energieform spreche und wann von einer Gruppenenergie."

# Die Seele

„Wie die Zellen deines Körpers sich teilen und sich dabei doch immer vervielfältigen, so teilt sich auch die Quelle, ohne dabei Informationen zu verlieren oder Informationen zu trennen. Die Energie in ihr ist unendlich, und dadurch ist auch dieser Prozess unendlich. Die daraus entstandenen abgespalteten Energien sind alle immer noch Teil der Quelle, agieren jedoch nun eigenständig. Diese individuellen Teile nennt man »Seelen«. Somit sind die Seelen eine kleinere Einheit an »Energie« aus der Quelle – jedoch mit einem eigenständigen Bewusstsein. Sie sind auf ewig mit der Quelle verbunden und besitzen die Bewusstheit der Quelle, doch ist diese Bewusstheit wie die leere Schale einer Frucht. Um das besser zu verstehen, stell dir die leere Schale einer Frucht vor. Das Bewusstsein ist zwar klar und rein, doch »leer« an Erfahrungen. Leer an erfahrenem Wissen. Du weißt, dass einer der Hauptimpulse des Bewusstseins die Neugier ist, und genau diese Neugier nach »erfülltem Wissen« beginnt nun die Schale mit den gesammelten Erfahrungen zu »er-füllen«. Um das zu ermöglichen, spalten sich erneut einzelne Teile von den »Mutterseelen-Energien« ab. Noch kleinere Einheiten an Energie bilden erneut ein sich selbst bewusstes Feld, das nun die ideale »Größe« hat, um in einen Organismus inkarnieren zu können – sei es ein Mensch, ein Tier, eine Pflanze oder andere außerirdische, uns nicht bekannte materielle Formen. Die Vorgaben dafür bieten die »Umstände« der jeweiligen Materie, also die Beschaffenheit und die Gegebenheiten der Natur des jeweiligen Ortes (z.B. eines Planeten).

Ähnlich, wie es Galaxien (Seelen) im All (Quelle) gibt, die wiederum Planeten (Seelenteile) beherbergen – wobei jedoch all diese Planeten und Galaxien Teil des Alls sind –, so sind die Formen des Seins allesamt nur Ausdrucksformen der Quelle.

All das ist einerseits eine weitere rein energetische Notwendigkeit, da ein kleinerer »Energieteil« für die Körperlichkeit in der Materie leichter zu inkarnieren ist. Stell es dir vor wie ein Feuermeer, dessen Energie nicht als Ganzes in einen Körper schlüpfen kann, weil dieser schlicht und ergreifend die Masse der Energie nicht verkraften würde. Die Energie einer kleinen Fackel aber aus diesem Meer entnommen, kann leichter in einen kleinen Menschenkörper schlüpfen.
Andererseits kann das »(Bewusst)-Sein« durch die »Vielteilung« in Seelen und Seelenteile die ganze Vielfalt des Seins besser, vielfältiger, bunter und reicher erfahren. Es kann mehr sein.

Das Bewusstsein dieses Seelenteils ist genauso klar und rein wie das der Quelle, jedoch erstmals mit einem eigenständigen, bewussten Empfinden. Nun bewirken die Verunreinigung des Organismus sowie die im Vergleich zur Heimatenergie der Quelle sehr langsam und niedrig schwingenden Frequenzen der grobstofflichen Materie, dass sich dieser Seelenteil im Organismus erneut spaltet. Dabei entstehen die so genannten Seelenanteile, also weitere Teile eines Ganzen. Wie ein Spiegel, der aber immer ein Spiegel sein wird, wenn man ihn zusammensetzt, so splittert sich der Seelenteil im Organismus dann in weitere Seelenanteile auf.

Der inkarnierte Seelenteil verliert dabei das Bewusstsein über die Ganzheit (der Mutterseele und der Quelle). Dieser Verlust der Bewusstheit wird immer wieder auch als der »Schleier des Vergessens« bezeichnet und ist eine Ausdrucksform der unumgänglichen Erfahrung der Ohnmacht einer jeden bewussten Energieform. Doch dieser Schleier wiederum ist der Antrieb, durch den sich das Bewusstsein nun in unterschiedlichen Ausdrucksformen unterschiedlicher Bewusstseinsebenen gleichzeitig erfahren und formen kann. Das Bewusstsein ist daher der Geist der Seelen, und wie ein Bienenvolk aus vielen Bienen eines Stockes besteht, so müssen die Seelenteile sich nun über Äonen von Inkarnationen zunächst ihrer selbst in all den Ebenen und Zuständen bewusst werden, um sich dann selbst als Ganzes zu erfahren.

Wie du weißt, geht viel Kraft verloren, wenn die Energie in den Organismus schlüpft. Die fein schwingende Energieform der Seele begibt sich in den viel niedriger schwingenden Frequenzbereich – in die dichte Materie. Der Organismus wird dabei zu einer Art »Kleid«, das über die fein schwingende Energie des inkarnierenden Seelenteils gestülpt wird.
Die Neugier bewegt die Energien aus sich heraus, und das Vergessen auf diesem Weg ruft die Sehnsucht hervor nach dem Ursprung, nach der Wahrheit, nach dem Weg zurück. Der Schleier des Vergessens, der eigentlich nur eine Folge der Zersplitterung des Bewusstseins ist, wird das Werkzeug der Kraft, die die Sehnsucht und die Neugier nach allem erhalten soll. Sehnsucht und Neugier sind daher der heimliche Motor des Seins. Die Neugier des Bewusstseins treibt die Energien in die

Verlangsamung bis in den festesten Zustand von Energie, und die Sehnsucht in den Zustand der Quelle zurück ist der Impuls dieser Energie, sich aus diesem Zustand der Verlangsamung wieder zu entfernen – wieder zu beschleunigen. Wie, wann und wo in den niedrig schwingenden Ebenen von Zeit und Raum dieser »point of return« für die jeweilige Seele geschieht, bestimmt das Zusammenspiel von äußeren Umständen und dem freien Willen der jeweiligen Energie .

Der Kosmos ist reich an Vielfalt. So gibt es unendlich viele Zonen und Bereiche an Energie, doch immer ist es Energie. Zum besseren Verständnis der Existenz einer Seele in einem menschlichen Organismus, beschreibe ich euch daher die grobe Unterteilung der Seele in ihre Seelenanteile. Dies geschieht im menschlichen Körper in sieben unterschiedliche Anteile. Entscheidend ist an dieser Stelle, dass du weißt, dass andere Organismen andere Unterteilungen haben und es nicht auf jedem Planeten die gleiche Wahrnehmungsmöglichkeit dieser Ebenen gibt. Doch widmen wir uns unseren Körpern und unseren Möglichkeiten. Diese Seelenanteile im Menschen sind Vertreter der sieben Energiewelten. Über die sieben Anteile in uns sind wir also mit sieben Ebenen verbunden sowie mit allen Seelenanteilen anderer Wesen in diesen Ebenen. Die Pflanzen sind nur mit einer der Energiewelten verbunden, die Tiere auch, im Menschen aber finden sich alle diese Ebenen.

Die Seelenanteile tauchen in die niedrigen Frequenzbereiche ein, um dort Wissen zu erfahren und bewusst das Sein zu erleben. Bewusst ein Mensch zu sein, bewusst grobe Stofflichkeit zu sein, bewusst deren Schwere zu erfahren, bewusst zu lieben, bewusst zu hassen und so viel mehr. Etwas zu wissen bedeutet nicht, es zu sein. Die Reise der Seelen ist daher die »Lehre des Seins«.

Die Seelen können ihr Bewusstsein nur über die einzelnen Seelenteile erweitern und formen. Jeder Mensch ist also solch eine »Chance der Seelenfamilie (Mutterenergie)«, zu wachsen und wieder heimzukehren, zurück zur Quelle. Sie ermöglicht die Seelenwanderung, damit dieses Bewusstsein alle Seinsformen und Ausdrucksformen des Kosmos, Situationen, Möglichkeiten und Nichtmöglichkeiten »erfährt«, um wieder zu ihrem Wissen zu werden. Meist ist solch eine Seelenfamilie in unzählige Teile geteilt und (ver-)sucht, auf diese Weise das Wissen aus unendlichen Eindrücken zu erfahren. Kehrst du also wieder »nach Hause« zurück, so wirst du mit deinem Teil wieder Teil dieser vielen Teile einer Mutterseele, doch verlierst du nie alles Erfahrene. Im Gegenteil. Die Erfahrungen der anderen »Satellitenenergien« werden dann auch zu deinen, ohne dass du deine Individualität verlierst. Deine Namen, deine Erinnerungen, deine Erfahrungen – alles Geschehene bleibt erhalten, weil du es bist. Es bleibt Teil deiner Energie, da du ein individuelles Bewusstsein besitzt. Doch da diese Energie Teil einer Seele und diese erneut Teil der Quelle und mit allem verbunden ist, wird all das Erfahrene auch zu einem weiteren Teil all dessen. All des Seins, all der Quelle. Deine Erfahrungen sind dein »Geschenk an dieses Wissen«, ein »Geschenk« an die Seele und damit an die Quelle; ein Geschenk, das ohne Zeit und Raum immerdar bestehen wird.

Deine Individualität aber, dein Bewusstsein werden nie vergehen. Wie eine Art Wissensspeicher hat die eigentliche Seele diese Erfahrungen über dich miterlebt und »wächst« und erweitert ihr Wissen daher durch dich und deine Erfahrungen.

Die Quelle ist schöpferisch, sie will erschaffen und das Wissen mit erlebtem Wissen »er-füllen«. Immer mehr und immer weiter. Immer tiefer und immer höher. Das Ziel dieses Prozesses ist die Ausdehnung des Schöpfens. Erst die Bewegung der Energie, also die Bewegung des Bewusstseins, erschafft Formen. Das ist das Ziel der Schöpfung, die einerseits das Wissen in ein mit Erfahrungen erfülltes Wissen wandeln und andererseits schöpferisch tätig sein will.

Die Energiezonen, welche aus der Bewegung der Energie aus dem Zentrum heraus und wieder zurück entstehen, sind eine Art »Spielwiese«, um dort das Wissen zu formen. Diese »Schulen« sind auf der dichten Energieebene die Planeten, die die Räume und besondere Potenziale bieten, in der sich die Energien auf der Zeitlinie bewegen können, um dort Erfahrungen zu sammeln. Im geistigen (feinstofflichen) Kosmos sind das die »Energieebenen«, die ich dir später noch näher erläutern werde. Sie sind eng mit den materiellen Welten verbunden und stehen stets in Aktion und Reaktion miteinander. Schließlich ergeben die geistigen und die materiellen Plattformen zusammen eine große »Universität des Seins«, den »Kreislauf des Seins«, das »(Er-)Leben des Bewusstseins«. So wirken in der materiellen, irdischen Ebene die einzeln sehr unterschiedlichen Qualitäten der Planeten ineinander, wie auch die jeweilige Zeit auf diese einwirkt. Und je nach dem Bewusstseinsgrad der Seele tauchen die »Satellitenenergien« zu verschiedenen Zeiten in verschiedene solche Räume ein, um dort das Wissen zu erfahren.

Wird sich die Energie ihrer selbst und der Verbindung (zur Mutterseele, zur Quelle, zum All-Eins) nie bewusst, so hat dieser Energieteil (Mensch) die Verbindung »vergessen« und lebt dadurch ein unbewusstes Leben.

Die Chance deines Lebens aber ist nun folgende:
Du bist Energie, die ein Bewusstsein hat. Somit bist du ein individueller Teil einer Seele. Je nachdem, wie sehr du dich an die Verbindung mit deinem Höheren Selbst und die Verbindungen mit dem »All-Eins« schon zurückerinnert hast, dir also ihrer bewusst geworden bist, umso flexibler, weiter und gestärkter ist dein Bewusstsein mit der Seele verbunden – sich ihrer bewusst. Ungebunden an Zeit und Raum.

Um eure Sinne weiter zu schulen, bitte ich euch, in den nächsten zwei Tagen darüber zu meditieren, wie euer Seelenname lautet. Wir werden in dieser Zeit keinen Unterricht haben, daher habt ihr Gelegenheit und Ruhe, um euch ganz mit dieser Frage zu beschäftigen. Wenn wir uns in drei Tagen wiedersehen, möchte ich mich in einem Einzelgespräch mit jedem von euch über die Erfahrungen, die ihr gemacht habt, austauschen.‘‘
Wie immer ging sie mit sanften Schritten von dannen und wir folgten ihr langsam aus dem Unterrichtsraum.

Ich sinnierte noch lange über die Worte nach. Wenn Vater von der Seele gesprochen hatte, dann wusste ich nie, wo genau

diese denn sitzt. Auch wenn ich ihn fragte, ob er mehr davon wüsste, schüttelte er nur den Kopf. Vielleicht gab es Bücher, in denen dieses Wissen stand, ich aber kannte diese natürlich in meinen jungen Jahren noch nicht, und so war ich fasziniert von all dem.

Meine Gedanken kreisten um diese Bilder und Informationen und machten mich einerseits noch neugieriger auf die Welt hinter den Welten, doch gleichzeitig ermüdeten mein Körper und mein Geist mit jedem Tag mehr. Ich nutzte die Stille, um diese Erschöpfung auszugleichen; ich redete mit niemandem und lauschte meinen Gedanken. Doch diese wurden weniger und weniger ...

Meine Tage verliefen immer gleich. Ich ging allein durch den Tempel, allein in meinen weißen Raum und alleine durch die Nacht. Doch anders als früher, wurden wir richtige gute Freunde - das Alleinsein und ich ...

Die folgenden Tage waren einerseits sehr erholsam, doch andererseits eine große Herausforderung an meine Geduld. Wie war das mit dem Seelennamen?, überlegte ich immer wieder. Wieso hat eine Seele einen Namen? Ist das denn nötig, in einem Zustand, der nichts mit dem körperlichen Wahrnehmen zu tun hatte? Da waren sie wieder die Fragen und durchbohrten meinen Kopf. Ich überlegte mir, ob ich nicht vielleicht meinen Meister fragen sollte, doch schon erinnerte ich mich an die Worte der Lehrerin, wonach nur die selbst beantworteten Fragen mich wirklich weiterbrachten.

# Erinnerungen

Am nächsten Tag freute ich mich schon sehr auf das Wiedersehen mit meinem Meister. Wie erwartet fand ich ihn an unserem
Platz im Tempel der Worte.
Er schaute mich neugierig und strahlend an. Ich bemerkte eine
leichte Bewunderung in seinem Blick.


„Nun mein Liebes, wie ist es dir ergangen in all der Stille des
Wartens, bis man gefragt wird?“
Ich begann zu schmunzeln, weil mir klar war, dass das, was
ich nun berichten würde, keineswegs zu dem passte, wie ich es
noch vor ein paar Wochen wahrgenommen hatte. Und so begann ich ihm all meine Eindrücke zu erzählen. Interessiert und
immer wieder nickend, lauschte er und ich sah, wie Freude in
ihm aufkam über das, was er hörte.


„Ich freue mich sehr, dass du den Pfad der Stille entdeckt und
lieben gelernt hast. Du wirst spüren, wie jeder Tag und jeder
Moment in der Stille ein weiterer großer Schritt zu dir selbst
ist.“
„Aber lieber Meister“, platzte es aus mir heraus, „die meisten anderen in unserer Gruppe sind alle gemeinsam unterwegs,
ich habe Angst, dass ich mich zu sehr absondere von ihnen und
dass sie mich verstoßen.“


Der gütige bärtige Mann schaute mich liebevoll an und sprach
weiter:

„Aber mein Kind, das sollte dir egal sein. Achte nie darauf, was die anderen zu dir sagen oder über dich meinen. Du hast in deiner Gruppe eine ganz besondere Funktion und diese fordert von dir auch ganz besondere Hingabe, so einfach ist das. Außerdem mein Liebes, hoffe ich, dass du im Laufe der nächsten Jahre deiner Ausbildung hier dein Talent erkennst, entfaltest und vor allem zu schätzen lernst. Spätestens dann weißt du genau, wer du bist und was dich von den anderen unterscheidet. Spätestens dann wirst du die Aufmerksamkeit nicht mehr bei ihnen suchen, sondern woanders finden.“

Still nahm ich die Worte auf. So neugierig ich auch war, ihn zu fragen, was denn nun mein Talent sei, so sehr rief in mir die warme Stimme der Frau, dass ich die wichtigsten Fragen allein beantworten sollte. Also biss ich mir erneut auf die Zunge und versuchte vom Thema abzulenken, vor allem, um mich selbst auf andere Gedanken zu bringen. So fragte es in mir schließlich:
„Lieber Meister, kannst du mir erzählen, woher ihr all das wisst, was ihr uns lehrt ?“
Erstaunt zog er seine Augenbrauen hoch und schmunzelte wieder.
„Hm, ich bin überrascht, dass du diese Frage jetzt schon stellst, aber ich antworte dir sehr gerne darauf. Was ich dir berichte, ist überliefert, doch du wirst im Laufe der nächsten Jahre vielleicht andere Impulse dazu bekommen. Dann halte deinen Geist flexibel, glaube nicht nur, was ich dir erzähle, sondern forsche bitte immer auch selbst nach; denn was wir überliefert bekamen, ist viele Jahrtausende alt, und die Menschen und deren

Wahrnehmungen haben sich geändert. Was früher grau schien, kann plötzlich weiß wirken, was einmal kalt wirkte, kann plötzlich warm empfunden werden. Es liegt alles immer nur im Auge des Betrachters und vor allem in dessen Wahrnehmung.

Doch bevor ich dir mehr erzähle, möchte ich dir eine Aufgabe geben. Bitte schließe deine Augen und gehe in Meditationshaltung. Ich möchte mit dir eine geführte Meditation unternehmen, um zu erfahren, wie weit du in deiner Wahrnehmung schon bist."

Ich begab mich wieder in die Haltung, die ich aus dem Ritual kannte und in welcher meine Beine ein M auf dem Boden zeichneten. Mein Körper war aufrecht und ich holte tief Luft. Dann schloss ich meine Augen.

„Ich reise nun mit dir an einen Ort, den du kennst aber vergessen hast. Bitte atme langsam und tief dreimal ein und aus. Atme so tief du nur kannst und stell dir vor, wie die Luft deine Gedanken fort von diesem Ort hier trägt."

Ich genoss die Stille und versank in einem tiefen Gefühl von Entspannung.

„Beschreibe mir, was sich vor dir zeigt."

Zunächst hatte ich nur Schwarz vor den Augen. Es dauerte eine Weile, bis ich über meinen ruhigen Atem so entspannt war, dass ich die Konzentration auf das Schwarz vor meinen Augen vergaß und mich in einer Art Traum verlor. Dann erzählte es aus mir heraus:

„Ich befinde mich in einer Art Wüstenlandschaft. Aber der Boden ist nicht aus feinem Sand, sondern aus sehr grobem, leicht

rötlich gefärbtem Sand. Ich bin ganz alleine dort. Was soll ich da tun?"

„Bitte bewege dich, wie auch immer du es kannst, fort von der Stelle, an der du gerade bist."

Ich versuchte zu gehen, aber ich hatte gar keine Beine ... ich war leicht wie eine Feder. Also versuchte ich zu hüpfen, doch auch das ging nicht.

„Mein Meister, ich kann mich dort nicht fortbewegen, ich bin wie festgeklebt, obwohl ich gar keine Beine habe - ich sehe meinen Körper gar nicht."

Der weiße Mann ließ nicht locker: „Gut, dann bleibe noch dort. Gehe mit deiner Aufmerksamkeit nun einmal mehr in die Umgebung. Was genau siehst du noch?"

„Ich sehe Berge, eher Hügel, aber in ihnen sind ... Höhlen. Aber die Höhlen sind keine natürlichen Höhlen, sondern sie sind wie von Menschen gemacht. Alle Eingänge wirken gleich, wie nach einer Schablone gemacht. Ich würde so gerne wissen, was hinter diesem Berg mit den vielen Eingängen ist."

Kaum hatte ich das gedacht, zog es mich wie magisch an den Höhleneingängen vorbei und ich flog den Hang hinauf.

„Ui, jetzt bin ich auf dem Hügel und schaue in ein Loch, in ein ganz weites Loch hinein, wie ein Krater."

Der Meister schmunzelte erneut und kommentierte nicht, dass ich mich soeben bewegt hatte.

„Was siehst du jetzt , wie fühlst du dich?"

„Oh, ich sehe dort in dem großen Krater Figuren stehen, ganz große, riesengroße Figuren aus Stein. Ich möchte dahin. Was ist das? Wo kommen die her? Warum stehen die hier? Ich fliege

hinunter zu ihnen. Doch die Figuren sind riesig. So groß wie ein Obelisk und sie schauen alle in eine Richtung - in den Himmel. Es sind Menschengesichter von Frauen und Männern, ich sehe fünf solcher Figuren. Zwei hinter den ersten drei. Der Boden wirkt, als sei er aus Kies, hier in diesem Krater, doch er ist fest wie Stein. Als sei der Kies geschmolzen."
Es in mir beginnt weiter zu forschen und ich entdecke auf dem Boden Symbole.
„Ich sehe ganz viele Symbole. Ich kenne die alle nicht, aber ich würde sie so gerne verstehen. Jetzt sehe ich Punkte auf dem Boden, drei davon sind besonders hervorgehoben. Der Mittlere der drei Punkte, die nicht gleichmäßig nebeneinander stehen, ist wie ein Stern in Stein gemeißelt. Es ist aber alles total akkurat und fein gearbeitet, als sei es nicht von Menschenhand geschaffen worden."
Ich möchte den Boden berühren mit meinen Händen und das tue ich auch. Ich lege meine Hände auf den Boden, der noch warm von der Sonne strahlt, und schließe meine Augen. Plötzlich beginne ich Worte zu sprechen - es beginnt Worte aus mir herauszusprechen:

„Für alle diejenigen,
die es erfahren haben,
dass Gier und Macht sie treiben,
ist dies ein Mahnmal vergangener Zeiten,
ein Denkmal der Verbindung
zwischen unseren Welten;

∞

Die ihr das hier lest,
es ist geschehen,
ein Vielfaches mehr,
als ihr je erfahren werdet;


Es ist der ewige Kampf
von Ego und Macht
mit der Liebe,
die in uns wohnt.


Die Gefahren des Egos
sind allgegenwärtig
und haben es auch hier nicht erleben lassen,
dass die Liebe
das Sein erfüllt.


Es waren viele wertvolle Momente,
die wir hatten,
doch es ist an der Zeit,
diesen Ort wieder zu verlassen,


die Menschen sind nun sich selbst überlassen.“


Mir beginnen Tränen die Wangen herunterzufließen, da ich die
Traurigkeit der hinterlassenen Worte spüre und auch viel Leid.
Eine große Hoffnung stand hinter diesen Zeilen, aber auch eine
unendliche Traurigkeit.
Meine Hände sind wie magisch angezogen von diesen Stei-
nen. Ich fühle ihre Wärme und doch fühlen sie sich anders an

als gewöhnliche Steine. Glatt und magisch vibrierend spreche nicht ich diese Botschaft, sondern die Steine durch mich. Nach einem kurzen Moment, in dem ich meine Aufmerksamkeit auf die faszinierende Beschaffenheit dieser Steine lenke, spricht es noch weiter:

> „Sei ein Botschafter
> für alle, die vergessen haben
> wie die Menschheit begann,
> sich zu beschützen
> mit der Kraft der Erkenntnis,
> selbst göttlich zu sein
> und vergangene Schmerzen zu heilen.
>
> Wandle in Freude und Liebe
> weiter durch die Zeiten
> und finde deine Bestimmung;
>
> sei wachsam und lebe
> die ewige Verbindung
> mit uns."

Dann war es plötzlich wieder ganz still. Die Steine vibrierten nicht mehr. Ich war überwältigt von all diesen Eindrücken, nahm die Hände vom Boden weg und schaute mich um.
„Ein ungutes Gefühl kommt in mir auf", lasse ich den Meister nun wieder an meinem Erleben teilhaben, „ich möchte diesen Ort schnell wieder verlassen. Ich versuche, mich wieder fliegend zu bewegen, doch das geht nicht so wie vorher."

Noch ganz ergriffen von den Worten und der tiefen Trauer, die sie ausstrahlten, formte sich eine Frage in mir: „Ich möchte wissen, wer das geschrieben hat, oder besser gesagt, wer das in den Stein gesprochen hat, sodass ich es fühlen kann, wenn ich ihn berühre."

Kaum hatte ich die Frage gestellt, bewegte es mich von diesem Ort hinauf in den Himmel und ich befand mich in einem schwarzen Raum mit ganz vielen funkelnden Sternen.

„Ich bin jetzt am Nachthimmel mit ganz vielen Sternen um mich herum", ließ ich den Meister wissen. „Und jetzt sehe ich plötzlich eine Kugel inmitten des schwarzen Meeres, auf der ich Namen lesen kann. Jedes Gebiet hatte einen anderen Namen. Ich versuche sie zu lesen, doch die Sprache kenne ich nicht. Ich versuche es festzuhalten, solange bis ich etwas lesen kann, doch ich kann die Zeichen nicht erkennen."

Nun ergriff mein Meister das Wort und begann, mich wieder zurück an diesen Ort und in diesen Raum zu holen: „Beende nun deine Reise und komme langsam wieder hier auf die Erde, in diesen Raum, zu uns hier in diesen Tempel zurück. Spüre die Wärme, die dich umgibt, atme die Luft tief ein und aus, lass dich tragen von der Luft und fliege auf ihr zurück wieder hier an diesen Ort. Sei nun wieder ganz im Hier und Jetzt."

Ich atmete mehrmals tief ein und aus und öffnete dann wieder meine Augen.

Mein Meister sah mich intensiv an.

„Wie geht es dir jetzt?", fragte er.

„Ich bin noch etwas benommen von den ganzen Eindrücken.

Meister, was war das? Wo hast du mich hingeführt und was bedeuteten diese Worte?"

Er holte tief Luft und begann in seiner ruhigen Art zu sprechen:

„Mein Kindchen, du hast ganze Arbeit geleistet. Ich freue mich immer sehr, wenn ich miterleben darf, wie eine Seele sich entfaltet. Du hast soeben erfahren, wie du mit deinem Bewusstsein zu unterschiedlichsten Orten reisen kannst. Dass du dabei auch nicht an die Zeit gebunden bist, hast du sicher auch schon bemerkt. Doch wie ich dich kenne, hast du nun noch mehr Fragen als vorher in deinem Kopf, daher lass mich dir eine kleine Geschichte erzählen.

Vor vielen, vielen Jahrtausenden kam eine Rasse auf die Erde, die die Menschen noch für lange Zeit als Götter bezeichnen werden. Wenn ihre Kenntnisse jedoch weit genug fortgeschritten sind, dann werden auch sie erkennen, dass dies nicht die Götter waren, sondern nur menschenähnliche Körper, die aus einer anderen Zeit eine ganz andere Geschichte mit sich brachten. Diese Wesen waren es, die uns vieles von diesem Wissen übermittelt haben. Ihre Kultur war um ein Vielfaches älter als die der Menschheit dieses Planeten und hatte schon eine ganz andere Technologie als wir. Ihre Körper waren über viele Jahrtausende trainiert, in Verbundenheit mit anderen Energien zu agieren. Für sie war das, was wir hier mühselig erlernen, so selbstverständlich wie das Atmen für uns. Dennoch waren sie nicht abgeneigt, uns dieses Wissen zu vererben und so findest du wieder und wieder Dinge, die du als Wunder bezeichnen würdest, doch eigentlich fehlt dir nur das Verständnis dafür.

Beispielsweise werden die Menschen noch viele Jahrhunderte oder gar Jahrtausende nicht verstehen, wie sie hier die Steine der Pyramide und auch die der Obelisken bewegt haben. Doch einzig und allein die Technologie dieser Wesen ermöglichte das in sehr zügigem Tun.

Doch auch diese Wesen, die uns nichts Böses wollten, hatten, wie alles im Kosmos, einen Gegenpol, also Feinde. Das hast du gerade eben erfahren. Doch du musst klar unterscheiden: Das geistige Wissen, das die Sirianer uns vermittelt haben, hat sie dennoch nicht davor bewahrt, hier auf der materiellen Ebene selber mit sehr ungeistigen Problematiken zu tun zu haben. Und so kam es, dass die Nunaks sich den Planeten Erde mit all seinen wunderbaren Bodenschätzen ebenfalls untertan machen wollten. Und schon begann der „Kampf der Götter". In einem fernen Land von hier gibt es sogar Bilder davon, wie sich die Städte der Luft auf dem Planeten Erde bekriegten. Die Menschen hatten bei all dem kein Mitspracherecht, da sie geistig und technologisch um ein Vielfaches unterlegen waren. Wie Lämmer als Teil einer Herde folgten sie mal den einen und mal den anderen. Das liegt in der Natur eines unbewussten Volkes. Die Sirianer gewannen, doch entschieden sie sich letztlich zum Schutze aller Lebewesen auf Mutter Erde, diesen Planeten zu verlassen. Es wurde ein Vertrag geschlossen, wonach Mutter Erde und die Menschen sich selbst überlassen sein sollten, und dieser Vertrag verlangte eben auch, dass die Wesen, die das Wissen gebracht hatten, unsere schöne Erde verlassen mussten. Genau dies hast du in deinen Worten erfahren. Die Sirianer haben all die wunderschönen mystischen Orte erbaut, diese Schule hier, die Pyramiden und all die anderen Pyramiden, die eines Tages nur noch in Überlieferungen fortbestehen werden, und wir versuchen die Inhalte ihrer Lehren in euch überleben zu lassen. Die Traurigkeit dieser Rasse hast du empfunden, als dir die Tränen kamen. Planet Erde ist ein Paradies und sie mussten es verlassen, um uns zu schützen. Kannst du dich noch an die drei Punkte im Boden erinnern? Kannst du sie mir einmal aufzeichnen?"

Ich nickte und zeichnete die drei Punkte, so wie ich sie wahrgenommen hatte, mit dem Finger in den Sand. Freudestrahlend schaute mich der Meister dabei an und dann fuhr er fort:
„Bravo mein Kind, das ist der Nubisgürtel und dort ist die eigentliche Heimat der Sirianer. Daher kam auch in deinen Worten der Begriff Verbindung vor, da wir auch ewig mit ihnen verbunden sein werden, geistig wie auch physisch. Wichtig ist für dich aber heute und hier nur, dass du weißt, dass dieses Wissen sehr alt und nicht von dieser Welt ist. Es ist ein Geschenk dieser Besucher an uns und wir hüten es, solange wir können. Ich weiß, dass es Zeiten geben wird, in denen das Ego in den Menschen wieder die Oberhand bekommen wird, doch wie die Jahreszeiten des Lebens, so hat auch Mutter Erde verschiedene Jahreszeiten der Energien zu erfahren. Und nach der Nacht kommt der Tag. Freue dich, dass du hier lernen darfst, denn deine Seele wird dieses Wissen auf allezeit bewahren und in all deinen Leben anwenden können ... ob hier auf der Erde oder auf anderen Planeten, das ist nicht von Bedeutung. Hast du nun noch eine Frage?"
Staunend über das Gesagte schaute ich ihn an. Ich fühlte mich wie in einer Informationsstarre, leer und ohne Fragen, sondern

nur zuhörend.

Ich schüttelte den Kopf.

„ Nun denn, dann würde ich sagen, beenden wir für heute unseren interessanten Austausch . Ich möchte, dass du über das Erfahrene noch ein wenig sinnierst und es dann mit in den Schlaf nimmst. Was habt ihr den gerade im Unterricht als Aufgabe bekommen?"

Ich holte kurz Luft und versuchte mich zu erinnern. Mein Kopf dröhnte, als hätte man mir eine Ohrfeige gegeben ... doch dann fiel es mir wieder ein.

„Wir sollen unseren Seelennamen finden, aber ich weiß gar nicht, wie ich das machen soll, mein Meister."

Er lächelte sanft und meinte nur: „Probiere es aus. Der Weg ist das Ziel. Was immer dir in den Kopf kommt, probiere es, übe es, und was du dabei erfährst, berichte es. Ich freue mich, dich hier in einer Woche wiederzutreffen. Bis dahin ... und schlaf gut, kleines begabtes Mädchen." Sanft streichelte er mir über meine Haare und verließ den Raum.

Ich blieb noch etwas sitzen und versuchte, mir zu überlegen, wie ich denn nun meinen Seelennamen finden könnte. Ob es den schon gibt, oder ob ich den noch erfinden müsse ... Doch keiner hörte meine Fragen, also blieben sie erneut unbeantwortet. Ich hatte keine Lust, heute noch viel auszuprobieren, also ging ich langsamen Schrittes wieder durch die Hallen der Anlage nach Hause und schlief erschöpft von all dem tief ein.

Am nächsten Morgen begab ich mich wie immer zur Waschung und dann zum Essenssaal. Ich setzte mich erneut abseits der Gruppe und begann das Essen zu genießen. Erloh verspürte aber anscheinend den Drang, mich dabei stören zu wollen und setzte sich neben mich .

„Wieso redest du denn nicht mehr mit mir?", fragte er leicht vorwurfsvoll.

Ich holte tief Luft, weil mir irgendwie klar war, dass diese Frage eines Tages kommen musste.

„Ach lieber Erloh, bitte sei mir nicht böse, ich habe nichts gegen dich, aber ich habe zur Zeit überhaupt keinen Drang zu reden. Ich genieße die Stille und das Schweigen sehr. Ich fühle mich sehr wohl dabei. Es tut mir gut. Verstehst du? Es ist aber nicht gegen dich gerichtet. Überhaupt nicht. Vielleicht hast du ja auch bemerkt, dass ich mit den anderen ebenfalls nicht rede ...?"
Er schaute mich erstaunt an, als sei ich von einem anderen Planeten.

„Du bist komisch. Erst verbringen wir jeden Abend miteinander und dann bist du weg, als seist du nie da gewesen. Dann tu aber auch nicht so, als würde ich dir etwas bedeuten. Ich fand es jedenfalls sehr schön, abends mit dir zu plaudern, aber wenn du nicht mehr magst, dann eben nicht." Eingeschnappt nahm er seinen Teller und ging zu den anderen Jungs.

Ich atmete erneut tief ein und war hin- und hergerissen, was ich nun tun sollte. Ein Teil in mir war zu kraftlos, ihn jetzt vor all den anderen anzubetteln, dass er das so nicht sehen dürfe, ein anderer Teil dachte sich, ihn in einem anderen Moment noch mal in Ruhe darauf anzusprechen. Ich entschied mich für Letzteres, weil die Anwesenheit all der Schüler der Klassen mir in

der Tat zu viel war.

Ich aß so lange, bis der Essenssaal leer war und genoss die Stimmung der Leere dort. Nur ein paar Helfer begannen aufzuräumen, doch ich verlor mich in den Malereien an den Wänden. Schöne Bilder von großen Wesen, die die kleinen Menschen auf ihren Schoß nahmen und ihnen die Sterne erklärten. Oder andere Bilder, auf denen das Ankh-Zeichen in der Hand der großen Wesen anscheinend eine große Bedeutung hatte. Vater hatte mir das Zeichen einmal versucht zu erklären. Er meinte, es sei das Symbol für das Leben, doch warum sollten die großen Wesen das Symbol für Leben in ihren Händen tragen und damit Dinge berühren? Nun, vielleicht werden wir das im Unterricht erfahren ... ich fände es spannend.

Kaum hatte ich diesen Gedankenausflug beendet, zog es mich in den Garten, in dem ich schon so lange nicht mehr gewesen war. Ich legte mich erneut auf den Boden und versuchte darüber zu sinnieren, was denn nun mein Seelenname sei.

Stille.

Nur das Zwitschern der Vögel und das Summen der Bienen ertönte in meinen Ohren. Ich dachte: Liebe Bienen, liebe Blumen, könnt ihr mir meinen Seelennamen sagen?

Kaum hatte ich die Frage gestellt, fand ich sie auch schon lächerlich. Wie sollen mir Blumen und Tiere bei dieser Aufgabe helfen können? Das ist lächerlich. Aber der Meister hat gesagt, ich soll allen Impulsen freien Lauf lassen. Also scheint es ja einen Grund zu geben, warum ich die Pflanzen und Tiere fragen mag. Vielleicht, weil man das kann, ich sie nur noch nicht verstehe?

Da waren sie wieder, die Fragen der Antwortlosen ... und natürlich antwortete mir keine Pflanze und auch keine Biene auf meine Frage.

Schon bald verspürte ich den Drang, wieder einmal in meinen Lieblingsraum zu gehen. Der weiße Tempel.

Dort angekommen, begann ich zu meditieren und hoffte die ganze Zeit darauf, dass mich irgendein Name erreichte. Ich fragte, ich hörte auf zu fragen, ich bat um Bilder oder Worte, doch es blieb alles dunkel und still. Ich konnte den Ärger über diesen Misserfolg nicht zurückhalten und fand mich am nächsten Morgen griesgrämig im Unterricht ein. Die Lehrerin bat jeden von uns zu sich, in einen separaten Teil des Tempels der Worte. So sehr ich mir auch Mühe gab, meinen Gefühlen keinen Ausdruck zu verleihen - ich schaffte es nicht. Also setzte ich mich in frustrierter Stimmung vor sie hin.

„Nun, mein liebes Neophytenmädchen, was hast du erfahren?"
Ich schaute auf den Boden und hoffte so, irgendwie zur Ruhe zu kommen, doch es gelang mir nicht. „Ich habe nichts erfahren und leider auch nichts zu berichten", brach es aus mir heraus. „Und ich bin wütend über mich selbst, dass ich so untalentiert bin."

Da flog ein sanftes Lächeln über ihre Lippen und ihre warme mütterliche Art strahlte sanft zu mir herüber. „Liebes, das ist doch kein Weltuntergang. Du solltest die Hausaufgaben zwar ernsthaft aber doch spielerisch angehen. Der Seelenname ist nicht wirklich eine leichte Aufgabe, da sie von uns fordert, in direkten Kontakt mit unserer Seele zu treten. Nicht jeder schafft das sofort."

Ich begann etwas ruhiger zu atmen und die Augen etwas mehr zu öffnen. Dennoch stammelte es neugierig aus mir heraus: „Ich verstehe, aber wie viele von unserer Gruppe haben denn ebenfalls ihren Namen nicht gefunden ?"

Sie schmunzelte erneut: „Keiner Liebes, keiner. Jeder hat ihn gefunden - bis auf dich."

Ich fühlte mich, als zöge man mir den Boden unter den Füßen weg.

„Was?", platzte es aus mir heraus, „Wieso das denn?"

Wieder sank mein Blick zu Boden. Ich wurde wütend. Unendlich wütend auf mich. Die Lehrerin spürte das und versuchte mich aufzufangen.

„Liebes, nicht doch. Lass dich nicht von deinen Gefühlen so runterziehen. Das wird schon. Es wird einen Tag geben, da wirst auch du deinen Seelennamen erfahren. Hab keine Sorge. Bis dahin solltest du dennoch eines wissen: Du hast sehr viel Kraft in dir. Bitte wende diese Kraft niemals gegen dich und natürlich auch niemals gegen jemand anderen. In ein paar Jahren wirst du genau verstehen, was ich meine, doch bereits heute ist das von großer Wichtigkeit. Merke dir den Satz: `Ich bin der Berg´. Und als spezielle Hausaufgabe für dich, nachdem du die andere noch nicht erfolgreich erledigen konntest, bitte ich dich mit diesem Satz meditieren zu gehen und mir nach meinen Unterrichtstagen von deinen Erkenntnissen zu berichten. So und nun gehen wir in den Unterricht. Ich freue mich schon sehr,

euch nun die geistigen Welten in der Theorie erstmalig vorstellen zu dürfen.“

Damit stand sie auf und zeigte mir, dass auch ich das tun solle.
Dann bewegten wir uns in den Unterrichtsraum, und kurz
darauf begannen wir wie schon so oft den Wesenheiten zu
lauschen.

Sie atmete mehrmals tief ein und zu einem bestimmten Zeitpunkt veränderte sich wieder ihre Ausstrahlung. Das Gesicht
wurde ernster, die Augen größer und ihre Haltung gerader.
Die Worte, die nun kamen, flossen langsamer als eben noch,
doch sie wirkten nachdrücklich auf uns alle ein. Keiner traute
sich diese Atmosphäre der Erhabenheit zu stören.

# Die Energiewelten

„Ihr habt nun schon mehrfach erfahren, dass alle Energie aus dem Ursprung heraus und dann wieder zurück fließt und dabei unterschiedliche Zustände in verschiedenen Zonen aus Energie erschafft. Da jede dieser Zonen ein eigenes System mit jeweils eigenen Ausdrucksformen der Energie darstellt, sind sie in ihrer Komplexität wie eigenständige Welten. Deshalb gebe ich ihnen den Namen »Energiewelten«.

Schlüpft ein Seelenteil in einen menschlichen Organismus, so zersplittert dieser in mehrere Seelenanteile, die alle kleine Energieteile mit einer besonderen Qualität an Bewusstsein darstellen. Ihr erinnert euch: Energie ist Bewusstsein. Kleinere Energieeinheiten besitzen eine kleinere Bewusstheit und größere Energieeinheiten eine größere Bewusstheit. Doch sind sie alle immer Teil des Ganzen. Die Mutterseelen stellen die erste Form des Bewusstseins der Quelle dar. Trennen sich nun die Seelenteile von dieser Mutterenergie, so verändert dies deren Kraft und dadurch natürlich auch deren Bewusstheit. Die Seelenteile, die inkarnieren, erfahren gleichzeitig sieben verschiedene Bewusstseinszustände, die alle zusammen die eigentliche Kraft des Seelenteils ergeben. Sie verteilen sich im Organismus so, dass sie sieben verschiedene niedrigere Frequenbereiche (neben der Frequenz der Quelle) beziehungsweise sieben unterschiedliche Seinsformen erfahren können. Diese sieben niedriger schwingenden „Welten" (Bereiche) machen es möglich, dass das Bewusstsein dieser

ursprünglich reinen Seelenenergien aus der Quelle nun auf verschiedenen Ebenen gleichzeitig Erfahrungen sammeln kann. Die Energiewelten stellen daher die Erfahrungswelten da, in denen die Energie über unterschiedliche Zuständen das kosmische Sein erfährt. Jede dieser Ebenen schwingt anders und macht daher andere Ausdrucksformen der Energie sowie ein anderes Bewusstsein möglich. Die veränderten Elemente des jeweiligen Bereichs (Ebene) verändern das jeweilige Potential der Reinheit und dadurch die Wahrnehmung (in) dieser Ebene.

Die grobstoffliche Materie, wie beispielsweise unsere Erde, ist ein Teil der niedrigsten, dichtesten Energiebereiche auf der (Frequenz-)Skala. Hier ist der Organismus solch eine »Form« dar, die von den Naturgesetzen vorgegeben wird. Und diese Form wiederum erschafft die Werkzeuge unserer Wahrnehmung – die Sinne. Auch wenn diese Sinne uns nur einen sehr kleinen Teil der Energiewelten wahrnehmen lassen, so sind diese doch immer da. Ihr könnt euch das auch wie die Skala des Sonnenlichts vorstellen. Mit unserem menschlichen Auge können wir nur ein ganz bestimmtes Spektrum des Lichts wahrnehmen. Tiere beispielsweise wiederum sehen nachts besser und nehmen das Licht der Nacht daher viel besser wahr als wir.
Oder nehmen wir das Beispiel der Hundepfeife. Auch sie tönt – schwingt – in einem für uns nicht wahrnehmbaren Bereich, die Hunde jedoch hören diese Frequenz. Genauso funktionieren die Energiewelten. Sie sind alle immer da, immer um uns und doch nicht wahrnehmbar mit den menschlichen Sinnen unseres Körpers.

Somit ist alle Materie von allen Frequenzen durchdrungen, doch unsere Werkzeuge der Wahrnehmung lassen uns nur einen bestimmten Bereich wahrnehmen. Würde es im Feinstofflichen Raum und Zeit geben, so könnte man sagen: Die Frequenzen existieren alle gleichzeitig und überall im Kosmos. Da das Gesetz der Entsprechung im Kosmos allgegenwärtig und gültig ist, finden wir im menschlichen Körper direkte Ausdrucksformen dieser unterschiedlichen Frequenzbereiche und Ebenen – die Chakren. Sie sind Energiewirbel und direkt mit den Energiewelten verbunden. Jeder Wirbel hat eine besondere Energiequalität, schwingt in einer ganz bestimmten Frequenz – in der Frequenz einer jeweiligen Energiewelt.

Jeder Mensch hat sieben Chakren – über sie trägt er die sieben Ebenen in sich und ist dadurch immer direkt mit ihnen verbunden. Die Chakren sind, so gesehen, Vertreter der Welten, die alle immer um uns und damit in uns sind. Sie sind wie „Anker der feinstofflichen Welten", die fester Bestandteil der Interaktion zwischen feinstofflichen und grobstofflichen Welten sind. All das ist Teil der Ganzheit des Seins.

Nicht das Sein nur auf den feinstofflichen Ebenen ist das höchste Ziel, wie auch nicht das Sein, nur im verunreinigten Organismus und seiner getrübten Wahrnehmung das Ziel des Seins ist. Es ist vielmehr die Erfahrung beider Potentiale gleichzeitig. Eine Energie, die einen Organismus belebt, sich jedoch gleichzeitig aller feinstofflichen Energiewelten bewusst wird, ist das höchste Maß an Erfahrung, dass eine Seelenenergie machen kann. Nur dort liegt das Potential der absoluten

Befreiung und Entfaltung der Seelenkraft, was schließlich die direkte Verbindung in die Kraft der Quelle bedeutet.

Doch letztlich ist es immer die Seelenenergie selbst, die entscheidet, ob sie nun in das Potential der Erfahrung aller Ebenen (über die Inkarnation) geht, oder doch „nur" die Erfahrung der Verbundenheit (über die feinstofflichen Welten) macht. Da die Kraft aber immer auch stark an die Bewusstheit der jeweiligen Energieform gebunden ist, bringt daher der Kraftverlust der inkarnierenden Energie das Risiko mit sich, so viel Kraft zu verlieren, dass die Verbindung in die Quelle schwächer und schwächer wird. Es kann aber niemals geschehen, dass die Energie ohne eine Verbindung in die Quelle existiert. Grund dafür ist die bedingungslose Liebe, die der Kosmos ist. Und dieses „Gesetz hinter den Gesetzen" sorgt indirekt und direkt immer dafür, dass derartig schwächelnde Energien beschützt bleiben. Der Erhalt der Kraft ist damit die direkte Erlaubnis der Interaktion aller Energien miteinander. Und damit ist das Netz der Verbundenheit auf immer das „Lebenwesen Kosmos".
Verliert eine Energie Kraft, so hat sie immer eine Vielfalt an Möglichkeiten diese wieder zu erhöhen - sie muss die Möglichkeiten nur kennen und dann auch nutzen. Und genau dafür belehren wir euch hier mit diesem Wissen, damit ihr den Menschen dieses weitergeben könnt und ihnen helfen könnt, auf ihrem Weg.

Es gilt nun zunächst, die Ganzheit dieses Energiekonstrukts zu erfahren. Und das ist ausschließlich über die Formung des Bewusstseins möglich. All die Welten sind miteinander verbunden und bedingen einander – weil sie eins sind. Sie alle sind nur Offenbarungen ein und desselben Ursprungs. Wie ein Haus, das mehrere Stockwerke hat und in dem ein Stockwerk auf dem anderen gebaut ist. Das dritte Stockwerk kann beispielsweise nicht sein ohne das zweite, und das zweite nicht ohne das erste.

Alles, was hier auf der Erde passiert, wirkt auch immer in all diese Ebenen hinein und durch sie hindurch. Und umgekehrt hat alles, was hier auf Erden geschieht, einen Ursprung – und vor allem eine Resonanz – in diesen Energiewelten.

Somit seid ihr in allen Ebenen existent, nehmt aber nur den Teil wahr, der euch bewusst ist. Und genau das werden wir hier im Laufe der nächsten Jahre verändern. Ihr werdet lernen, noch mehr von diesen Ebenen wahrzunehmen, um mit und in ihnen wirken zu können. Euer Bewusstsein, und damit die Kraft eurer Aufmerksamkeit, entscheidet, auf welcher Ebene ihr euch stärker wahrnehmt und auf welcher schwächer. Daher ist es hilfreich zu wissen, wie die Ebenen aufgebaut sind und wie sie wirken. Je bewusster ihr euch der Verbindung zu euren anderen Seelenteilen auf den anderen Ebenen seid, umso stärker werdet ihr. Wie ihr schon erfahren habt, hängt Kraft direkt mit Bewusstheit zusammen und diese mit der Potenz der Erkenntnis.

Es gilt, ganz zu werden, denn die Bewusstheit all dieser Ebenen, Welten, Zustände und Frequenzen erschafft aus den Seelenanteilen ein sich als Ganzes bewusst erfahrendes Sein. Durch die auf allen Ebenen bewusst erfahrene Schöpfung entsteht der direkte Draht wieder zurück zur Quelle. Das bezeichnet man als Zustand der »Erleuchtung«. Ein Mensch, der auf dem Weg zum Ursprung aller Energien die Vielfalt der Energiewelten erfahren hat, wird zum so genannten Erleuchteten. Er hat die ganze Kraft und das ganze Potenzial des Seins erlebt, weil er sich in all den Ebenen erkannt und erfahren hat. Doch diese Erkenntnisse sind nur über den Rückzug von allen äußeren Ablenkungen in einer Innenschau möglich. Denn dann beginnt das Bewusstsein, das - bisher von der Neugier getrieben - die Verlangsamung und die Verunreinigung erfahren wollte, die Umkehr dieses Prozesses. Die »Heimkehr des Bewusstseins« ist der Impuls, aus der bisherigen Entschleunigung herauszutreten und in einen besseren, reineren und höher schwingenden Zustand der Beschleunigung zurückzukehren - in den Zustand der hoch schwingenden Quelle. Es ist die Sehnsucht, die das Bewusstsein dazu bewegt, diesen Heimweg zu suchen. Die Sehnsucht nach Reinheit, Klarheit, Kraft und Verbindung – die Sehnsucht nach dem Ursprung. Die Sehnsucht nach Bewegung, nach Beschleunigung – zurück in die Verbundenheit der Quelle, in die Ganzheit des Seins, nicht mehr getrennt von sich selbst.

Und nun beschreibe ich euch theoretisch die Energiewelten. Ihr werdet in den nächsten Jahren mehrfach diese Welten bereisen, um zu erfahren, wie es sich anfühlt, das Bewusstsein dorthin auszudehnen. Der Eine wird es schneller schaffen, manch Anderer vielleicht nie, doch ist dies eine der aufregendsten Reisen des menschlichen Seins, denn alle Erfahrungen, die eure Seele dabei machen wird, werden mit euch sein, für alle Zeit. Wir haben hier die seltenen Möglichkeiten, die Energien zu bewegen, daher bitte ich euch erneut, aufmerksam und ganz konzentriert diesen Weg zu gehen. Es mag verlockend sein, lieber

beisammen zu sitzen und zu spielen, oder sich nur zu unterhalten, doch wisset, dass jeder Tag, jeder Moment ein kostbares Geschenk des Kosmos ist, den ihr bestmöglich für diesen Weg nutzen solltet. Wir alle wissen nicht, was morgen ist, daher lebt das Jetzt und nehmt mit, was das Leben euch dieses Mal schenkt."

Diese Worte berührten mich sehr, denn ähnlich wie bei der Erkenntnis, woher all dieses Wissen kommt, packte mich ein seltsames Gefühl der Traurigkeit. Ich wollte festhalten, was ich festhalten konnte. Doch schon die Grenzen meines Körpers zeigten mir, wie kostbar jeder Moment ist, in dem ich einmal nicht vergesse, was ich gerade gelehrt bekam. Es kostete mich wirklich alle meine Kraft und Aufmerksamkeit, diese Fülle an Wissen aufzunehmen. Doch so wie ich die Lehrer und die ganze Schule mittlerweile einzuschätzen vermochte, war es gerade die Fülle an Wissen, die uns prüfte. Es war meines Erachtens nicht möglich, nur halb bei der Sache zu sein, oder halbherzig zuzuhören. Nein, es forderte die ganze Konzentration, alles, was wir in uns trugen, um dieses Wissen zu verarbeiten.

„Jede dieser Welten stellt einen bestimmten feinstofflichen Frequenzbereich dar", fuhr unsere Lehrerin mit sanfter Stimme fort. „ Je höher dieser Bereich schwingt, umso klarer ist das Bewusstsein der Energien dort. Und jede dieser Welten hat ihre ganz eigenen Gesetze. Und andere Gesetze bedeuten auch andere Formen. Daher sind die Formen der Energien, die Wesen dieser jeweiligen Welten alle der jeweiligen Schwingung entsprechend unterschiedlich. Ihr erinnert euch: Andere

Formen ermöglichen andere Wahrnehmungen, also sind die Wahrnehmungen der Bewohner der jeweiligen Ebenen auch völlig unterschiedlich. Je höher schwingend die Ebene, umso feiner die Formen, umso klarer das Bewusstsein, umso stärker die Verbindung zur Quelle, umso kraftvoller die Energien selbst.

Ich betone es gerne immer wieder. Bitte versteht die Quelle nicht als einen Ort, sondern als einen Zustand, der sehr, sehr hochschwingend ist. Alle Energie ist diese Quellenenergie, doch durch Verunreinigung und unterschiedliche Beeinflussungen verwandelt sich diese reine Energie der Quelle immer weiter und immer weiter in andere Energieformen und Zustände. Die Verbindung mit der Quelle ist daher eher wie die Energie selbst zu verstehen, denn Energie vergeht nie. Als würde eine Fackel erst aus reinstem hellen Feuer bestehen und im Laufe von unterschiedlichen Beeinflussungen ihre Farben verändern, bis sie fast ganz erlischt und nur noch Glut ist - so verändert sich die Reinheit der Energie und damit die Bewusstheit der Energie. Und all die Zeit ist sie immer noch Teil eines Kreislaufs, der es ermöglicht, dass sie aus eigener Kraft heraus wieder zu einer hellen starken Flamme er-leuchtet. Ihr seid hier an einem Ort, der euch dazu alle Möglichkeiten schenkt, eure Flamme so hell und strahlend wie nur möglich zu entfalten.

Unsere Materie, unser Wirken hier auf der Erde, all die Gesetzmäßigkeiten auf, um und in ihr, sind einfach besser zu verstehen, wenn wir die »andere Materie« – die feinstoffliche Welt – kennen. Unsere Wahrnehmung ist sehr eng an unsere

Prägungen gebunden. Jedes »Bild«, das sich in eurem Bewusstsein zeigt, wird ausschließlich aus euch heraus geformt und ist keines, das im Außen existiert. Wir sind Organismen, die die Fähigkeit haben, Energien zu »lesen«, sie zu »erfahren« und wahrzunehmen, doch der Übersetzer dieser unendlichen Zustände an Energie ist allein euer Bewusstsein.

Es geht nun darum, dass ihr euch diesen Welten öffnet, denn dort wohnen Teile von euch, und die gilt es, zu entdecken, um wirklich ganz zu werden.
Und damit schließe ich für heute und überreiche euch eure Tontafel.«

*Tontafel*
*Es gibt sie, die Energiewelten.*
*Und sie sind so real, wie du jetzt diese grobstoffliche*
*Welt wahrnimmst.*
*Daher zweifle dies nicht an.*
*Lass zu, dass dein Herz sich dem öffnet,*
*und beginne deine ganz eigene Reise in diese Welten –*
*die dich am Ende ganz zu dir führen kann.*

Als ich abends zu Bett ging, fantasierte ich, wie die Welten wohl aussehen mochten. Ob sie Farben hatten, oder auch Blumen beherbergten ... es beflügelte meinen Forschergeist, mehr darüber zu erfahren und über diesen Wunsch schlief ich erneut erschöpft ein.

Mit Spannung erwartete ich am nächsten Tag die Erzählung von den Welten.

„Die Energiewelten sind unendlich", setzte unsere Lehrerin ihre Ausführungen fort, „und es ist schwer, mit unserem weltlichen Verstand, in dem es um Formen und Grenzen geht, die eigentliche Komplexität zu verstehen. Daher haben wir uns dazu entschieden, euch eine relativ grobe Unterteilung zu übermitteln. Eine Einteilung, die es ermöglicht, die wichtigsten Unterschiede zu erkennen und die auch Sinn macht, um mit euren Chakren arbeiten zu können. Ihr werdet dies brauchen. Daher sprechen wir von acht feinstofflichen Frequenzbereichen im Kosmos sowie von einer separaten Ebene unserer festen Materie. Die Energien der Quelle, die sieben Energiewelten und die Welt der groben Stofflichkeit ergeben die Ganzheit des Kosmos und damit neun unterschiedliche Frequenzbereiche.

Die sieben hoch schwingenden Erfahrungswelten ermöglichen der Seelenenergie die Erfahrung der Verbundenheit aller Energien miteinander über feine Formen.

Der niedrig schwingende Bereich der euch bisher bekannten und messbaren Formen ermöglicht hingegen die Erfahrung grober Stofflichkeit über die Sinne eures Organismus.

Doch nur das Zusammenspiel dieser sieben plus eine Welten ermöglicht die volle Entfaltung der Seelenenergie in den Zustand der Quelle hinein. Dann ist der „neunte" Zustand erreicht - die Reinheit der Seelenenergie, die dann so kraftvoll ist, dass sie die Verbindung in die hohe Energie der Quelle lebt und doch in einem Organismus erfährt. Dieser „neunte Zustand" ist somit die Erfahrung der Quelle selbst, die in der Abfolge der feinstofflichen Welten als oberste, feinste Welt um die sieben Welten herum existiert. Wir bezeichnen Sie daher zum besseren Verständnis des Aufbaus auch gerne als die „achte feinstoffliche Welt", obwohl sie anderen Gesetzen folgt als die sieben feinstofflichen anderen Erfahrungswelten.

Die Verbindung in diesen Bereich bleibt so lange bestehen, wie die Reinheit der Energie erhalten bleibt.

Aus dem für uns nicht greifbaren hochschwingenden Bereich bis in die langsamen Randzonen der dichten Energien sind all diese Energiewelten die »Plattform des Seins«.

**Die Sphäre**
**Der URSPRUNG ALLEN SEINS – die QUELLE**

Die achte feinstoffliche Welt ist die am höchsten und feinsten schwingende Ebene. Sie ist eine Sphäre. Sphären sind unendlich, Energiewelten und Ebenen sind in sich abgeschlossene Systeme und im Vergleich zur Sphäre eher als »Räume« zu verstehen (obwohl ich das nicht als »räumlich« meine, wie wir es kennen). Dadurch sind diese ineinander übergehenden Räume natürlich auch Teil der Sphäre. Ebenso, wie das Weltall für uns nicht zu begreifen, aber dennoch die Basis all der Planeten, Galaxien und Sonnen ist, so ist diese Sphäre der Raum um die Räume herum. Er ist das Unendliche hinter den Formen.
Die Ebenen haben Strukturen. Die Sphäre hat das nicht, sie ist. Jede Ebene beherbergt Energieformen beziehungsweise Seelenteile in unendlicher Zahl. Die Sphäre aber ist die Heimat all dieser Welten, wie das All die Heimat der Planeten ist und sie alle umschließt.

Die achte und damit höchste Ebene ist die am feinsten schwingende Ebene, die die reinste Form von Bewusstsein darstellt. Sie ist Bewusstsein, sie ist Anfang und Ende und doch nichts davon, da es dort keinen Anfang und kein Ende gibt.

Alles ist.........................................................ES IST.

Alles ist Bewusstsein. Und damit so klar und so bewusst, dass es auch alles Wissen in sich trägt. Die höchste Stufe des Seins ist nur noch das SEIN ohne Körper.

Es ist die Quelle allen Seins, der Ursprung allen Seins. Der sogenannte göttliche Impuls kommt aus der achten Ebene und verdichtet sich immer weiter, bis er zu immer dichterer, festerer Materie wird.

Hier enstehen die Mutterseelen und spalten sich als erste Form des Bewusstseins von der Quelle ab, bleiben jedoch direkt mit ihr verbunden. Die Quelle ist also immerdar, und die Mutterseelen entstehen hier aus ihr.

Dort beginnt nun der »Kreislauf des Seins«, durch den das Bewusstsein der Quelle über die unterschiedlichen Formen unterschiedliche Welten und dadurch sich selbst in all diesen Zuständen erfahren kann. Die Mutterseelen schwingen daher in der gleichen Frequenz wie die Quelle, doch sind sie die »erste Form« dieser Quelle. Diese »erste Form« sind Energien, die sich sehr, sehr schnell bewegen. Das Bewusstsein der Mutterseelen ist daher auch sehr schnell und flexibel. Die

Geschwindigkeit dieser Energien ist mit keinem unserer Messgeräte jemals messbar und übersteigt bei Weitem mehr als die zehnfache Lichtgeschwindigkeit.

Es ist ein Zustand, der so hoch, so fein, so schnell ist, dass er für unseren menschlichen Verstand nicht wirklich zu be-greifen ist. Doch wie ihr schon erfahren habt, verlangsamen sich die Energien auf ihrem Weg aus der Quelle heraus. Dieser Prozess ist der Grund, warum in jeder Energiewelt eine andere Geschwindigkeit herrscht. Und diese Unterschiede in den Geschwindigkeiten der Energie sind wiederum die Grundlage für die Reinheit der jeweiligen Ebene und damit Grundlage für die unterschiedlichen Bewusstseinszustände der Ebenen.

**Die siebente Welt**
**Die WELT DER FORMUNG**
Die siebente Welt ist noch sehr nahe dem Frequenzbereich der Quelle, schwingt also sehr hoch und sehr fein. HIer sind die Mutterseelen zuhause, die sich nahe dem Zustand der Quelle befinden. Sie erschaffen den Zustand der siebenten Welt. Sie sind, die siebente Welt.

Zum besseren Verständnis erkläre ich euch kurz noch einmal den Unterschied zwischen der Sphäre und der siebenten Welt. Die Sphäre ist die alles erzeugende Energie, der Ursprung aller Seinsformen. Aus ihr heraus entehen in der Sphäre individuelle Energieeinheiten, die Mutterseelen, doch sobald sie ihren Entstehungsprozess abgeschlossen haben, erschaffen sie einen neuen Zustand: die siebente Welt.

Ihre „Form" verbindet die unbeschreiblich hoch schwingende und klare Energie der Quelle mit allen anderen Welten, da sie die „erste Form" beheimatet. Ohne eine Form ist die Wahrnehmung einer individuellen Energieeinheit nicht möglich und hier befindet sich die „erste, individuelle Form des Seins" - die Mutterseele. Alle Energie ist die Ursache für die Form, daher entsteht die Form immer aus der Wirkung der Energie. Diese Energiezone ist somit die erste Wirkungsform der nicht fassbaren formlosen Sphäre.

Dieses Individualisieren der formlosen Energie der Quelle in die erste Form der Mutterseelen ist die energetische Vorbereitung auf die nun folgenden, immer niedriger schwingenden Freuquenzbereiche und notwendig, um daraus folgend weitere Formen hervorzubringen.
Denn wie ihr schon erfahren habt, teilen sich nun aus diesen Mutterseelen weitere Teile auf, um nun zusätzlich noch andere Seinsformen zu erfahren, ohne dabei jemals die Verbindung zur Quelle verlieren zu können.

Die Mutterseele verbleibt immer in diesem Zustand, also in diesem „siebten" Bereich und entsendet aus diesem hochschwingenden Zustand einzelne Seelenteile in die niedrigeren Frequenzbereiche.

Ziel all dessen ist die Verbindung aller Formen, die die Schöpferkraft erschafft und über das Bewusstsein Erfahrungen zu sammeln.

Die Geschwindigkeit der Energie der Quelle wird hier, so gesehen, etwas »gedrosselt«, um auf eine Stufe zu gelangen, in der grobe Materie beginnen kann zu entstehen. Hier bewegen sich die Energien in achtfacher Lichtgeschwindigkeit.

**Die sechste Welt**
**Die WEISE BRUDERSCHAFT**

Ihr habt bereits erfahren, dass die Energie der Quelle so stark und rein ist, dass sie unmöglich als Ganzes in einen Organismus inkarnieren kann. Doch von einer sehr hoch schwingenden, starken Energie bis hin zu einer Form, die kleiner, aber doch groß genug ist, um zu inkarnieren, bedarf es einzelner Energiestufen. Diese Stufen sind der Grund, warum es die Energieebenen überhaupt gibt. Wie Energie, die in einem bestimmten Zustand für uns noch nicht sichtbar oder greifbar ist, so bildet jede Ebene durch ihren jeweils niedrigeren Frequenzbereich andere Voraussetzungen für Formen und damit für Bewusstsein und die daran gebundene Wahrnehmung in diesen Formen.

Die Geschwindigkeit der Energien entspricht hier ungefähr der siebenfachen Lichtgeschwindigkeit, also ist auch das Bewusstsein hier sehr weit, sehr flexibel und schnell.

Viel Energie bedeutet ein hohes Bewusstsein, und dieses geht mit viel Wissen einher. Da diese Ebene, so gesehen, die Ebene der ersten für uns „verständlichen" Formen darstellt, ist sie auch gleichzeitig die Ebene, aus der viel Wissen weitergegeben werden kann. Erst diese wieder im Vergleich zu den

Mutterseelen etwas „schwächeren" Formen sind für uns „greifbar", weil sie die erste Form sind, mit der wir kommunizieren können. Sie ist daher die reinste Ebene aus der das Wissen des Kosmos am klarsten erfahren werden kann.
Die Ebene selbst hat keine anderen Hierarchien, keine weiteren Unterteilungen.


Durch den immer noch sehr hoch schwingenden Frequenzbereich ist hier das Bewusstsein auch weiterhin klar und rein. Die Geschwindigkeit der Energien ermöglicht hier erstmals die Entstehung von Formen, die wir als Wesenheiten wahrnehmen können. Die Wesen, die sich hier aufhalten, sind sich der Quelle, der Ganzheit und damit aller Verbindungen im Kosmos sehr bewusst. Daher sind sie sehr »weise« und dem »Allwissen der Quelle« nahe, aber dennoch schon individuelle Wesen. Ihr trefft dort die Wesenheiten der »Weisen Bruderschaft«.


Die Weise Bruderschaft ist, so gesehen, eine Lehrerschaft, durch die das Wissen des Kosmos aus allen Zeiten und allen Welten kommuniziert werden kann. Sie ist ein Energiefeld mit einem sehr klaren und reinen Bewusstsein. Die Weise Bruderschaft ist eine sehr starke und große Energieeinheit. Der größte Teil dieser Form wirkt aus diesem körperlosen Zustand heraus in die unteren feinstofflichen Ebenen hinein, doch ein paar Energieeinheiten befinden sich auch immer in einem Organismus. So wirkt das Wissen der Weisen Bruderschaft einerseits durch diese „Außenposten auf Mutter Erde", doch andererseits auch durch die Form der Menschen hindurch, die mit Ihnen in enger Verbindung stehen.

Somit wird hier das Wissen des gesamten Kosmos hier erstmals für alle Lebewesen auf allen Planeten zugänglich. Sich mit der Quelle direkt zu verbinden, um aus ihr Informationen zu erlangen, ist nicht möglich, da wir als Energien in Organismen Formen brauchen, mit denen wir kommunizieren. In der sechsten Welt sind erstmals solche Wesenheiten greifbar, und dadurch wird das Wissen für uns erreichbar und überhaupt erst einmal verständlich.

Nur sehr wenige Menschen können die Informationen dieser Ebene direkt empfangen. Entscheidend ist dabei der »Filter Mensch«. Je reiner euer Gefäß, umso größer die Chance, diese reine Energie von dort zu erfahren.

Dieses Energiefeld wirkt durch mehrere Bereiche. Es ist hier am klarsten und stärksten, doch kann es sich bis in ( den Zustand der) vierten Welt hinein „bewegen".

**Die fünfte Welt**
**STABILISATION**
Wie ihr wisst, hat alles seinen Ursprung in der Quelle und kehrt auch wieder dorthin zurück. Die Verbindung mit der Quelle reißt also nie ab, sie durchdringt alles Sein. Sie wird jedoch auf diesem »Weg« geschwächt. In den unreinen Zuständen der niedrigen Frequenzbereiche erschaffen die in diesen Zuständen existierenden Energien oftmals durch unbewusste Handlungen negative Energiefelder. Jede Aktion zieht die Reaktion eines in sich immer verbundenen Systemes nach sich. Somit schützt die Unwissenheit der unreinen Formen hier vor den Folgen ihrer

unbewussten Taten nicht.

Um nun das Kraftpotenzial des Seelen aufrechtzuerhalten, bedarf es einer Art »Waschanlage«, durch den über bestimmte Prozesse der Reinigung, die wirkungsvollsten negativen Impulse wieder ausgeglichen werden und dadurch die Verbindung mit der Kraft der Quelle wieder gestärkt wird.

In dieser Ebene werden Energien gesäubert. Die Wesen dieser Welt sind auch Meisterenergien zuzuordnen und agieren von hier ausgleichend im Kosmos. Wann immer im Kosmos negative Impulse Kraft des freien Willens einer Energie, entstehen, so wirken die Energien dieser fünften Welt dort ausgleichend, um, zumindest in den feinstofflichen Welten, das Echo derartiger Negationen einzudämmen.

In gewisser Weise ist diese Energiewelt ein Stabilisator. Die Energieformen dieser Ebene sind »Wächter«, die über die Stabilisierung der Qualitäten der einzelnen Bereiche helfen, dass kein Ungleichgewicht im Kosmos entsteht. Als würde eine immer ausgleichende, heilende Essenz im Kosmos fließen, so stärkt diese Frequenz die Verbindung aller Energien im Kosmos mit der Quelle.

Diese „Wächter" oder auch Meister sind reine Energieformen, die nichts Irdisches an sich haben. Sie wachen darüber, dass geistiges Gut, Erfahrungen und das dabei erfahrene Wissen bestehen bleiben. Die Energien bewegen sich hier in sechsfacher Lichtgeschwindigkeit. Diese Frequenz wirkt auf den ganzen Kosmos ausgleichend und stabilisierend.

## Die vierte Welt
## Die WELT DER MEISTER DER BESONDEREN QUALITÄTEN

Der vierte Frequenzbereich ermöglicht es nun schon, solche Formen hervorzubringen, in denen das Bewusstsein zwar sehr hoch schwingend, rein und klar ist, aber doch näher dem irdischen Verständnis. Hier finden sich viele Seelenteile, die bereits ein-oder mehrmals in grobstofflicheren Welten inkarniert waren. Außerdem aber sind dort auch Energien vorzufinden, die aus den höreren Ebenen, wie zum Beispiel aus der Weisen Bruderschaft, gemeinsam mit diesen Energien der besonderen Qualitäten in Einklang wirken.

Sie tragen daher die Bezeichnung: »Meister der besonderen Qualitäten«. Auch sie sind Meisterenergien, doch wirken hier besondere Qualitäten dieser Meistereenergien. Ihr könnt euch das wie die Künstler auf der Erde vorstellen. Hat ein Mensch eine besondere Gabe, dann drückt sich diese gerne in und durch ihn aus, meist in Form von Kunst. Seien es wunderschöne Gemälde oder die Abfolge harmonischer Klänge - derartige „Qualitäten" einer Energie, gibt es auch im feinstofflichen Bereich. Und diese „besonderen Qualitäten" finden sich vorwiegend im Zustand der vierten Welt. Dort halten sie sich auf, von dort wirken sie in andere Ebenen hinein.

Auch diese Ebene gleicht Energiedefizite, die während des Kreislaufs von Stirb und Werde gestört werden, wieder aus. Die Wesenheiten mit den besonderen Qualitäten wirken auf ihre Weise im ganzen Kosmos vor allem kräftigend. Eng verbunden mit der Weisen Bruderschaft bilden diese Energien die unterste Wirkungswelt der Bruderschaft, welche durch die vierte und fünfte Welt hindurch wirkt und deren Resonanzen allesamt im Kosmos ausgleichend und beschleunigend wirken.

Dieser Frequenzbereich schwingt in fünffacher Lichtgeschwindigkeit. Es gibt Menschen, die mit dieser Ebene direkt verbunden sind, aber es sind nur sehr wenige.

**Die dritte Welt**
**Die WELT DER KOSMISCHEN MEISTER**
Wir nennen diesen Bereich, die Ebene der »Kosmischen Meister«. Dieser Frequenzbereich ist nun der grobstofflichen Ebene, auf der wir Menschen leben, schon etwas näher.
Die meisten dieser Energien waren schon ein- oder mehrmals auf der Erde inkarniert, viele aber auch auf anderen Planeten. Sie wirken durch ihre Ebene bis in die grobstofflichen Formen hinein und können so aktiv kosmisch eingreifen. Oft ziehen Sie sich dazu auch Helfer hinzu und wirken dann gemeinsam.

Die Wesen dort reagieren auf die Rufe der Menschen oder anderer Wesen ähnlich wie eine „Hilfspolizei auf der irdischen Ebene".
Es gibt sehr viele Unterteilungen in dieser Ebene, daher gibt es auch viele unterschiedliche Formen dort.
Diese Energien schwingen in der 4,5 fachen Lichtgeschwindigkeit. Nicht viele Menschen sind mit Ihnen verbunden.

## Die zweite Welt
## Die WEISSEN KUGELN oder auch ENGEL

In der zweiten Energiewelt wohnen die »Wesenheiten der Reinigung«.

Da die zweite Welt nun schon sehr nahe den uns bekannten Energien auf der Erde schwingt, finden wir die Wesenheiten der Reinigung daher auch an irdischen Orten an, die sehr rein und hochschwingend sind.

Die in diesem Zustand »wohnenden« Energien sind eine Art Lichtkugeln, die ausschließlich um die Reinigung von Energiefeldern bemüht sind. Sie bewegen sich in dreifacher Lichtgeschwindigkeit und sind dabei sehr flexibel in ihrer Bewegung aber auch in ihrer Größe. Je nach Bedarf verändern sie ihr Erscheinungsbild und zeigen sich mal als kleine Lichtkugeln, mal als sehr große, doch sind sie in ihrer Farblichkeit immer weiß. Lediglich die Aufnahme verunreinigter Felder kann an dieser Nichtfarblichkeit etwas ändern, doch auch dies ist, durch das hohe Maß an transfomierbaren Kräften in ihnen, nur von kurzer Dauer.

Diese Energieeinheiten erkennen disharmonische Energiefelder und können anhand ihrer transformierenden Fähigkeit direkt in die verunreinigten Energiefelder einwirken und diese reinigen. Sie wollen helfen, sie wollen wirken, sie wollen dienen und ihre Erfahrungen mit einbringen. Doch sie tun dies ganz anders als wir Menschen das können, vielfältiger und feinstofflicher.
In der zweiten Energiewelt wohnen die so genannten Engel (-Energien).

Sie lenken und beeinflussen, also wirken daher auch direkter in Zusammenarbeit mit den menschlichen Impulsen zusammen. Sie sind die direkten Helfer und Verbinder zwischen Menschenwelt und den Energiewelten der höher schwingenden Frequenzen und gleichzeitig ausführende Helfer der Impulse aus den höheren Ebenen.

Hat ein Meister aus der vierten Welt den Wunsch eine besondere Qualität einzusetzen und er braucht dazu Unterstützung, so ruft er die Lichtkugeln zuhilfe. Doch auch andere Wesenheiten aus den höheren Schwingungen können die weißen Kugeln jederzeit rufen und gemeinsam mit ihnen an der Umsetzung der Impulse arbeiten.

Erzengel sind wirkungsvolle, große Lichtkugeln, die spezifisch angerufen werden können, doch letztlich sind es Wesenheiten der Reinigung und daher „nur" Lichtkugeln.

Die Energiewelt der Engel besitzt die zweifache Lichtgeschwindigkeit .
Wenige Menschen sind mit dieser Welt verbunden.

Die erste Welt, welche ich euch nun näher beschreiben werde, wird eine besondere Bedeutung für euch haben, da ihr diese Welt als Erstes über die kleine Pyramide mit eurem Bewusstsein bereisen werdet. Daher achtet bitte ganz genau auf alles, was ich euch erzähle. Es steht nirgends geschrieben und ihr werdet es brauchen, wenn ihr dann die praktischen Übungen erfahrt.

## Die erste Welt
## Die SIEBEN HIMMEL, die SIEBEN UNTERWELTEN und die NATURWESEN

Die erste Welt ist unter all diesen unterschiedlichen Frequenzbereichen der am niedrigsten schwingende Teil. Nicht schneller als die einfache Lichtgeschwindigeit bewegen sich hier die Energien und damit deren Bewusstsein.

Da (leider) sehr viele Menschen ihr Leben unbewusst verleben und nie gelernt haben, wie sie den »Muskel Bewusstsein« flexibel machen, finden sich die meisten Seelenteile nach dem Ableben des Organismus auf dieser Ebene wieder. Hat ein Mensch Zeit seines Lebens sich immer nur an der körperlichen Wahrnehmung orientiert, so wird er sich mit diesem starren und langsamen Bewusstsein in dieser Ebene weiter erfahren.

Die erste Welt ist eine Welt, in der Feinstoffliches und dichte Materie zusammentreffen, denn sie beherbergt nur Energieformen ohne die groben Körper der Organismen. Doch ist sie gleichzeitig hier auf der Erde existent. Sie ist also unserer Form, der Materie hier auf der Erde, am nächsten. Sie ist eine Parallelwelt zur Erde. In ihr wirkt nur die Parallelräumlichkeit zur Erde, aber keine Zeit.
Vieles, was unsere grobstofflichen, körperlichen Augen nicht sehen, was aber dennoch um uns ist, wohnt in dieser ersten Energiewelt. So gesehen, ist es der energetische Abdruck dessen, was ihr hier auf der Erde mit euren Augen sehen könnt, was dort aber nur als Schwingung wahrgenommen wird. Die Pflanzen, die Häuser, auch unsere Tempelanlage - alles ist dort

ebenfalls existent, aber nur durch sein Energiefeld. Und die Wesen, die sich dort aufhalten, nehmen auch nur diese Formen wahr: die Energieformen unserer grobstofflichen Materie.

Diese Ebene ist ebenfalls wieder unterteilt in eine Hierarchie der Formen.
Zunächst gibt es hier zwei grobe Unterteilungen, also zwei weitere, sich überlappende, aber jeweils eigenständige »(Zustands-)Bereiche«.
So gibt es die Ebene der Naturwesen sowie die Welt der Verstorbenen.

Doch zusätzlich unterteilt sich die Welt der Verstorbenen wiederum in sieben feine, helle Frequenzebene und in sieben sehr niedrig schwingende, dunkle Frequenzebene. Wir bezeichnen diese Siebenteilung als die „Sieben Himmel" und die „Sieben Unterwelten".

Die Naturwesen, Zwerge und Elfen zum Beispiel, sind in dieser gesamten ersten Erfahrungswelt am feinstofflichsten, also auch am schnellsten. Sie sind die am feinsten und leichtesten schwingenden Energien in dieser Ebene. Die siebente, hellste Ebene der Verstorbenen ist immer noch etwas grobstofflicher und langsamer als die Ebene der Feen und Zwerge.

Doch die sieben Unterwelten schwingen am grobstofflichsten und damit am »schwersten« und unbeweglichsten. In der aus sich herausdrehenden Spirale bilden sie den äußersten »Zustand«, den vom Zustand der Quelle am weitesten entfernten

Bereich, und deshalb sind die Energien in diesem Zustand langsam, schwer und träge. Das Bewusstsein dieser langsamen Energien ist diesem Zustand entsprechend langsam, starr und unflexibel. Dort ist der »Raum der Vergessenen«, denn dort halten sich alle diejenigen Verstorbenen auf, die während ihres irdischen Seins sehr viel Kraft und damit einhergehend sehr viel Bewusstheit verloren haben. Wie ihr wisst, ist Unbewusstheit nicht gelebte Ganzheit eines Wesens. Sich selbst also nur zu einem ganz kleinen und auf den Organismus begrenzten Teil wahrgenommen zu haben, bedeutet folglich, alle anderen Teile „vergessen" zu haben.

Diese Energien haben vergessen, wer sie sind, woher sie kommen und wohin sie gehen wollen. Sie sind nur noch ganz schwach verbunden mit ihrer Mutterseele und damit auch nur schwach verbunden mit der Kraft der Quelle. Die Energie der Quelle, die wir über das Bewusstsein immer auch als Licht wahrnehmen können, ist hier so gut wie nicht mehr wahrnehmbar. Folglich erscheint dieser Teil dunkel.
Ihr erinnert euch: Das Dienen ist für das Bewusstsein sehr beflügelnd – es hebt dessen Frequenz an und beschleunigt die Energie. Dienen ist ein Akt des Liebens und zu lieben ist zu geben. Nicht in die sieben Unterwelten zu »gelangen« ist daher ausschließlich eine Frage der Flexibilität und der Reinheit eures Bewusstseins und der daraus bewusst erfahrenen »Verbindung allen Seins«.

Da die meisten Menschen über ihr Bewusstsein mit dieser Ebene »verbunden« sind, möchte ich mich diesem Bereich

etwas eingehender widmen, um euch einige vielleicht entscheidende Impulse mit auf den Weg geben zu können:

Die Mehrheit der Seelenteile, die die Erde besuchen, möchte als Mensch das Bewusstsein über die Qualität der Herzenergie formen, die auf Mutter Erde sehr stark ist. Die einen haben die Verbindung über das Herz (wieder-)gefunden, andere sie völlig vergessen und wieder andere all ihre Kraft transfomieren und damit in relativ kurzer Zeit entfalten können. Diese Vielfalt an Zielen und Wegen erschafft eine unendliche Zahl an Möglichkeiten an Bewusstseinszuständen im Übergang.

Und viele Bewusstseinszustände bedeuten viele Wahrnehmungszustände. Somit ist die erste Energiewelt die von ihren Bewohnern am vielfältigsten wahrgenommene Ebene der feinstofflichen Welten, weil sie der Ort ist, an dem sich die meisten Seelenteile aufhalten.

Wie die Farben des Regenbogens ein Lichtspektrum des Sonnenlichts darstellen, so sind in dieser Ebene eine Vielfalt an Bewusstseinszuständen der Seelenteile erfahrbar. Entscheidend ist dabei der Zustand des Bewusstseins im Moment des Übergangs.


Ein Mensch, der in seinem Leben anderen Lebewesen viele Grausamkeiten angetan hat, wird mit einem völlig anderen Energie- und Reinheitszustand, also Bewusstseinszustand, diese erste Energiewelt betreten, als ein Mensch, der aus dem Herzen heraus anderen Gutes tat. Je weniger der Seelenteil in seinem Bewusstsein die Verbindung wahrnimmt, umso dunkler, grauer, unbeweglicher und »kälter« wird dieser Seelenteil sich in der ersten Ebene fühlen und diese wiederum wahrnehmen.

Ihr habt sicher schon einmal gehört, dass alle diese Wesen und auch die Verstorbenen »um uns« sind. So ist es. Doch sie »erleben« nicht die Welt, wie ihr sie seht, über die Sinne eures Körpers, sondern ausschließlich über ihr Bewusstsein. Sie nehmen eine andere Welt wahr, mit anderen »Sinnes-Werkzeugen«, nämlich denen der ersten Energiewelt. Sie leben nach den Gesetzen, die dort herrschen, und nicht nach unseren.

Wie ein Spiegel, der der Seele den bisher erreichten (Reinheits)Bewusstseinszustand vor Augen führt, ist die erste Energiewelt in ihren Formen begrenzt, doch in der Wahrnehmung dieser Formen unendlich. Ist sie fein und geschult genug, so kann der Geist sich selbst, die Umgebung, die unterschiedlichen Wesenheiten und deren Potenziale viel klarer und bewusster erkennen, als das Wesen erfahren können, die in all diesen Dingen keinerlei Bewusstsheit entwickelt haben. So gibt es Verstorbene, die dort keinerlei Räumlichkeit wahrnehmen, aber auch solche, die die Welt der Zwerge und Elfen sehen.
Wieder andere denken, sie sind alleine, weil sie sich schwertun, andere Wesen wahrzunehmen. Und wieder andere nehmen die Energien der Pflanzen und Häuser, der Gärten und Seen wahr und erleben so den energetischen Abdruck unserer Welt – aber ohne Wahrnehmung von Zeit. Der eine kann diese Ebene als grau empfinden, der andere als hellblau oder wieder ein anderer als leer oder als kalt.
Die Erfahrungswelt ist unendlich, doch vor allem an die Reinheit im Zustand des Ablebens und danach an den erreichten Bewusstseinszustand des Seelenteils sowie an den »trainierten oder untrainierten Muskel Bewusstsein« deines Geistes gebunden.

So, wie die feiner und heller schwingenden Energieformen der sieben Himmel sich in dieser Energieebene beweglicher aufhalten, so sind im dunklen Teil der sieben Unterwelten die Energieformen in einer absoluten Unbeweglichkeit, starr in einer Art Schockzustand. Sie sind in der siebenten Unterwelt im starrsten Zustand und nach oben hin bis in die erste Unterwelt immer leichter beweglich.

Um das besser zu verstehen, möchte ich euch ein Beispiel dazu beschreiben:

Stellt euch vor, ein Mensch hat eine ganz bestimmte, sehr schlechte Erfahrung gemacht, die ihn für einen kurzen Moment in einen Schockzustand versetzt. Das Leben und die Gespräche mit anderen Menschen erschaffen zu Lebzeiten viele Möglichkeiten, dass wir hier auf dieser Ebene einen solchen Zustand nicht dauerhaft erleben müssen und ihn beispielsweise über Kommunikation transformieren können. Doch in der ersten Energiewelt kann solch eine Starre des Geistes eine Ewigkeit andauern. So lange, bis die Energie einen Impuls verspürt, der stark genug ist, seinen Geist (sein Bewusstsein/sich) endlich zu bewegen.

Befindet sich ein Seelenteil in einer solchen »Schlafstarre des Geistes«, so bedarf es eines starken Eigenimpulses oder helfender Wesenheiten, die er um Hilfe gebeten hat. Tatsächlich aber ist all das ähnlich einem Teufelskreis, denn dieser Zustand des »erstarrten Geistes« ist „räumlich" zwar Teil der ersten Energiewelt, doch für die anderen, beweglicheren und lichteren Energien nicht wahrnehmbar. Zur Erinnerung: Jeder Seelenteil, der sich dort aufhält, hat eine ihm ganz eigene entsprechende

Wahrnehmung. So nehmen sich viele Energien dieser sieben Unterwelten oft einander nicht wahr, obwohl sie tatsächlich „nebeneinander", ähnlich schwingen. Die Wahrnehmung ist so getröbt, die Energie ist so verunreinigt, dass sie nicht einmal die Wahrnehmung der Nähe „Gleichgesinnter" erlaubt. Die Erfahrung des Mangels ist dort Programm und zeigt auch dort unendliche Ausdrucksformen. Nicht nur Menschen sind gerne unzufrieden und sehen die Schönheit des Seins nicht, obwohl sie oft so viel mehr haben als andere, nein, auch in den feinstofflichen Welten dann ist Mangel erfahrbar. Doch immer ist dies nur das Produkt der eigenen Wahrnehmung und niemals ein Umstand im Äußeren. Der Kosmos ist Fülle, weil er dauerhaft in der Kraft des Gebens agiert. Dies nicht wahrzunehmen ist dem Zustand gleichzusetzen, dass man gesunde Augen hat und diese nicht öffnet. Die Welt erscheint dunkel, formlos, kalt und gefährlich.

Es ist aber möglich, diesen »verlorenen Energien« über unser bewegliches Bewusstsein zu Hilfe zu kommen. Jedoch muss dem ein Impuls vorausgehen, der um Hilfe bittet. Befindet sich aber eine Energie in dieser Geistesstarre, so hat sie auch nicht die Kraft für diesen Impuls. Und da setzt die Schule des Seins an, die ausschließlich auf Impulsen beruht.
Impulse wahrzunehmen, diese zu kreieren oder diese zu transfomieren sind die »Hauptstudiengänge« der Seelen.

Wenige, sehr mediale Menschen aber empfangen selbst die leisesten Impulse und können somit dort eingreifen, wo sie gerufen werden. Viele Energien wissen allerdings nicht einmal, dass

sie »um Hilfe rufen« können. Es kann daher sehr, sehr lange
dauern, bis sie das realisieren und bis solch ein Impuls tatsächlich geformt ist. Daher nehmt bitte im Zuge dieser Zeilen auf,
dass ihr nicht nur die Fähigkeit besitzt, andere Energien um
Hilfe zu bitten, sondern auch, dass ihr alles in euch tragt, um
euch selbst aus einer solchen dunklen Wahrnehmung fort-zu-
bewegen.

Lebt ihr diese Flexibilität, so wird der Muskel eures Bewusstseins trainiert und verhindert dadurch gleichzeitig selbst, dass
ihr in solch einen Zustand hineingeratet.

Doch ich bitte euch, dies ohne Wertung zu betrachten, wie die
Früchte eines Gartens, in dem es Schattengewächse sowie auch
Sonnenblumen gibt. All das ist Teil der Schöpfung. All das ist
Teil der Reise, die die Seelen beginnen, um Erfahrungen zu
sammeln. Und wenn eine Seele die Erfahrung dieser Geistesstarre machen möchte, dann obliegt es ausschließlich ihrer –
und nur ihrer – Entscheidung, wann, ob und wie sie dies wieder
verändern möchte. Nur wir Menschen denken gerne in der absoluten Trennung und vermuten daher hinter einem solchen Zustand etwas Negatives.

Erkennt ihr die Sinnhaftigkeit dahinter und vor allem die Vielfalt der Schöpfung darin, so liegt ein solcher Zustand außerhalb
jeder Wertung. Es ist wie es ist und es ist Teil des Kosmos.

**Unsere Welt**

**Die GROBSTOFFLICHE MATERIE**

Weit entfernt vom Zustand der Quelle, ist die Bewegung der
Energie um ein Vielfaches langsamer und träger. Die Energie

schafft sich die Form, in der sie sich fortbewegt, also sind es hier die uns bekannten Formen. Das Universum, seine Galaxien, die Planeten, die Menschen und alles, was ihr bisher kennt, hat aufgrund dieser langsamen Bewegung der Energien hier seine Formen.

Sobald der Seelenteil in den Organismus eintaucht und die Seelenreise mit der Ausformung eines Egos beginnt, verändert sich seine Wahrnehmung. Die Verunreinigung der Energien des Planeten sowie die des Organismus verzerren die Wahrnehmung der Gesamtheit all der Energieebenen. Wir existieren in der Illusion der Getrenntheit und glauben, es gäbe nur diese Formen. Alle Materie, die ihr mit den Sinnen eures Körpers wahrnehmt, ist aus der Bewegung der Energien aus der Quelle heraus entstanden und findet hier in diesem besonderen Konstrukt von Körper und Geist die Möglichkeit der Umkehr des Bewusstseins. Daher seht das Leben als das größte Geschenk des Seins, in dem ihr alles erfahren könnt, was ihr wählt. Nicht das Sein in den feinstofflichen Ebenen allein, wie auch nicht das unbewußte Sein nur in der Grobstofflichkeit, sondern nur das gemeinsame Erfahren der feinstofflichen UND der grobstofflichen Welten zusammen erschafft die direkte Verbindung in die Quelle.

Wir werden uns in den nächsten Jahren nicht nur in dieser grobstofflichen Welt bewegen sondern alle uns hier zur Verfügung gestellten Werkzeuge nutzen, um alle feinstofflichen Welten für euch zu erschließen. Der eine wird es schneller schaffen als ein anderer, doch letzten Endes werdet ihr alle eure ganz eigene Wahrnehmung kennen lernen und mit ihr hier in dieser Ebene wirken können. So wie ich eure Klasse einschätze, kann ich mir sogar vorstellen, dass ihr es schafft, ausschließlich in den feinstofflichen Ebenen zu wirken und somit reinste Impulse zu setzen.

Wer sich von euch fragt, welche Aufgaben dabei die drei Pyramiden hier haben, dem kann ich auch gerne schon einen kleinen Vorgeschmack geben. Ihr werdet, wenn die Zeit und euer Bewusstsein reif dafür ist, die erste kleine Pyramide besuchen, um durch sie die ersten Erfahrungen in der Welt der Verstorbenen, der ersten Energiewelt zu machen. Das wird eine spannende Reise, da ihr eventuell auch euch bekannten Menschen wieder begegnen werdet, nur diesmal ohne Körper wie ihr es von ihnen kennt.

Als nächste Stufe werdet ihr dann die mittlere Pyramide besuchen und mit ihr euer Bewusstsein weiter formen. Dort warten dann weitere Energieebenen auf euch, die für euch je nach eurem Potenzial viele interessante Lehren bereithalten. Bis hin zur vierten Ebene hinein könnt ihr dort dann eure Wahrnehmung schulen und mit Engeln, Meistern und anderen Wesen kommunizieren lernen. In die ganz große Pyramide dann dürfen nur diejenigen von euch, die ihre Energie dieser hochschwingenden Frequenz im Innersten der Pyramide anpassen können. Denn dort wartet dann die Wahrnehmung der direkten Verbindung mit der Quelle und die Kommunikation mit den höchsten Energien im Kosmos auf euch. Das will und muss geschult sein, sonst überlastet es euer System und kann folglich lebensbedrohlich auf euch wirken. Daher rate ich euch gerne noch einmal jetzt und hier, jeden Tag und jede Lehre, jede

Übung und jede Erkenntnis, die sich euch hier offenbaren, mit tiefster Hingabe und Konzentration zu vollziehen. Nur dann werdet ihr wirklich das Optimalste für euch und eure Seelen erfahren. Nur dann könnt ihr wirklich in eurem ganzen Potenzial hier auf Mutter Erde und in allen anderen Welten nach ihr wirken. Diese Erkenntnisse werden unendlich in euren unsterblichen Energien wirken, daher haltet euch bitte vor Augen, dass das, was ihr hier tut, nichts ist, das ihr nur für euch und euer hiesiges Leben tut, sondern etwas, das viel weitreichender und größer ist, als ihr es euch vorstellen könnt. Es ist unvergänglich und so wird es immer in euch fortbestehen.“

*Tontafel*
*Es ist wichtig, zu wissen,*
*dass es die Energiewelten gibt,*
*dass sie so real sind wie das,*
*was du hier als Realität wahrnimmst,*
*in der du jetzt gerade lebst und diese Zeilen liest.*
*Es ist »nur« entscheidend,*
*welcher und wie vieler dieser Ebenen du dir bewusst*
*geworden bist –*
*diese Ebene wirst du außerkörperlich erfahren.*
*Spätestens dann,*
*wenn du deinen grobstofflichen Körper verlässt,*
*wirst du die Gesetze dieser Welten*
*intensiv studieren können.*
*Aber bis dahin, hoffe ich,*
*tauchst du noch tiefer in das Leben hier in dieser Welt,*
*auf der Erde, ein.*

„Und an dieser Stelle endet hier mein Unterricht. Wir werden uns wiedersehen, wenn ihr das praktische Jahr beginnt. Bitte sinniert über das Gesagte, meditiert und wenn ihr Fragen habt, versucht sie euch selbst zu beantworten. Es ist alles da, ich möchte, dass ihr den Zugang zu euch findet. Zu allem, was ihr seid."

Wir blieben alle geschlossen sitzen und warteten, bis unsere Lehrerin den Raum verlassen hatte.

# Der Berg

Da war er also, der letzte Tag mit dieser wunderschönen, warmherzigen Frau und ich hatte noch immer keine Antwort zu dem Bild von meinem „Berg". Bevor ich wieder eine Hausaufgabe unbeantwortet ließ, nahm ich mir daher fest vor, dies mit meinem Meister zu besprechen.

Am nächsten Tag trafen wir uns wieder im Tempel der Worte. Freudig strahlte er mich an und schien gespannt zu sein auf meine Berichte.

„Lieber Meister, wir haben sehr viele Informationen in der Schule bekommen, sodass ich wenig Zeit hatte, noch einmal über das Erlebte zu sinnieren. Mein Geist braucht die Stille so sehr, ich weiß auch nicht, warum. Sogar meinen Freund habe ich vergrault, weil ich nicht so recht weiß, wie ich mit diesem Gefühl umgehen soll. Erst habe ich mir ewig die Einsamkeit weg gewünscht, nun bin ich froh über jede Minute, die ich sie habe. Das ist auch für mich eine sehr große Herausforderung. Außerdem habe ich es nicht geschafft, meinen Seelennamen zu erfahren, was mich sehr, sehr wütend macht. Alle anderen in meiner Gruppe wissen ihn nämlich schon. Und jetzt hab ich auch noch eine andere Hausaufgabe bekommen, wo ich nicht weiß, was ich damit machen soll. Ich soll über den Satz „Ich bin der Berg" meditieren. Das hab ich schon versucht – abends -, aber ich bin zu erschöpft und außerdem bekomme ich keine solchen schönen Bilder wie bei unserer letzten Meditationsreise. Kannst du mir helfen?"

Der gütige, bärtige Mann sah mich schmunzelnd an.

„Sei nicht so verzweifelt, mein Kindchen. Nicht alles geht immer so, wie wir es wollen. Du hast das letzte Mal in unserer Sitzung dein Talent mehr als unter Beweis gestellt. Dass du den Seelennamen noch nicht hast, ist ausschließlich eine Sache der Reinigung, aber dazu wirst du im Unterricht mehr erfahren, denn als Nächstes werde ich euch unterrichten. Und mein Spezialgebiet ist die Reinigung .

Zum Thema Berg gebe ich dir eine Hilfestellung. Wenn wir hier mit unserer Session fertig sind, dann gehe bitte in den Garten und setze dich an deinen Lieblingsplatz. Versuche dich dort voll auf einen der Bäume zu konzentrieren. Denke an nichts anderes, nur an den Baum. Fühle ihn, rieche ihn. Sei ganz bei ihm. Wenn du das erfahren hast, dann machst du die gleiche Übung mit einem Berg deiner Wahl. Hast du einen, an den du dich erinnern kannst?"

„Ja Meister, bei uns zuhause gab es viele große Berge, aus denen die Steine gehauen wurden. Ich werde mich gerne daran erinnern und dir dann berichten."

Freudig nickte er. Und bevor er weiterreden konnte, platzte ich mit einer Frage heraus, die ich schon so lange stellen wollte.

„Lieber Meister, ich hab jetzt langsam verstanden, wie wichtig es ist, dass ein Mensch den Weg der Seele geht. Ich habe verstanden, dass wir nur hier und vor allem in einer derartigen Institution mit all den Werkzeugen hier, die außergewöhnliche Chance haben, unsere Seele zu entfalten, um nicht wie bisher ein Leben zwischen Essen und Schlafen zu vollbringen, sondern ihm den Stellenwert zu geben, den es eigentlich hat. Doch frage ich mich immer wieder, warum nicht alle Menschen

diesen Weg gehen. Auch wenn wir bei der Aufnahmeprüfung viele Bewerber hatten, so waren es dennoch verhältnismäßig wenige im Vergleich zu den vielen Menschen, die ich sah, als ich auf der Reise hierher war. Wieso ist das so, Meister?“

Wieder atmete der gütige Mann tief ein und aus. Sein Blick sank zu Boden und er verlor das Lächeln in seinem Gesicht.
„Liebes, die Antwort auf diese Frage ist so vielfältig wie das Leben. Die Wege der Seele sind so unergründlich wie der Boden des Meeres, den wir nicht sehen können. Tief und weit, kalt und warm ... es gibt keine Beschreibung für die Vielfalt der Entscheidungen der Seele. Nur weil andere Menschen einen anderen Weg wählen, versuche bitte nicht über sie zu urteilen. Doch ich nehme die Frage als Anlass, dir die Wichtigkeit der Rituale im Leben eines Suchenden zu erläutern.
Wenn ich mir dein Energiefeld anschaue, so wirkst du zwar einerseits körperlich etwas angeschlagen, doch dein Geist, deine Seele wächst mit jedem Tag. Hast du denn schon bemerkt, dass du dich leichter konzentrieren kannst?“
Ich überlegte kurz, dann zögerte ich etwas, aber ich wollte ein Ja sagen.
Sofort nickte er. „Siehst du, die ersten Auswirkungen eines derartigen Lebens, wie du es jetzt erlebst, erfährst du schon. Doch es dauert lange, bis man die ersten Ergebnisse wirklich klar erkennt. Deshalb umfasst die Ausbildung eurer Seelen hier im Tempel auch ganze 22 Jahre. Der menschliche Geist ist sicher zu vielem fähig, doch der Körper kann ihm nur langsam folgen. Gleichzeitig beeinflussen sie beide einander sehr. Der Geist den Körper und der Körper den Geist. Wenn man das einmal

weiß, dann gilt es, beide in Balance zu bringen, sodass nicht die Emotionalität und die Sinneswahrnehmungen des Körpers die Oberhand bekommen, und beginnen, den Geist zu beeinflussen. Genauso wie es wichtig ist, den Geist rein und klar zu dehnen, sodass er keine Grenzen erschafft, die die Seele in ihrer Entfaltung hindern und eingrenzen. Du musst wissen, dass der menschliche Geist sehr beeinflussbar ist . Daher ist es sehr wichtig, dass Menschen wie ihr, die ihr auf der Suche nach Bewusstseinsformung seid, von klaren Formen umgeben sind und diesen folgt. Nur in diesen Formen ist die grenzenlose Entfaltung sichergestellt, da es ausgewählte Formen sind. Eure Waschung jeden Morgen ist ja keine Waschung in einem Schlammbad", schmunzelte er kurz aus seiner Ernsthaftigkeit heraus, „nein, es ist eine Waschung in einem See, der sich dauerhaft in einem sehr hochschwingenden Bereich befindet, nämlich hier im Tempel. Der Unterricht und seine Abfolge, die Rituale, eure Kleidung ... all das und noch so vieles mehr, was du noch entdecken wirst, sind die festen Formen für die Befreiung eurer Seele. Allein hier im Tempel sein zu dürfen ist der Schlüssel, dass dies überhaupt möglich ist. Zudem habt ihr Abstand zu den weltlichen, normalen Themen, seid abgeschieden von Familie oder Arbeit, von Themen, die das Menschsein nun mal mit sich bringt. Wie in einer Schutzglocke aus hochenergetischen Formen, seid ihr in einer besonderen Welt in der Welt eingebettet, um jeden Tag aufs Neue eurem Geist den Weg vorzugeben, den eure Seele beschlossen hat zu gehen. Keine Ablenkung, keine weltlichen Sorgen, keine weltlichen Probleme sind der Schlüssel in die feinstoffliche Welt, die wir euch in all den Jahren hier näher bringen werden. Und dieser Weg fordert

Entschlossenheit. Nicht viele Menschen haben diese Kraft, in so jungen Jahren schon so klar für sich aus dem Herzen heraus nach Wissen zu suchen und daraufhin einen derartig eigenartigen Weg zu gehen. Und nicht alle von euch werden ihn beenden können. Das ist so, weil das Leben so vielfältig ist. Ohne Wertung. Deine Frage ist damit in vielfacher Weise beantwortet. Nicht alle haben die Kraft, sich für einen derartigen Weg zu entscheiden, andere wiederum haben nicht die Kraft, ihn durchzuhalten und die Formen wirklich jeden Tag zu wahren. Der leicht zu beeinflussende menschliche Geist ist bei all dem die größte Herausforderung, denn er kann so unberechenbar sein wie das Wetter . Ich hoffe und wünsche dir, dass du deine ganze Kraft erkennst und förderst.“

Aufmerksam lauschte ich seinen Worten. Ich empfand den menschlichen Geist wie ein Tier, das gezähmt werden muss, und damit lag ich sicher nicht falsch.
Der Meister sprach weiter:
„Vor dir liegt nun eine wichtige Zeit der Reinigung, daher werden wir uns erst in ein paar Wochen wieder hier treffen. Ich werde dich aufsuchen, um dir den neuen Termin zu überbringen. Also bis gleich, mein Liebes.“
Lächelnd ging er von dannen und ich war schon neugierig auf die Übung, die er mir soeben aufgetragen hatte.

So tat ich also. Ich setzte mich vor den größten Baum im Garten, schloss die Augen und konzentrierte mich auf seinen Stamm. Zunächst empfand ich nichts außer Langeweile. Keine solch aufregenden Bilder wie in der Meditation mit dem

Meister. Doch dann rief es in mir nach noch mehr Konzentration und vor allem nach noch weniger Erwartungen.

Vielleicht geht es diesmal nicht ums Sehen, sondern um das Fühlen, dachte es in mir. Also konzentrierte ich mich auf meine Gefühle. Ich hielt die Aufmerksamkeit, solange ich nur konnte, ohne einen anderen Gedanken aufrecht, und siehe da, es geschah etwas. Ich begann mich aufrechter hinzusetzen, meine Beine wurden schwerer, als würden sie Wurzeln in den Boden graben, und mein Kopf stellte sich aufrecht, ruhig nach vorne gerichtet. Die Energie war unbeschreiblich stark. Sie nahm mich richtig ein. So viel Kraft, so viel Stärke ... ich war überwältigt. Ich hielt mich in dieser Energie eine gefühlte Ewigkeit auf, bis ich wieder beschloss, ganz ich zu werden und zurück in den Garten zu kehren.

Oh, es hat geklappt, dachte ich mir und freute mich unbändig. Ob es nun auch bei dem Berg klappen wird?, fragte mein neugieriges Wesen sofort. Also beschloss ich wieder die Augen zu schließen und mich nun auf den Berg zu konzentrieren, den ich aus meiner frühen Kindheit kannte. Ich konzentrierte mich so gut ich nur konnte ... doch es klappte nicht. Ich konnte mich nicht in meine Heimat versetzen. Keine Bilder, keine Gefühle. Missmutig überlegte ich, warum das so war, fand aber keine Antwort. Doch dann fiel mir ein Ort ein, an dem ich es definitiv immer schaffte, mit meiner Heimat Kontakt aufzunehmen. Der weiße Tempel. Also begab ich mich ohne großes Zögern schnurstracks zum weißen Tempel. Dort angekommen begann mein ganzer Körper zu lächeln. Ich nahm wie immer

an meiner Lieblingsstelle Platz und begann tief ein- und auszuatmen. Schnell fand ich das Gefühl wieder, das ich mit Heimat verband, und schon bald hatte ich meinen Wunschberg vor meinem geistigen Auge. Ich freute mich und begann nun mit der Übung. Mit einem Ruck holte es mich in eine Kraft, die sich einerseits wie ein schwerer Sack Erde anfühlte, doch andererseits wie ein großer Schlag auf eine Glocke aus Metall. Ich musste noch tiefer atmen und fühlte mich wie tausend Tonnen Erde. Schwer aber nicht schwermütig, groß aber viel größer, als ich es bin, tief und noch tiefer, als ich es jemals kannte. Mein Brustkorb wollte noch mehr Luft holen, immer mehr, immer tiefer, als sei ich tausend Körper groß. Mir zerriss es fast das Herz, so intensiv war dieses Gefühl. Doch dann beruhigte sich mein Körper, und ich konnte mich dem Gefühl noch besser hingeben, ohne weitere Wertungen und Bewertungen. Eine tiefe Ruhe stellte sich ein. Tiefste, warme und fraglose Ruhe. „Es" ruhte und fühlte sich an, als wüsste „es", dass es ein Berg sei. „Oh", rutschte es mir heraus und ich staunte über dieses Gefühl.

„Jetzt hab ich sie verstanden", murmelte es in mir. Ich versuchte noch eine Weile in diesem Gefühl zu bleiben und freute mich schon sehr darauf, dies nun der Lehrerin zu berichten. Kaum dachte ich daran, nun gleich zu ihr zu gehen, tauchte ein Name in meinen Gedanken auf. Talia. Immer wieder dieser Name. Ich war fest davon überzeugt, dass wenn der Name sich so deutlich zeigt, und das auch noch hier in meinem weißen Tempel, dann ist es mein Seelenname. Beglückt von dieser Erkenntnis sprang ich auf und rannte zum Tempel, in dem die Lehrer untergebracht waren. Dort, wo sie mir beschrieben hatte, dass ich sie finden würde, saß sie draußen im Vorgarten des Tempels und meditierte. Ich wusste nicht, ob ich stören durfte, doch sie wäre nicht sie gewesen, wenn sie nicht längst gespürt hätte, dass ich sie nun aufsuchen wollte. Aufmerksam schaute sie mich an und ich verlangsamte meine Schritte. Dann aber konnte ich meine soeben erworbenen Kenntnisse nicht länger bei mir halten und so berichtete ich freudig:

„Liebe Lehrerin, ich habe es geschafft, ich habe erfahren, was Sie mir aufgetragen haben. Ich weiß jetzt um die Bedeutung des Berges und seiner Kraft."

Sie lachte mich freudig an und antwortete: „Oh, das freut mich sehr, mein liebes Kind! Kannst du mir dann kurz sagen, was du mit dieser Erkenntnis nun machen wirst?"

Etwas überrumpelt von der Frage, schluckte ich kurz und begann etwas daherzustammeln. Schließlich hatte ich ja nicht die Aufgabe gehabt, mir zu überlegen, was ich dann damit mache, sondern ich sollte es erst einmal nur erfahren.

„Ich, ähm, ich weiß jetzt, wie ein Berg sich fühlt, aber ich weiß nicht, was ich jetzt damit machen soll , können Sie mir nicht ein wenig helfen?" Ich hoffte die Bitte kam an und war ganz gespannt, was sie nun sagen würde.

Sie lächelte erneut sanft und begann zu sprechen: „Du bist der Berg. Du brauchst nichts tun, außer dir dieser Kraft bewusst zu sein. Du musst nichts tun, nichts herstellen, nicht einmal etwas wollen, du BIST diese Kraft. Und du bist keine kleine Kraft, sondern die eines Berges. Du musst wissen, dass nicht jeder Mensch eine solche Kraft hat, sondern jeder eine andere. Und du musst aus dieser Erfahrung für dich und dein Leben

erkennen, dass Aktion und Reaktion in deinem Leben immer große Wirkung haben werden, weil du keine kleine Kraft BIST, sondern eben die eines Berges. Verstehst du mich?"
Ich wünschte, ich hätte es mir aufschreiben können, so gerne habe ich diese Worte gehört. Noch wusste ich nicht um die wirklich existentielle Bedeutung dieser Sätze. Denn noch war die Kraft in mir jung und hungrig, noch Tausende mehr solcher Erkenntnisse zu haben und sie in die Welt hinauszuschreien.
 „Ja, ich denke schon, dass ich Sie verstehe", antwortete ich. Eindringlich sag sie mich an und flüsterte langsam: „Ich hoffe und wünsche es mir für dich und für uns alle meine Kleine."
Der Blick wirkte fast traurig, sentimental, doch so klein ich war, so wenig Bedeutung gab ich dem.
„Und ich habe auch meinen Seelennamen erfahren", platzte es aus mir heraus.
„Was, das ist aber toll", antwortete sie.
„Ich heiße Talia, meine Lehrerin."
Sanftmütig kniff sie ihre Lippen zusammen und schüttelte den Kopf.
„Nein, mein Liebes, Talia ist nicht dein Seelenname. Das ist der Seelenname eines anderen Mädchens hier in der Schule."
Enttäuscht holte ich tief Luft. „Aber wieso hab ich dann diesen Namen genannt bekommen, mehrfach sogar, meine Lehrerin?"
Sie war bemüht mir zu helfen. „Das kann ich dir nicht sagen, vielleicht habt ihr eine besondere Verbindung miteinander, oder vielleicht war sie gerade an dem Ort, an dem du warst, als du die Erfahrung mit dem Berg gemacht hast und du hast ihre Energie noch gespürt? Das kann so viele Gründe dafür geben, erforsche es doch einfach. Talia ist eine Stufe über dir.

Spätestens wenn ihr in das praktische Jahr übergeht, werdet ihr auch viele Übungen mit den anderen Stufen absolvieren. Dann wirst du sie sicher kennen lernen. Aber nun gehe wieder in dein Zimmer und ruh dich aus von deinen vielen Erkenntnissen. Immerhin, Talia ist der erste Name, den du wahrgenommen hast, richtig?"

„Ja", antwortete ich kurz.

„Nun, dann bist du doch auf jeden Fall schon einen großen Schritt weiter. Sei geduldig, es wird schon werden."

Bewegt von unterschiedlichen Gefühlen ging ich wieder nach Hause und schlief bald ein. So dankbar ich für all die Erfahrungen war, so ungeduldig war ich, was diese Aufgabe mit dem Namen betraf.

# Reinigung

Aufgrund all der neuen Erfahrungen hatte ich gar nicht mehr daran gedacht, aber als wir uns am nächsten Morgen im Unterrichtsraum des Tempels einfanden, saß mein Meister vor mir und lächelte wie immer weise durch seinen Bart. Einerseits war es befremdlich für mich, weil nun die Gruppe mit dabei war, andererseits fühlte ich mich wie immer beschützt in seiner Nähe und konnte mich vollends seinen Worten hingeben.

„Liebe Neophyten, wie ihr bereits wisst, fließt alle Energie aus sich heraus und wieder zurück. Was rein war, taucht hinab in die Materie, um dort zu lernen. Doch das Abtauchen in die Materie bedeutet immer einen erheblichen Energieverlust und dadurch eine Vernebelung. Eine Verunreinigung. Diese Verunreinigung »stört« die Bewusstheit der Verbindungen. Dabei verlieren die Energien an Kraft, und diese Kraft ist ausschlaggebend für die Verbindung. Die Reinheit der Energie bestimmt die Kraft und damit ihr Bewusstsein. Verunreinigung verändert die Verbindung, und dadurch verändert sich die Wahrnehmung eines Wesens. Daher wird es immer ein notwendiger Teil des Weges der Seelen sein, sich wieder und wieder reinigen zu müssen. Die Verunreinigung ist gleichzeitig aber auch ein geheimer Motor für das Bewusstsein, diesen Zustand wieder zu korrigieren, um als oberstes Ziel die Reinheit der Quelle wiederzuerlangen. Das mit diesem Prozess einhergehende Potenzial des Vergessens der Verbindung ist gleichzeitig Teil der Lehre, in der das Vergessen dazu dient, sich erinnern zu wollen.

Die Quelle ist rein. Sie ist Anfang und Ende, Ursprung und Ziel der Energien. Sie ist Reinheit, sie ist die Verbindung, sie ist Sender und Empfänger, völlig ungestört von irgendwelchen Beeinflussungen der Materie. Sie ist reines, klarstes Bewusstsein. Jede Energie im Kosmos »sucht« diesen Zustand der Reinheit (wieder-)zu erlangen. Daher ist die Reinheit eines der wichtigsten Prinzipien des Kosmos. All die Verbindungen im Kosmos wären nicht möglich, wenn sie verunreinigt wären. Daher findet ihr im ganzen Kosmos, in seinen Energiewelten auch immer wieder Wesen und Ebenen, die sich nur mit der Reinheit der Energien »beschäftigen« und sie erhalten. Die Reinheit ist essentiell, um das Bestehen allen Seins zu sichern.

Die Verunreinigung des Bewusstseins ist im Inkarnationsprozess in einen Organismus unausweichlich. Die Verlangsamung in den niedrigeren Frequenzbereich und dessen Formen wirkt begrenzend und gleichzeitig filternd auf das Bewusstsein. Daher ist das Prinzip der Reinigung ein Schlüssel, um zu erkennen, dass das oberste Ziel der Verbundenheit an die Reinheit geknüpft ist. Wirkliche Verbundenheit ist bei Weitem stärker zu »er-leben«, zu empfinden, wenn der Geist und der Körper als Werkzeuge der Verbundenheit »rein« sind.

Und so suchen alle Weisen dieser Welt die Reinheit, damit ihr »System«, ihr Filter, so unbeeinflusst wie möglich das »Werkzeug Körper« nutzen kann. Die Signale des Kosmos, die Impulse der feinstofflichen Welten, all ihre Verbindungen untereinander sind alle nur erfahrbar, wenn der Körper und der Geist »rein« sind. Die Tempel unserer Welt haben alle ihre

Reinigungsstätten. Die Rituale dieser Welt kommen ebenfalls nicht ohne Reinigung aus. Auch das zeigt, dass die Reinigung ein unverzichtbares geistiges Prinzip ist, um den Geist in seiner vollen Kraft und Größe zu erfahren.

Nur ein gesunder Körper kann einen gesunden Geist beherbergen. Ohne Reinigung kann nichts Gesundes, Gutes und schöpferisch Verbundenes wachsen. Daher ist sie essentiell. Reinigung kann auf unterschiedlichste Weise geschehen. Wasser, Feuer, Erde und auch Luft besitzen allesamt reinigende Aspekte. Daher ist es ratsam, sich mit diesen Elementen näher zu befassen. Nur dort, wo Dinge gereinigt sind, kann Klarheit entstehen. Und die Klarheit ist die Basis für das Voranschreiten in eurem Leben und dadurch für das Wachsen eurer Seele. Je reiner euer Filter, umso klarer könnt ihr die Impulse empfangen, die euch aus den anderen Welten erreichen. Nur dann könnt ihr wieder klaren, offenen Herzens nach vorne schauen. In euch haben sich im Laufe der Zeiten viele Erfahrungen angesammelt, die es nun zu ordnen und zu filtern gilt. Im Kosmos existiert nicht für umsonst ein ganzer Frequenzbereich, der nur für die Reinigung von negativen Energien zuständig ist. Ich erinnere euch beispielsweise an die fünfte Energiewelt, die ausschließlich reinigende und dadurch stabilisierende Qualitäten hat.

Somit gilt auch im irdischen Dasein: Erst müsst ihr euch energetisch wie auch körperlich »reinwaschen«, um dann klaren Blickes weitergehen zu können. All die negativen Erinnerungen, die negativen Gefühle und Verletzungen wollen gelöst werden. Um das wirklich gründlich zu tun, ist es wichtig, euren

Körper und euren Geist immer wieder zu reinigen. Doch zusätzlich zu diesem Prozess der Reinigung geschieht noch etwas weiteres, kosmisch Essentielles während der Reinigung: Die Transformation. Die Wandlung. Die Umwandlung. Die Verwandlung.

Nur wenn ihr euch von Dingen und Menschen wirklich gelöst und eure Gedanken gereinigt habt, geschieht ein weiterer energetischer Prozess. Nämlich die Verwandlung. Ihr verwandelt euch, eure Sicht auf die Dinge, eure Ziele, eure Herangehensweisen. Alles in euch, alles Erfahrene, alles Erschaffene, alles Erlebte beginnt sich neu zu formen und damit zu verwandeln. Doch Bedingung für eine wirklich tiefe Reinigung der Seele ist auch immer der Abstand. Erst durch den erschaffenen Abstand könnt ihr euch reinigen, wieder Klarheit erlangen, und dadurch beginnt ihr das Erlebte mit anderen Augen zu sehen. Genau dort beginnt die Transformation des bereits Erfahrenen. Somit ist der Abstand die erste Stufe der Transformation und die Reinigung die Vollendung dieses Prozesses.


Das Auflösen der Verbindung mit dem Erlebten ist der Beginn der Heimkehr der Seele in den Zustand der Quelle zurück, doch vollendet ist diese erst, wenn ihr die Energiebahnen gänzlich verwandelt habt. Und das geschieht im Zwischenmenschlichen über die Vergebung. Somit ist es erneut unverzichtbar, auch die Reinigung und die damit einhergehende Transformation ausschließlich aus und mit dem Herzen zu »tun«. Das Herz wandelt die Energien, nicht euer Kopf. Das Ende dieses Prozesses ist der Anfang eines neuen. Mit reinem Herzen kann nun Neues entstehen. Neue Ziele wollen gefunden und neue Wege beschritten werden. Daher sind die Reinigung und die Transformation des Alten die Krone des Wachstums. Nur wer gereinigt und klaren Blickes nach vorne schaut, hat sich wirklich gewandelt. Nur wer alten Verstrickungen und Mustern nicht mehr verhaftet ist, kann offenen Herzens das Neue annehmen – voller Vertrauen, voller Hingabe. Nur dort ist die wahre Quelle für das Neue. Nur dort ist der Mut zu Hause, um kraftvoll weiterzugehen. Nur dort ist zugleich Ende und Anfang.

Die Naturgesetze werden immer dieselben bleiben wie noch vor vielen Millionen Jahren. Und auch die kosmischen Gesetze sind dieselben, wie sie allezeit waren. Nur der Mensch hat entschieden, mit ihnen oder ohne sie zu sein. Nur der Mensch kann in dieser kosmischen Ordnung das Chaos der Unbewusstheit erleben. Doch Zeit und Raum sind nicht dazu da, das Wachstum des Bewusstseins zu bremsen – im Gegenteil. Hier können wir wirklich schöpfen, das Sein erfahren, mit all seinen Farben. Das Sein erleben auf Planet Herz – mit ganzem Herzen!"

Sanft überreichte er uns die Tontafel.

*Tontafel*
*Energie muss rein sein, um in ihrer*
*ganzen Kraft zu erstrahlen.*
*Ist sie kraftvoll, so ist die Wahrnehmung geschärft.*
*Ist die Wahrnehmung wach, so kannst du dich*
*besser konzentrieren.*
*Ist deine Konzentration stark, so kannst du dein*
*Bewusstsein bewusster formen.*

„Nun meine lieben Neophyten, habt ihr erfahren, wie wichtig die Reinheit eures Geistes für euer Wachstum ist. Daher haben wir hier im Tempel einen Raum erschaffen, der für die Reinheit steht und gleichzeitig auch dazu da ist, diese zu erschaffen. Wann immer ihr mögt, könnt ihr diesen Ort aufsuchen, um euch dort zu reinigen. Verschiedene Kräuter und andere Umstände erhalten diese Reinheit, daher bitten wir euch, diesen Raum in Achtsamkeit und Würde zu nutzen. Wir werden nun zum Abschluss unseres Unterrichts dorthin gehen und uns in eine Meditation begeben. Wer den Impuls spürt zu gehen, kann das jederzeit tun. Der Unterricht ist für heute beendet. Wir sehen uns morgen zur gleichen Zeit wieder hier im Tempel der Worte.

Dann erhob er sich langsam und begab sich in Richtung Türe. Er öffnete sie und bat uns, ihm zu folgen. Wir liefen alle hintereinander in einer Schlange schweigend durch die Tempelanlage. Am Ende des zweiten Hofes nahm ich eine andere Gruppe mehrerer Schüler wahr, die alle vor einer Statue meditierten.

Sie hatte eine weibliche Figur und ihre Arme waren aus Federn.
Fast hätten mich wieder unendlich viele neugierige Fragen ver-
einnahmt, aber dann standen wir vor dem Tempelraum der Reinigung - und siehe da - es war mein Lieblingsraum.

Mein Lieblingsraum ist der Tempel der Reinigung?!, dachte ich
und musste schmunzeln. Ich freute mich, dass ich so eine Wahl
getroffen hatte. Wir folgten dem Meister und setzten uns im
Kreis in den Raum. Ich genoss es und konnte mich wieder sofort meinen bisherigen Erfahrungen hingeben.
Ich flog durch bekannte und unbekannte Landschaften und genoss das Gefühl der Freiheit. Es entsprach mir, wie ein Ad-
ler durch die Welt zu streifen, frei von Ängsten, frei von der
Schwere des Menschseins und den Gefühlen der Einsamkeit. In
diesem Zustand existierte nur die Leichtigkeit, die ich so lange
nicht gekannt hatte.

Plötzlich nahm ich ein Gesicht wahr. Ein männliches Gesicht
mit blauen Augen, dunklen schulterlangen Haaren, feinen Ge-
sichtszügen, aber dennoch einer sehr männlichen Ausstrahlung,
schaute mir lange in meine Augen. Ich erschrak. „Wer ist das?"
fragte es in mir. Kaum begann sich die Frage mehrfach in mir zu
wiederholen, zeigte mir dieses Gesicht, dass es die Kleidung der
Lehrer hier im Tempel trug und sich im Tempel befand. Ich fühlte
mich einerseits sehr verwirrt, doch hatte dieser Mensch eine ganz
besondere Wirkung auf mich. Ich wurde unruhig, ohne dass ich
es steuern konnte. Einerseits empfand ich das Gefühl aufregend
und lebendig, andererseits kam mir sofort ein Gedanke in den
Kopf: Ohnmacht. Es in mir wusste auf ganz eigenartige Weise,

dass dieses Gesicht mich die Ohnmacht lehren würde ...
Dann verschwand das Bild wieder so schnell, wie es sich gezeigt hatte. Ich konnte es nicht festhalten. Nicht mit meinem Willen, nicht mit meinen Wünschen. Es verschwand, wie es gekommen war.

Dann öffnete ich meine Augen und bemerkte, dass nur ich, Erloh und ein anderer Junge noch im Raum saßen, alle anderen waren schon gegangen.
Erloh hatte seine Augen auch schon wieder geöffnet, da nutzte ich den Moment und lächelte ihm zu. Erst lenkte er seinen Blick wieder weg von mir, doch dann konnte er auch nicht anders als mich ebenfalls anzulächeln. Ich zeigte ihm, dass ich nun aufstehen würde, so dass er dies auch tun konnte. Er folgte mir leise und so gingen wir beide gemeinsam ein paar Schritte bis in den Garten.

Die Sonne war schon weit am Horizont hinabgestiegen und das Abendlicht malte rosafarbene Wolkenstreifen in den Himmel. Der Tempelstein war noch warm und schimmerte ebenfalls rötlich zwischen den vielen grünen Pflanzen im Tempel. Ich mochte diese Stimmung, weil sie mich an den Moment vor dem Schlafengehen erinnerte, nur dass es hier die Natur war, die schlafen ging. Wir entfernten uns Schritt für Schritt vom Tempel der Reinigung und ich suchte einen Weg, wie ich ein Gespräch mit ihm beginnen könnte, wo es mir doch eigentlich nicht gestattet war. Dennoch tat ich es: „Na, Erloh, hast du dich nun wieder etwas beruhigt, oder bist du immer noch eingeschnappt?", purzelten die Worte aus mir heraus. Ich strahlte ihn weiter an.

„Mensch Olevah, du bist aber auch echt komisch. Nie bist du mit uns zusammen, nie bist du greifbar für mich, oder für uns. Willst du denn gar nicht mit uns zusammen sein?"

Ich lächelte weiterhin. „Doch, ich will mit euch zusammen sein, aber ich kann manchmal einfach nicht anders, weißt du? Das hat nichts mit euch zu tun, es ist auch nicht gegen euch oder dich gerichtet, ich mag manchmal einfach nur ganz viel Stille und Ruhe. Nur dann fühle ich mich wohl. Manchmal, wenn ihr redet, dann fühlt sich das für mich an, als würdet ihr mir ganz viele kleine Pfeile in meinen Körper stecken. Das tut fast schon ein bisschen weh, und deshalb muss ich mich dann wieder ganz zurückziehen ... bitte nicht böse sein, es ist nicht böse gemeint."

Er schaute mich nachdenklich an. „Ich sag's ja, du bist echt nicht normal. Wir haben bestimmt auch alle unsere Eigenarten, aber du bist wirklich sehr eigenartig. Wir wollen dir ja auch nichts Böses, wir würden dich nur einfach gerne einmal kennen lernen. Aber gut, ich weiß ja jetzt Bescheid, ich sag's auch den anderen, und wenn du mal magst, kannst du gerne auch mal zu uns kommen. Wir treffen uns immer abends vor dem Abendessen, bei den Palmen im ersten Vorhof. Dort dürfen wir auch sprechen und dort tauschen wir uns aus. Falls dir mal danach ist, kannst du gerne ebenfalls dorthin kommen. Ich hoffe jedenfalls, dass es dir gut geht bei all deinem Einzelgängertum."

Dann musste er selbst über diesen komischen Satz lachen und umarmte mich. Mir fiel ein Stein vom Herzen. So gern ich Freunde gehabt hätte, so stark war in mir dieser Ruf nach Stille.

Was soll ich tun?, fragte ich mich. Es ist wie es ist und mein Meister hat mich darin bestätigt, dass es gut und richtig ist.

Dann verließ Erloh den Garten und ich durfte in meiner geliebten Stille dem Tag nachsinnen. Da fiel mir plötzlich dieses Gesicht wieder ein, das ich soeben in meinem Lieblingstempel wahrgenommen hatte. Wer könnte das wohl sein?, überlegte ich. Ein Lehrer? Ich konnte mich nicht an solch einen Lehrer hier erinnern. Auch im Aufnahmeritual in der Höhle hatte ich niemanden wahrgenommen, der so aussah ... er schien aber auch jünger zu sein als all die Lehrer, die wir bisher gehabt hatten. Ich fand keine Antwort ... doch ich ahnte, dass die Antwort mich finden würde. Kein Baum, kein Vogel, kein Gras, keine Blume konnte mir diese Frage beantworten - nur die Zeit.
Und so endete wieder ein ereignisreicher Tag.

# Gedanken

Als mein Meister am nächsten Morgen mit seinem Unterricht begann, war er wieder vollkommen in seinem Element.

„Liebe Neophyten", begann er wie alle Lehrer die Stunde. „Ich tue mich schwer mit Wertungen, dennoch möchte ich die Wichtigkeit dieses Unterrichts heute zum Thema Gedankenkraft noch einmal betonen. Jede Lehre, die wir euch hier nahe bringen, ist außergewöhnlich, doch es gibt wichtige und besonders wichtige Themen. Die Kraft eurer Gedanken sehe ich neben dem Wissen um die Kraft des freien Willens und neben der Macht der Reinheit als eine der wichtigsten Lehren unserer Schule an. Daher bitte ich euch erneut um eure vollste Aufmerksamkeit.

Ein Wort ist Ausdruck eines Gedankens, und Gedanken sind Energie. Doch was war zuerst da? Wieder einmal taucht hier die berühmte Frage auf, was zuerst da war, »das Huhn oder das Ei«? Um diese Frage richtig zu beantworten, müssen wir wieder genau zwischen den Ebenen unterscheiden: Ist ein Gedanke materiell oder ist er feinstofflich? Die Antwort ist so vielschichtig wie das ganze Leben, denn er ist beides. Das führt uns zu einem Punkt, an dem wir diese Frage zunächst nur aus der hier existierenden dichten Materie durchleuchten sollten.

Woher kommen Gedanken? Das Tier in dir ist das Wesen der Gefühle. Und euer Geist, eure Seele, eure Energie sind das

Wesen der Verbindung. Gedanken und Gefühle sind sehr eng miteinander verbunden, denn die Gefühle sind der Kanal eures Tieres und die Gedanken der Kanal eures Geistes. Und doch hängen sie beide zusammen, wie Yin und Yang; sie beeinflussen einander beide zu gleichen Teilen.

Seid ihr beeinflusst von den Gefühlen in euch, dann werden es diese Gefühle sein, die eure Gedanken formen. Seid ihr sehr mit eurem Höheren Selbst verbunden, dann werden es feinstoffliche Impulse sein, die euch bewegen.
Und diese feinstofflichen Impulse formen eure Gedanken und in nächster Instanz erst eure Gefühle. Es gibt zwei Herangehensweisen, die das Leben auf dieser Welt pulsieren lassen: Manche Menschen lassen das Tier, also die Gefühle, über sich bestimmen und ihre Gedanken formen, und die anderen lassen die feinstofflichen Impulse ihre Gedanken formen.

Wie wir schon festgehalten haben, seid ihr mehr als dieser Körper, den ihr wie ein Kleid in diesem Leben tragt. Und die Energie, die ihr in eurem Körper tragt, empfängt die Impulse aus der Verbundenheit heraus. Deshalb betone ich es gerne noch einmal, wie wichtig es ist, dass ihr zu einem Teil das Tier in euch leben lasst, aber unbedingt auch den feinstofflichen, geistigen Teil in euch fördert und die Verbindung beider Teile miteinander herstellt und pflegt. Diese Verbindung ist der größte Schatz, die größte Chance, das Allerheiligste, das ihr besitzt. Denn dann werdet ihr »ganz«. Dann werdet ihr der »Herr eurer Gefühle«, das »Gefäß der Impulse«. Dann kann es nicht passieren, dass nur einer von beiden Teilen eure Gedanken formt, sondern beide gemeinsam.

Das sind sie also – die beiden Pole der Gedankenwelt. Und wie ihr wisst, gilt es in der Welt der Dualität, »aus der Mitte heraus zu denken«. Das eine kann dem anderen helfen, nicht in Extreme zu verfallen. Beobachtet ganz wachsam, »wo« der Gedanke, den ihr gerade habt, seine Ursache hat. Ist es ein Gefühl, welches euch »denken macht«, oder ist es eine Art Idee, auf die ihr euch konzentriert?

Als nächste Stufe haltet ihr die Verantwortung in der Hand, wie ihr nun mit diesem Gedanken umgeht. Der freie Wille bestimmt, was ihr letztlich aus diesem Gedanken macht. Kommt er aus der Gefühlswelt, so wird sich dieses Gefühl verstärken, wenn ihr es wollt. Kommt er aus der Geisteswelt, so könnt ihr entscheiden, euch so sehr auf ihn zu konzentrieren, bis er zu einem ganzen »Raum« wird. Je mehr ihr euch diesem Prozess hingebt, umso größer wird der Raum, und dort entsteht: das Wort. Ähnlich ist es bei den »Gefühlsgedanken« – ich nenne sie jetzt so –, damit ihr besser versteht, dass dies die Gedanken sind, die aus euren Gefühlen kommen. Gebt ihr durch Konzentration Kraft in dieses Gefühl, so wird es sich verstärken. Man schreibt dies gerne den Frauen zu, die sich über ihre Gefühlswelt schneller in etwas »hineinsteigern« können als Männer. Durch beständiges Konzentrieren ihrer Kraft auf das Gefühl erschaffen sie einen ständig wachsenden, starken Raum. Dort entstehen dann die Wörter emotional und beginnen zu fließen. Der Mensch kann ganze Welten erschaffen nur über seine Gedankenkraft.

Die Kunst des Denkens ist die Kunst, zu schöpfen. Ist der Mensch sich seiner Verantwortung und seiner eigentlichen

Gabe endlich bewusst, dann wird er zu einem Schöpfer. Im besten Sinne ein bewusster Schöpfer, der die Schönheit und das Leben fördern will. Im schlechtesten Sinne ein Zerstörer des Lebens und der Schönheit.

Ihr allein entscheidet, ob ihr aus Gedanken einen Raum erschafft, in den ihr euch begebt und aus dem dann die Worte entstehen, oder ob ihr es lasst. Kein Raum für Gedanken – keine Basis für weitere Impulse.

Doch wenn ihr euch dafür entschieden habt, dann wird irgendwann einmal dieser Gedanke eine Form hervorbringen, er wird also unweigerlich Materie formen. Der Beschluss, ein Haus zu bauen, ist der »erste imaginäre Stein«. Und so ist es mit guten wie mit schlechten Gedanken. Gebt ihr ihnen Kraft, entstehen Räume, entstehen Wörter, entstehen Sätze, entstehen Resonanzen. Der Gedanke und das Gefühl, beziehungsweise die Intuition, sind energetische Felder, die sich nur in ihrer Geschwindigkeit der Informationsverarbeitung unterscheiden. Euer Körper ist das Gefäß, in dem all das »passiert«. Der Körper »verarbeitet« diese Impulse – die gefühlten, animalischen Impulse schneller, die geistigen, feinstofflichen Impulse langsamer.

Der Körper ist das Werkzeug, um die Gedanken so zu formen, dass diese wiederum Materie erschaffen. Aber die Gedanken fließen nicht nur durch euer »Werkzeug« Körper, sondern sie formen ihn auch selbst.


Nichts in eurem Leben geschieht einfach nur so, durch Zufall. Ihr wisst jetzt bereits, welche Vielfalt an Gesetzmäßigkeiten wirkt und euch umgibt. Ihr wisst um die Kraft eurer Gedanken und das Zusammenspiel dieser Kraft mit den anderen Gesetzmäßigkeiten. Und somit ist es fast schon eine logische Schlussfolgerung, dass auch euer Körper nicht nur aufgrund eines Zufalls die Form und das Aussehen hat, das er hat.

Stellt euch einmal vor, eure Eltern sind in meiner bildlichen Darstellung der Backteig. Die Naturgesetze sind das Kuchenblech, und eure Gedanken sind die Hände des Schöpfers. Somit sieht jeder Mensch anders aus, weil immer wieder ein anderes Gedankenmuster die Materie formt. Beobachtet beispielsweise einmal jemanden, der immer lacht, und jemanden, der immer die Stirn runzelnd und zweifelnd durch die Welt geht. Mit der Zeit entstehen bei dem Lachenden ganz andere Falten als bei dem Zweifler. Der Zweifler wird eher ein grimmiges Gesicht bekommen, der Lachende eher freundliche Gesichtszüge »formen«. Und so ist es mit allem an eurem Körper. Es beginnt mit euren Gedanken, die ihr denkt. Und diese Gedanken denkt ihr, weil ihr so seid, wie ihr seid und wer ihr seid. Seid ihr ängstlich, sind es ängstliche Gedanken. Seid ihr es nicht, sind es kräftige, impulsgebende Gedanken. Und diese Gedanken »zeigen« euch. Sie »verraten« euch. Wenn jemand nicht glücklich ist, dann kann er lachen, so viel er will, die Zellen lachen nicht mit, und somit auch der ganze Mensch nicht. Sind Menschen mit sich und den Lebenssituationen, in die sie sich gebracht haben, unzufrieden, könnt ihr auch oft beobachten, wie der Körper eine Art Schutz in Form von Fett erschafft. Meist um die Bauchgegend herum werden die Fettzellen mit Gedanken gefüllt und wachsen zu einem so genannten »Kummerspeck« heran. Auch das sind Kreationen des Geistes: rein aus der Gedankenkraft und den Glaubensmustern sowie der Gefühlswelt des Menschen geformte Materie.

Oft ist die Beweglichkeit des Geistes an der Beweglichkeit des Körpers abzulesen.

Ihr erinnert euch an die höhere Geschwindigkeit der Energien in den feinstofflichen Energiewelten. Und nur die Energien bringen die Formen der Materie hervor. Mit der Geschwindigkeit der Energien verändert sich die Flexibilität des Bewusstseins dieser Energie.

Ein träger Geist, ein unbewusster, sturer Mensch hat einen anderen Körper als ein wacher, flexibler Geist. Die Schnelligkeit der Energien und damit die Beweglichkeit des Bewusstseins zeichnen ganz deutlich die Formen, aber auch die Bewegungen des Körpers.

Auch der Lebenswille ist eine geistige Kraft. Verringert sich dieser Lebenswille, so geht die Kraft des Körpers verloren. Die bewusst oder unbewusst ausgeführte Absicht, nicht mehr leben zu wollen, beginnt Materie zu verformen (in Form von Krankheiten, die als schwer heilbar gelten) und zu formen (indem diese Menschen sich jeglicher Bewegung verweigern oder sich »gehenlassen«). Ursache jeder Verformung in und an euch sind eure Gedanken.

Sie sind die Ausdrucksform eures Bewusstseinsgrades.

Seid euch dieses »Werkzeuges« bewusst, dann bewegt ihr euch anders, weil ihr euch »bewusster« bewegt. Jemand, der weiß, dass das so ist, wird versuchen, an seiner Haltung zu arbeiten, aufrecht zu gehen, und sich bedacht und respektvoll bewegen.

Das Wort »be-dacht« kommt der Bedeutung schon sehr nah, die ich hier skizzieren will.

Jeder Mensch hat eine gewisse »Grundspannung« in seinem Körper, doch drückt sich diese bei einem bewusst aus der »Verbindung« heraus agierenden Menschen anders aus als bei einem Menschen, der sich der Verbindung nicht bewusst ist. Depressive, ängstliche, zweifelnde und unsichere Menschen werden weniger Körperspannung empfinden als die starken, aufrecht und zügig Gehenden. Die Körperspannung ist ein Indiz für das Bewusstsein des Wesens, das dahintersteht. Dabei meine ich nicht die »Anspannung«, sondern ich spreche von einer »bewussten« Körperhaltung, einem »bewussten« Agieren in der Materie, von bewussten Bewegungen bis in die kleinsten Körperteile.

Nicht nur eure Finger könnt ihr ganz bewusst bewegen, sondern auch die Augenbrauen, Ohren, Lider, jeden Muskel. Und je bewusster ihr euch erst einmal all dieser Körperteile werdet, umso bewusster werdet ihr sie auch bewegen. Und wenn dieses Bewusstsein bis in die letzte Zelle gedrungen ist, dann seid ihr Herr über die Bewegungen eures Körpers und nicht euer Körper über euch. Ab diesem Moment fühlt ihr euren Körper in jeder Zelle.

Sich jeder Zelle bewusst sein heißt, das Leben in ihr zu spüren, die Spannung der Energien in den Zellen bewusst zu erleben. Und diese Körperspannung formt die ganze Körperhaltung, und genau dies ist es, was eure Mitmenschen wahrnehmen. Ändert ihr eure innere Haltung dem Leben und den Menschen gegenüber, so ändert sich auch eure Körperhaltung.

Achtet einmal auf eure Mitmenschen, schaut euch ihre Haltung ganz genau an, und ihr wisst ziemlich schnell, wer euer Gegenüber ist. Hängen die Schultern? Welche Last trägt euer Gegenüber, die er oder sie nicht abwerfen kann? Schlurfen die Schritte über den Boden? Wozu hat dieser Mensch Kraft, wenn er nicht einmal seine eigenen Beine heben kann?

Hängen die Arme unkoordiniert an ihm oder an ihr herunter? Was oder wem kann dieser Mensch sich »hingeben«, wenn schon nicht einmal sich selbst? Schaut euch die Gesichter an. Schon ein Augenaufschlag zeigt euch, ob das Wesen dahinter geprägt ist vom animalischen Denken oder ob bewusstes SEIN durch diese Augen leuchtet. Sind die Gesichtsmuskeln »straff« geführt oder hängen sie schlaff herunter?

Dies gilt für alles, was wir Körper nennen. Wenn ein Mensch es schafft, diese innere »Bewusstseinsspannung« zu halten, dann spart er sich etwa fünfzig Prozent der Zeit, in der andere ihre Muskeln trainieren müssen. Die anderen fünfzig Prozent jedoch sind tatsächlich die Gene, unser »Tier«, das uns aufgrund des Erbguts der Eltern und Großeltern mitgegeben wurde. Darin ist zum Beispiel fest verankert, wie aktiv der Stoffwechsel eures Körpers sein kann. Ein Indikator dafür wäre: Nimmt man beispielsweise schneller zu als andere, hat man einen eher passiven Stoffwechsel. Nimmt man nicht so schnell zu, zeugt das von einem aktiven Stoffwechselprozess. Und nun gilt es, diese jeweilige Grundausstattung über sportliche Übungen je nach Bedarf optimal zu unterstützen.

Eure innere Haltung wird immer im Äußeren sichtbar sein. Alles das, was ihr jetzt denkt und tut, wird durch die Beständigkeit in der Zeit Materie formen. Das bedeutet, dass das, was ihr

eigentlich seid, sich im Laufe der Zeit über euren Körper ausdrückt … in seinen Worten, seinen Gesten, seiner Haltung, seinem Gang und seinen Bewegungen.

Euer Körper ist das Werkzeug eures Lebens. Er ist Gefäß und
Formgeber zugleich. Ihr könnt kraft eurer Gedanken und eures
Willens euren Körper formen! Er ist ein Werkzeug zum Formen, Gestalten und zum Schöpfen in der Materie. Werdet euch
euer selbst bewusst. Gedankenhygiene ist die Körperhygiene
des Geistes. Werdet euch der Spannung des Lebens und damit
der Spannung eures Körpers bewusst und beginnt dadurch, eure
innere und äußere Haltung dem Leben gegenüber zu wandeln.

Atmet bewusst, esst bewusst, trinkt bewusst, seid bewusst, und
euer Körper wird euch reich mit ganz neuen, bewusstseinser-
weiternden Wahrnehmungen belohnen. Denn euer Körper ist
der Schlüssel auf dem Weg zu euch selbst. Erkennt ihn, und ihr
werdet euch selbst erkennen. Liebt ihn, und ihr werdet euch lieben. Nutzt ihn, und euer Leben wird schöpferisch.
Jeder Mensch verrät über seine Art zu leben, und vor allem
über die Verantwortung, die mit seinem Schaffen einhergeht,
aus welchem Bewusstsein heraus und mit welch innerer Haltung er auf dieser Erde wirkt.
Für heute sind wir am Ende des Unterrichts angelangt. Ich
übergebe euch nun eure Tontafel.“

*Diese Haltung lässt dich Entscheidungen treffen.*
*Und diese Entscheidungen ziehen*
*Handlungen nach sich.*
*Wie du etwas tust, formt nicht nur das, was du tust,*
*sondern auch dich selbst.*
*Deshalb ist es wichtig, dass du dir immer deine*
*Offenheit bewahrst und damit die Wachsamkeit.*
*Auch hier ist sie der erste Schritt für die*
*richtigen Entscheidungen.*
*Du bist, was du tust, weil das, was du und vor allem wie*
*du es tust, die Übersetzung ist für das Wesen dahinter.*

„Mit diesen Sätzen schließe ich unseren Unterricht für heute. Morgen wird der letzte Tag meines Unterrichts in diesem Lehrjahr für euch sein. Wir werden eines der essentiellsten Themen des Kosmos behandeln, den Ausgleich. Der eine oder andere wird etwas erschöpft sein von dem vielen Wissen, das wir euch hier in den letzten Wochen übermittelt haben, doch nach dem Tag morgen tretet ihr in eine Ruhephase ein, in der all das Wissen von eurer Seele verarbeitet wird. Ihr müsst wissen, dass in den Zeiten, in denen ihr keinen Unterricht habt, in der Stille des Tempels vieles in euch geschieht. Ihr müsst es zulassen, was immer sich zeigt, was immer ihr fühlt, nehmt es wahr, nehmt es an. Es ist alles Realität, eure Realität.

Ich wünsche euch einen ruhevollen Abend und eine gute Nacht."

Sanften Schrittes verschwand er wieder im Dunkel des Tempels und ließ uns zurück. Ich wurde müde, unendlich müde,

und musste all die Zeit gähnen. So schleppte ich mich durch den Abend und schlief sehr früh ein. Am nächsten Morgen war ich immer noch erschöpft, dennoch freute ich mich natürlich sehr auf meinen Meister und seine klugen Worte. Also hörten wir aufmerksam zu.

# Der Ausgleich

„Die Energie der Quelle ist in all ihrer Kraft immer und gleichzeitig überall existent und sie formt in verschiedenen Ebenen die verschiedenen Ausdrucksformen dieser Kraft. Sie ist die Quelle allen Lebens, die Quelle aller Ausdrucksformen und damit die Quelle allen Seins: Es gibt kein Sein ohne diese Kraft, ebenso wie es keine Form gibt, die von dieser Energie nicht durchdrungen ist. Weil jede Form von dieser Energie erschaffen wird. Im Zentrum selbst, der Quelle, herrscht der Zustand des absoluten Gleichgewichts. Der Impuls der Schöpfung, in unendlichen Formen zu sein, ist der Impuls der Bewegung - der Bewegung aus sich heraus. Und diese Bewegung erschafft ihre erste Form: die Seele. Im weiteren Prozess der »Fort-Bewegung« von der Quelle aus dem Zustand des Gleichgewichts erschafft die Energie unterschiedliche Formen von Materie. Jegliche Materie ist also das Ergebnis dieses Prozesses der Bewegung und der gleichzeitigen Entfernung aus dem Urzustand, der Reinheit, heraus. Hier, am vom Gleichgewicht der Quelle am weitesten entfernten Zustand erschaffen die Energien unsere grobstoffliche Materie mit diesen Körpern, ihren Sinnesorganen und Gefühlsempfindungen. Gleichzeitig sind es aber genau diese Sinnes- und Gefühlserfahrungen, die es ermöglichen, die Vielfalt der Quelle auf allen Ebenen bewusst erfahren zu können. Somit ist die äußerste Ausdrucksform der Kraft der Quelle gleichzeitig ihre größte Chance, das Gleichgewicht wiederzufinden – die Ganzheit zu erfahren. Nur die Formung des Egos im Inkarnationsprozess bringt die Energie in den Zustand

der absoluten Ohnmacht, aus dem heraus der Impuls groß genug ist, die Gegenbewegung einzuläuten. Die Erfahrung der Trennung und die Vielfalt der Ablenkung des Egos sind wie ein permanenter Aufruf an das Bewusstsein, sich dem ganz entgegenzustellen.

Folglich ist die Erinnerung an die Einheit nur über die Konzentration des Bewusstseins im Körper möglich. Erweiterung erfolgt über Kontemplation – das Prinzip des Kosmos ist nicht die Äußerlichkeit, sondern das Innere. Deshalb führen alle Wege der Bewusstwerdung des Ganzen ausschließlich über die Rückkehr zu sich selbst. Dort - in dieser Ruheerfahrung der Einheit mit allem - wird sich der Geist bewusst und erfährt so das Einheitsbewusstsein des All-Eins. Dort erkennt er die Schöpferkraft als Ausdrucksform in sich und sich selbst als Schöpfer der Ausdruckskraft. Viele Formen erschaffen viele Möglichkeiten, und diese erschaffen ein Ungleichgewicht. Dieses Ungleichgewicht »sucht« auf ewig die Einheit, das Gleichgewicht der Quelle zurückzuerlangen: den Ausgleich.

Das bedeutet, dass jede Bewegung – eingebettet in die Gesetze der Schwingungen und ihrer Resonanzen – eine Gegenbewegung »fordert«, um in den Zustand der Einheit zurückzugelangen.


Die Quelle wird über Bewegung zu Formen und diese sammeln die Erfahrungen. Die Existenz eines Geistes in der Verblendung des Egos ist dann die Plattform, auf der durch unbewusste Handlungen im Egobewusstsein Ungleichgewichte entstehen. Diese Ungleichgewichte der Energien werden nicht durch Nichtstun wieder in Balance gebracht, sondern bedürfen genauso wie die Aktion der Erschaffung auch wieder die Aktion der Korrektur eines Ungleichgewichtes. Kein Mensch wird jemals mit einem Fingerschnipsen eine unharmonische Tat zu einer harmonischen Tat wandeln können. Immer bedarf es eines Ausgleichs dessen, was unausgeglichen ist. Die Neugier ist der Antrieb der »Fort-Bewegung« der Energien der Quelle aus dem »göttlich-harmonischen Zustand« heraus, und die Sehnsucht nach Ausgleich ist die »Rück-Bewegung« in diesen Zustand zurück.

Das ist die »Dreifaltigkeit des Ausgleichs«, in der es eine Ursache, eine Wirkung und den Impuls (die Sehnsucht) nach Ausgleich gibt. Das ist der Antrieb des Seins, der alles bewegt.

Alles, meine lieben Neophyten, alles, was ihr tut, hat eine Resonanz, und immer reagiert das Eine auf das Andere. Nehmt es euch zur wichtigsten Erkenntnis des ganzen Kosmos, dass ihr diejenigen seid, die ihr euer Schicksal lenken könnt, negativ wie positiv, und dass ihr in voller Verantwortung handelt. Niemand anderes kann euch diese Verantwortung abnehmen. Achtet darauf, dass all die Lehren, die ihr hier erfahrt, auch immer angewandt werden. Achtet darauf, dass die Entscheidungen in euch in Harmonie mit all diesen Gesetzen zu Taten werden. Dann gibt es nichts mehr, das ihr ausgleichen müsst, dann seid ihr harmonische Handwerker des Schicksals. Daher möchte ich euch auch aufrufen, die Rituale hier im Tempel alle in voller Hingabe und absoluter Konzentration zu erfahren. Es sind kleine Operationen, die energetisch in eurer Aura geschehen. Je mehr ihr diese annehmt, umso mehr können sie euch reinigen

und damit letztlich heilen. Wann immer ihr unbewusst Impulse kreiert, werden diese zu einer anderen Zeit und an einem anderen Ort ausgeglichen werden müssen. Seid ihr euch aber eurer Schöpferkraft voll bewusst, so entstehen eure Impulse im Einklang mit dem Fluss der Energien. Sie bedürfen keines Ausgleichs, da sie im Gleichklang des Kosmos schwingen.
Jeder Gedanke, jedes Gefühl, jede Tat, die nicht im Einklang mit dem Fluss des Lebens steht, wird den Ausgleich von euch fordern.

Bevor ich heute den Unterricht beende, gebe ich euch eine Übung mit, die ihr bitte in den nächsten Tagen immer wieder macht. Bitte nutzt dazu unterschiedliche Momente und unterschiedliche Orte. Versucht die Übung zu machen, wenn ihr alleine seid und wenn ihr gemeinsam mit anderen seid. Morgens, abends, mittags in der Sonne, nachts im Dunkeln ... übt, so oft ihr könnt, und verinnerlicht das Gefühl, das sich damit einhergehend in euch formt. Morgen haben wir keinen Unterricht im gewohnten Sinne, sondern ein Ritual für euch vorbereitet. Findet euch dazu bitte abends bei Sonnenuntergang im letzten Hof des Tempels ein und folgt den Anweisungen der Wächter. Zieht eure Ritualkleidung an und verhaltet euch bitte still.
Nach dem Ritual bitte ich euch, sieben Tage zu ruhen; tut nichts, reinigt euch, wandelt in den Hallen und lauscht auf das Innerste eurer Seele. Das Ritual wird viel bei euch in Bewegung setzen. Um das zu fördern und den Wandlungsprozess in euch zu beschleunigen, schlaft bitte viel, redet wenig und lauscht tief in euch hinein.

Doch nun zur Übung.

Durch diese Konzentration des Geistes auf eine Sache werden die Sinne in euch so konzentriert, dass sie euch unweigerlich aus der Empfindung von Raum und Zeit holen – in den Moment. In das absolute Jetzt. So entsteht ein Zustand, der euch wahrhaftig und bewusst in das Jetzt holt und euch dieses wachsam und achtsam empfinden lässt. Den Moment zu feiern, das Jetzt wirklich zu erleben, ist die Krone des Seins. Jetzt »sein« zu dürfen in der Unendlichkeit des Kosmos, in der Vielfalt an guten wie auch weniger schönen Erfahrungen, in der Dualität der grobstofflichen Materie Erfahrungen machen zu dürfen, inmitten einer Unzahl an Seelen, die alle darauf warten, dass die kosmischen Gesetze ein Tor für sie öffnen, um über die Sinne des Körpers das Sein zu erfahren … all das ist das einzigartigste, wundervollste und größte Geschenk des Seins. Doch zu leben, bedeutet oft auch, in den Verpflichtungen des Alltags, getrieben von der materiellen Existenzangst, den Moment, das Jetzt nicht als dieses Geschenk würdigen zu können, weil es schlicht und ergreifend nicht möglich scheint, die nötige Ruhe und Konzentration dafür zu finden. Aber es gibt Hilfsmittel, die helfen können, im Wirrwarr des Lebens den Zustand des Jetzt und Hier schnell wieder zu erschaffen. Vier kleine Worte genügen, um all die Kräfte in euch so zu sammeln, dass ihr schnell wieder zu der Bewusstheit findet, die ihr euch ersehnt. Je nach dem von euch bisher erreichten Grad an Bewusstheit wirken diese Worte wie ein hochkonzentrierter Impuls, der es euch innerhalb kürzester Zeit ermöglicht, wieder ganz in eurer Mitte und in der Folge auch ganz in eurer Kraft zu sein. Wann immer ihr das Gefühl habt, den Boden unter den Füßen zu verlieren,

haltlos oder völlig zerstreut zu sein, dann helfen euch diese Worte, wieder ganz zu euch zu kommen. Ganz zu werden in einer Welt, die uns mit Reizüberflutung »auseinander-reizt«. Die Worte lauten:

»Ich bin jetzt hier.«

## Ich …

In diesem kurzen Wort konzentriert sich all eure Kraft, all euer Wille, all eure Erinnerung, eure Sehnsucht, eure Neugier, alles, was ihr seid. Alles, was ihr erfahren habt in all euren Inkarnationen, alles, was ihr erleben durftet, eure Gedanken, eure Gefühle, euer ganzes Sein. Eure Seelenanteile, eure Seele und die Verbindung zur Quelle – sie alle sind dieses Ganze, von dem ihr jeweils ein individueller Teil seid, der hier sein darf, um in der langsamen Materie das »Leben zu kosten«. Diese wunderschöne Energie in euch, die sich ihrer selbst bewusst sein kann, ist das Ich. Das Ich, das unsterblich durch Raum und Zeit reist, um zu lernen. Das Ich, das abtaucht in die Materie, um Gefühle zu erleben, um das Wissen zu »werden« – um zu sein.

## … bin …

… kommt von »sein«, und das Sein ist das größte Geschenk des Kosmos. Sein ist existieren. Und die Existenz allen Seins ist die Ursache, die Quelle der Lebensformen. Ihr dürft sein, also existiert ihr, und wenn ihr existiert, dürft ihr euch er-leben. Euch euer selbst bewusst, dürft ihr durch eure Existenz ein Teil von etwas Großem, Kosmischem sein und als solches wirken. Ihr alle, ganz individuell, dürft euch kraft eures freien Willens ganz individuell verwirklichen und dabei der Schöpfer sein, der ihr seid. Je klarer eure Wahrnehmung ist, umso stärker werdet ihr euch all dessen bewusst sein. Dann seid ihr nur, ihr wollt nicht mehr, sondern ihr »seid«. Dort, wo ihr nur noch seid, gibt es keinen Raum und keine Zeit mehr. Ihr seid ein Wesen, das ohne Raum und Zeit existiert, doch in ihnen wirkt und lernt. Euer wahres und innerstes Sein ist unsterblich und unendlich.

## ... jetzt ...

Das Wort »jetzt« bewusst auszusprechen ermöglicht die Bewusstwerdung des Moments. Sprecht ihr es aus, so landet ihr sofort im Jetzt. In der Gegenwart. In eurem Herzen, weil dort Zeit und Raum mit der Zeit- und Raumlosigkeit der Quelle verbunden werden und dabei den Moment erschaffen.

Den unendlichen Moment.

Erlebt ihr diesen Moment bewusst, so erschafft ihr in ihm eine Ewigkeit.

Ihr alle, jeder für sich entscheidet, ob ihr den Moment unbewusst an euch »vorbei« erleben wollt, oder ob ihr ihn durch das bewusste Eintauchen und Verweilen in eurem Herzen in die Unendlichkeit tragen möchtet. Es liegt an euch, wie bewusst ihr die Gegenwart erlebt. Nur in eurer Wahrnehmung liegt der Schatz eures Lebens. Die Fülle, das Gefühl von Erfülltheit, erschafft ihr und erlebt ihr nur in euch.

Das Jetzt zu spüren und sich über diese Gefühle dem Augenblick hinzugeben wird euch euer Leben so ruhig, wachsam, klar und dankbar erleben lassen wie nie zuvor.

### ... hier ...

Das »Hier« holt euch in der Zeit-Raum-Linie der langsamen Materie tatsächlich hier an diesen Ort. Jetzt zu sein ist das eine, jetzt hier zu sein ermöglicht eurem Verstand, die Koordinaten eures Seins hier auf dieser grobstofflichen Ebene besser zu begreifen. Und über diese Brücke geschieht die nötige Konzentration, die euch all dessen bewusster macht. Ich erlebe viele Menschen, die zwar an einem Ort sind, aber diese Erfahrung gar nicht bewusst leben. Ihr könnt beispielsweise den schönsten Ausflug verbringen, im perfekten Ambiente, mit unglaublich leckeren Speisen und netten Menschen, doch eure Wahrnehmung kann so getrübt sein, dass ihr all diese Dinge überhaupt nicht »seht«.

Einen Ort wirklich wahrzunehmen, öffnet die Tür zur Erfahrung der Schönheit des Ortes. Und in der Folge der Schönheit des Moments – also der Fülle des Lebens.

Ein Indiz dafür, dass Menschen in ihrer Wahrnehmung gestört sind, ist, wenn diese sich beispielsweise immer nur unzufrieden zeigen. Ihre Augen, doch vor allem ihre »Herz-Augen« sind geschlossen und sehen nicht die Schönheit, die sie umgibt und die den Momenten innewohnt. Der Teufelskreis ist fatal. Denn ist ein Mensch immer unzufrieden mit dem, was er hat, ist und erleben darf, so ist sein Bewusstsein, all seine Aufmerksamkeit, immer mit dem Suchen und der Auflösung dieser Unzufriedenheit im Außen beschäftigt. Doch genau dort wird er die Erfüllung nie erfahren, die er sucht. Gleichzeitig kostet ihn diese Suche im Außen Kraft und kostbare Zeit. Und

dadurch kommt er nie an einen Punkt, an dem es möglich wird, die Schönheit des Moments wirklich zu erfahren und zu erleben. Da dieser Moment nie erlebt werden kann, wird weitergesucht und weitergejammert und die Verantwortung den anderen gegeben. Schuldzuweisungen und Ohnmachtsgefühle sind an der Tagesordnung.

Der Satz »Ich bin jetzt hier« öffnet euer Herz und verändert eure ganze Wahrnehmung dahingehend, dass ihr euch wieder euer selbst bewusst werdet und den Moment und in der Folge das Leben als die große Chance eurer Existenz erlebt. Diese Öffnung in euch ist gleichzeitig die Tür in eine neue Welt, die ausschließlich aus Schönheit, Dankbarkeit, Respekt und Gnade im Jetzt und Hier das Leben würdigt.

Liebe Neophyten, mit diesen Worten endet mein Unterricht bei euch in diesem Jahr. Wir werden uns bald wiedersehen, um in der ersten Pyramide, der Kleinsten, all dieses Wissen in die Tat umzusetzen. Bis dahin ist es wichtig, dass ihr ganz in eure Mitte kommt, ganz viel Zeit in Ruhe und Stille verbringt, um in eurem höchsten Potenzial dann diese Übungen zu vollziehen. Ich freue mich schon sehr darauf, euch dann weiter begleiten zu dürfen.“

*Tontafel*
*Die Bewegung ist der Motor aller Formen des Seins.*
*Erweiterung erfolgt über Kontemplation –*
*das Prinzip des Kosmos ist nicht die Äußerlichkeit,*
*sondern das Innere.*

Dann stand er auf und verließ schweigend den Raum.

Ich begann mich langsam auf das neue Jahr zu freuen, in dem wir all die vielen praktischen Übungen machen würden und ich freute mich nun auch auf den freien Tag. Außerdem begann in mir die Hoffnung zu keimen, dass ich in dem Ritual Vater wieder begegnen könnte, so wie damals.
Als ich kurze Zeit später dann in meinem Bett lag, schlief ich vor lauter Erschöpfung tief ein.

*

Der nächste Morgen erwartete mich in einer sehr klaren und leisen Stimmung. Die Vögel sangen wie immer ihre Lieder, doch im Tempel war es heute ganz besonders ruhig. Die Sonne stand schon hoch über dem Horizont, sodass die Schatten des Tempels kaum noch zu sehen waren. Ich lief langsam zum See und genoss die Ruhe, die wie ein warmer Teppich über allem lag.
Es zog mich erneut magisch in meinen Lieblingsraum, in den Tempel der Reinigung. Erfreut, dass ich alleine dort sein durfte, setzte ich mich auf meinen Lieblingsplatz in der Mitte des Raums.

Kaum hatte ich mich hingesetzt, schloss ich sofort die Augen und atmete tief. Ich spürte eine warme, wohlige Energie in mir, die mich zunächst schläfrig machte, doch ich erinnerte mich an die Worte der Wesenheiten, die betonten, dass der Geist keine Müdigkeit kennt, sondern nur unser Körper. Also tauchte ich durch dieses Gefühl hindurch wie durch eine Höhle, die zu einem Ausgang im innersten eines Berges führt. Nach einer Weile wich das Gefühl der Trägheit einer Leichtigkeit, die ich unendlich genoss. Ich spürte meinen Körper weniger und weniger und fühlte mich, als könnte ich fliegen. Doch schon bald erinnerte ich mich an die Aufgabe, die vier Worte >Ich bin jetzt hier< zu erfahren. Kaum wollte ich damit beginnen, mich auf sie zu konzentrieren, bekam ich Lust, ein Experiment zu wagen. Ich wollte jedes Wort einzeln aneinanderfügen und genau beobachten, was sich dabei tat. Also schwenkte ich um und begann mich ganz bewusst mit voller Konzentration und Leichtigkeit auf das Wort ICH zu konzentrieren.

Plötzlich wurde es still in mir. Die Gedanken zogen sich zurück und ich erfühlte das ICH in mir. Tränen begannen meine Augen zu befeuchten und in meinem Herzen begann sich etwas zu bewegen. Eine Energie, die sich eingesperrt fühlte und an den Grenzen des Herzens rüttelte. Ich fand mich wieder zwischen zwei Gefühlen. Das eine war eine große Energie, die weit über meine Vorstellung von Zeit und Raum reichte, weiter als alles, was ich kannte oder mir vorstellen konnte. Das andere war ein kleiner Raum, nicht größer als meine Hand, in dem diese Kraft eingesperrt und voller Traurigkeit, resignierend schlief. Die Tränen begannen mir über die Wange zu fließen, denn je mehr ich mich auf diese große Kraft konzentrierte umso enger fühlte ich mich. Wie ein Kind, das eingesperrt und isoliert von der Außenwelt Ohnmacht und Leblosigkeit empfindet, so empfand ich die Spannung zwischen einer Erinnerung an eine Freiheit, die mit keinen Worten zu beschreiben ist, und den Fesseln des Alltages, meines Lebens. Ich gab mich dieser Spannung hin und versuchte meinen neugierigen Geist weiter zu bewegen, tiefer, noch tiefer in das ICH hinein - bis ich einmal tief atmen musste und ein Lächeln über meine Lippen flog. Der Atem war wie eine Brücke aus dem Gefühl der Befangenheit heraus und in eine tiefe Weite hinaus. Ab sofort atmete ich nur noch ganz, ganz tief in mich hinein und genoss die Kraft, die damit einherging. Der Raum der Enge verwandelte sich und meine Wahrnehmung ebenfalls. Ein Gefühl absoluter Ruhe trat ein - die Emotionen wurden stiller.

Das nahm ich zum Anlass, das nächste Wort dazu zu holen: ICH BIN.
Kaum hatte ich das gedacht, begann mein Körper noch tiefer zu atmen.
Ich begann mich schwerer zu fühlen, doch immer noch war ich federleicht. Es war, als würde mir jemand oder etwas eine Brücke bauen, die aus mir heraus entsteht. Eine Art Verbindung entstand, die mich sehr tief und wohlig atmen ließ. Oder wurde mir die Verbindung, die immer da war nur einfach bewusst?

Ich hatte gelernt, meine Gedanken zu kanalisieren, daher stoppte ich sofort ein derartiges weiteres Gedankenspiel und war schon gespannt auf die Erweiterung des: ICH BIN JETZT.
Kaum hatte ich das innerlich ausgesprochen, empfand ich mich wie ein Feuermeer, das sich nach allen Seiten ausbreitet. Das Gefühl veränderte sich völlig. Die Energie, die ich bisher als federleicht und leicht summend empfunden hatte, breitete sich nun in eine unendliche Weite aus, den ganzen Horizont entlang. Vor mir, hinter mir und um mich herum. Wie ein Kreis,

der entsteht, wenn ich einen Stein in den See geworfen hatte. Ich war jetzt dieser Kreis. Weit, groß, tief und leicht. Ich spürte nichts mehr, nur diese unendliche Weite und die damit einhergehende Befreiung. Dieses Gefühl war das Schönste, das ich bis dato kannte, daher genoss ich den Zustand für lange Zeit. Mein Forschergeist war dennoch zu neugierig, um nun auf ewig an dieser Stelle zu verharren, also rief ich voller Erwartung den letzten Zusatz innerlich auf:
ICH BIN JETZT HIER.


Meine Wahrnehmung veränderte sich schlagartig und aus der Welle in die Weite wurde nun eine Welle in die Höhe, die aber dennoch ganz anders verlief. Nicht wie die Welle im See, sondern eher wie ein Pfeil; so konzentriert begann sich mein Körper aufzurichten, sodass ich völlig aufrecht saß. Als würden mich unsichtbare Hände hinaufziehen wollen, an den Seiten ausbreiten, in die Erde hinein und gleichzeitig in mich zurückziehen wollen, empfand ich all diese Energien gleichzeitig.
Jetzt vergaß ich Raum und Zeit. Wie ein Blatt im Wind ließ ich mich treiben von diesem mächtigen Gefühl. Ich spürte eine unendliche Kraft in mir, die leben will, die sein will und die das Leben in seinen schönsten Farben erfahren will. Das erfüllte mich sehr und ließ mich tatsächlich jede Traurigkeit in mir als eine alte Geschichte von jemand anderem betrachten.


Auf einmal nahm ich eine Präsenz im Raum wahr, die ich kannte. Ich öffnete leicht meine Augen und siehe da, mein Meister setzte sich neben mich, sodass ich ihn nicht direkt anschauen konnte. Er hatte sicher einen Grund, warum er das tat.

Ich freute mich und versuchte dennoch in meiner Konzentration zu bleiben.

Ich genoss diesen Zustand wirklich sehr und versuchte weiter zu experimentieren. Vielleicht wollten sich ja Bilder zeigen, die ich kannte, oder noch nicht kannte? Vielleicht kam dieses Gesicht von diesem Fremden. Doch schon war ich wieder in Gedanken ... und schickte sie alsbald wieder weg.

Nach einer Weile dachte ich, ich würde gleich einschlafen, so entspannt fühlte sich dieser Zustand in meinem federleichten Körper an.

Plötzlich nahm ich etwas völlig Neues wahr. Eine ganz leise Stimme rief in mir: „Na Kleines, wie kommst du voran?"

Ich schaute meinen Meister an, doch der war mit seinen geschlossenen Augen nicht wirklich ansprechbar. Ich schaute weiter um mich, doch es war niemand da.

Ich schloss die Augen wieder.

Stille.

Nichts als Stille.

Gerade wollte ich diese Erfahrung als Folge meines neu erfahrenen Zustands abtun, da hörte ich sie wieder, diese Stimme: „Liebes, wenn du mich hören kannst, so versuche einfach zu antworten, aber, ohne dass du es mit dem Mund und deiner Stimme tust. Antworte einfach mit deinen Gedanken."

Wieder riss ich die Augen auf, denn noch immer schien mir das, was ich da erlebte, vollkommen unwirklich. Ich schaute den Meister an, doch dieser mich nicht. Er wirkte abwesend und keineswegs so, als hätte er mich soeben angesprochen. Außerdem war diese Stimme so leise, als würde sie in meinem Ohr entstehen und nicht in diesem Raum sein. Ich schloss meine Augen erneut.

Mein Verstand wollte verstehen, was soeben geschah. Wer nennt mich Kleines oder Liebes?, dachte ich und versuchte dennoch so wenig wie möglich von meinem schwebenden Gefühl zu verlieren. Da fiel mir ein, dass das zur Zeit nur mein Meister tat. Doch der saß neben mir und hatte kein Wort gesprochen. Ich wurde nervös, denn ich wusste, dass ich dieses Rätsel nicht mit meinem Verstand lösen konnte. Also versuchte ich erneut einen Anlauf, mich der Stille hinzugeben.


Ich konzentrierte mich nun auf meinen Meister, indem ich mir vorstellte, wie ich ihn direkt ansprach, hier in diesem Raum. Ich schaute ihn in meiner Vorstellung genau an und begann mich mit all meiner Kraft auf meine Gedanken zu konzentrieren-
„Meister, bist du es, der zu mir spricht?“, fragte ich ihn mental.
Sofort erreichte mich eine Antwort „ Ja Liebes, ich bin es.“
Mein Herz begann schneller zu klopfen, denn derartiges hätte ich mir nicht in meinen kühnsten Träumen ausmalen können.
„Aber Meister“, fragte ich weiter, „wie kann das sein, ohne dass du deinen Mund bewegst und deine Stimme nutzt?“
Nun öffnete ich heimlich meine Augen, um zu sehen, was geschah, und um mich endgültig zu versichern, dass ich mich nicht täuschte. Und kaum hatte ich das getan, erreichten mich die Worte: „Es kann sein, weil du die Verbindung zu mir hier

an diesem Ort so klar erfahren kannst, dass wir auf diese Weise miteinander kommunizieren können. Worte sind viel zu mächtig. Um Informationen auszutauschen, bedarf es nicht einem derartigen Werkzeug, das geht viel leichter auf diese Weise."

Jetzt wusste ich es genau. All die Zeit, die er sprach, waren seine Augen und sein Mund geschlossen. Er hatte all das nicht gesprochen, wohl aber tatsächlich gedacht.

„Schließ deine Augen wieder Kleines, es ist für mich angenehmer, da auch die Augen kommunizieren können und wir diese Art der Verbindung anders einsetzen. Jetzt aber wirkt es wie eine Überlappung an Energien, und das ist etwas unangenehm für mich."

Kaum hörte ich das, schloss ich auch schon die Augen.

„Entschuldigung, mein Meister, das wusste ich noch nicht. Sprecht ihr alle hier im Tempel auf diese Weise miteinander?", fragte ich neugierig. - Kaum war der letzte Buchstabe gedacht, erreichte mich schon die Antwort.

„Ja, so ist es. Der Eine erlangt die Fähigkeit früher, der Andere später. Es ist aber immer nur eine Frage der Reinigung. Deshalb wundert es mich nicht, dass du hier im Tempel der Reinigung deine ersten Schritte in dieser Art der Kommunikation erfahren hast. Das freut mich sehr. Das Ritual, das ihr heute noch erfahren werdet, soll helfen, die Energie eurer Gruppe weiter anzuheben, um auch den anderen diesen Zugang bald zu ermöglichen. Es ist wichtig, dass ihr alle auf diese Weise immer mit uns in Verbindung treten könnt. Die feinstofflichen Welten sind um ein Vielfaches größer und weiter als alle Materie der Planeten zusammen. Um sich dort nicht zu verirren, ist es ein essentieller Bestandteil dieser Ausbildung hier, dass ihr immer Zugang zueinander findet.

Schnell, ohne Worte und unendlich vielfältig."

Ich ließ seine Worte wirken und so gerne ich mich über diese neue Erfahrung freuen wollte, so fasziniert war ich noch davon.

„Lieber Meister, aber warum ist es denn so wichtig, all das in Gedanken zu tun, man kann sich doch auch zurufen oder sprechen, wenn man an jemanden denkt?"

Wieder erreichte mich die Antwort schneller als ein Blitz.

„Du hast noch nicht begriffen, wie mächtig Worte sind. Sie sind Lebewesen. Energiewesen, die der Mensch mit seinen Gefühlen und seiner Kraft formt und die jedes Einzelne eine unglaubliche Macht besitzen, Gutes wie auch Negatives zu manifestieren. Du wirst im Laufe der nächsten Jahre sicher erfahren, wie verantwortungsvoll man mit Worten umgehen muss. Doch heute ist es nur wichtig, dass du weißt, dass jedes einzelne Wort, und sei es noch so nebenbei gesagt, noch so unscheinbar wirkend, ob kurz oder leise gesprochen, dass all das einzelne Energieformen sind, die Teil des Energieflusses des Seins sind und immer sein werden. Du hast die Bedeutung des Ausgleichs schon von mir gelehrt bekommen, doch wie massiv der Ausgleich auch in unbewusst erschaffenen Worten nötig ist, das wirst du noch auf deine Weise erfahren. Um die Forderung des Kosmos für dich jedoch nicht allzu groß zu machen, nimm diese Botschaft bitte mit in deine nächsten Jahre: Worte sind Energiewesen. Jedes Einzelne, das du erschaffst, ist Teil des Kosmos und wird so lange in ihm Materie formen, bis du es korrigierst oder transformierst. Du ganz allein hast die Verantwortung für diesen Kreislauf deiner Worte."

Ich atmete tief, denn als junger Mensch hatte man mit einer derartig großen Verantwortung noch wenig Berührungspunkte. Eine Frage brannte sich jedoch in meinen neugierigen Geist: „Aber Meister, wenn man das alles gar nicht weiß, dann haben die Worte doch sicher weniger Wirkung. Sie sind ja dann unbewusst gelenkt und nicht in vollem Bewusstsein erschaffen worden?!"

Der Meister nahm einen tiefen Atemzug. Etwas langsamer als zuvor, erreichte mich eine Antwort.

„Liebes, der Kosmos macht keine Unterschiede zwischen bewussten und unbewussten Taten. DAS ist das Geheimnis des Lebens. Es gibt kein Entkommen. JEDE Aktion erzeugt eine Reaktion. Unbewusst einem Menschen oder einem anderen Wesen Leid zugefügt zu haben, verschont die Seele nicht davor, diese Tat ausgleichen zu müssen. Deshalb ist die Schule hier eine der größten Chancen eurer ganzen Seelenentwicklung; einerseits, um alles Vergangene auszugleichen und damit zu reinigen und andererseits auch für alle zukünftigen Inkarnationen in Organismen, um bewusster zu handeln. Erkennst du die Tragweite der Verantwortung, die wir alle, jeder Einzelne von uns, für uns selbst und für alles im Kosmos in uns haben?"

Wieder wurde es ganz still um mich.

Auch wenn ich noch jung in diesem Leben war, so erkannte ich mehr und mehr, welch einzigartig schöne Möglichkeit ich hier erfahren durfte - und ich erkannte auch, dass der Verlust von Mutter und Vater der Pfad war, auf dem meine Seele in ihrem Wunsch zu wachsen, zu heilen und sich zu befreien, geführt wurde. Eine andere Geschichte hätte vielleicht andere Impulse in mir geweckt, doch diese meine Vergangenheit hat ausschließlich die Sehnsucht nach Erfüllung meiner Bestimmung in mir entstehen lassen . Alles begann langsam einen Sinn zu ergeben.

Wo vorher noch Leid und Verzweiflung herrschten, begannen jetzt erste Erkenntnisse bezüglich eines großen Ganzen und der Sinnhaftigkeit jedes einzelnen Moments meine Seele mit Freude und Dankbarkeit zu erfüllen. Ein großes Schweigen breitete sich in mir aus, noch mehr, noch weiter, noch tiefer.

„Und weil du so fleißig bist, mein Liebes, verrate ich dir, wie du mich auf diese Weise erreichen kannst. Rufe innerlich den Namen MALO und du wirst mich ansprechen können, wann immer du magst und ich es zulasse. Wir können ab sofort unsere Übungen überall im Tempel vollbringen, da wir nicht mehr an den Tempel der Worte gebunden sind. Ich werde dich kontaktieren, wenn es wieder soweit ist. Doch für heute wünsche ich dir schöne erfüllende Erkenntnisse in eurem Ritual. Nutze es, es kann dir erneut Großes offenbaren. Ich umarme dich."

Ich war überwältigt von diesen Worten, und taumelnd vor Freude konnte ich gar nicht aufhören zu staunen. Malo bewegte sich langsam wieder aus dem Raum und ich dachte über all das Erfahrene weiter nach. Noch immer war ich in diesem federleichten Zustand, noch immer fühlte ich mich weit und groß, tief und hoch, doch begreifen konnte ich all das soeben Erlebte noch lange nicht.

Langsam versuchte ich mich wieder in meinen Körper „zurückzufühlen". Ich atmete mehrmals tief ein und aus und fühlte mich erschöpft. Nicht müde, aber irgendwie war ich von all diesen neuen Sachen in einen Zustand gekommen, den ich nicht mit Worten beschreiben konnte. Ich hatte keine Angst, im Gegenteil, ich wollte mehr, noch mehr, noch viel mehr erfahren und wissen, doch ich brauchte etwas Zeit, um die Werkzeuge, die ich bei all dem zu nutzen lernte, auch wirklich als reale Möglichkeiten des Menschseins zu erfahren.

Als ich den Tempel der Reinigung verließ, stand die Sonne schon recht weit unten am Horizont. Ich hatte Sorge, wieder zu spät zu kommen, daher lief ich zügig in mein Zimmer, zog mich um und begann mich am See erneut zu waschen. Nach all den Erfahrungen heute, konnte ich gar nicht anders. Auf dem Weg dorthin sah ich viele andere, mir unbekannte Schüler, wie sie alle in den hintersten Hof strömten. Doch für meine Klasse war die Zeit noch nicht gekommen, daher verweilte ich weiter am See, bis ich die ersten Jungs meiner Gruppe auf dem Weg zum Ritual wahrnehmen konnte. Ich sinnierte einerseits noch etwas über die Worte des Meisters nach, andererseits aber auch über die Erkenntnis in mir, wie alles mit allem in Verbindung wirkt und dass es keine Zufälle in einem Leben gibt.
Mehr und mehr begann ich mich in meiner neuen Rolle hier im Tempel zu entfalten und dies als meinen Lebensweg anzunehmen.

# Das Ritual

Ich wurde immer experimentierfreudiger.

Bisher hatte jeder meiner Versuche, das Erfahrene nicht nur als solches hinzunehmen, sondern es zu erforschen, unbeschreibliche Geschenke für mich bereitgehalten. Ich begann, in jedem Moment eine Aufforderung zu sehen, andere Wege zu gehen, als die gewohnten. Andere Wege als alle anderen. Noch in diesen Gedanken verloren, begann ich meine Hände Richtung Wasseroberfläche zu bewegen und schloss die Augen. Ich wollte wissen, wie sich Wasser anfühlt, wenn ich es ohne meine gewohnten Sinne versuche zu erfahren. Langsam also bewegte ich die Hände weiter und weiter nach unten in Richtung Wasser. Ich lauschte meinen Gefühlen und plötzlich spürte ich etwas.

Es war nicht Wasser, es war auch keine Luft - es war etwas ganz anderes, das sich zwischen meinen Händen und dem Wasser aufzeigte. Eine geheimnisvolle Energie, die zwischen Hand und Wasser einen leichten Widerstand erspüren ließ. Staunend riss ich die Augen weit auf, um zu verstehen, was ich spürend wahrnahm.

Doch da war nichts. Die Luft war normal, das Wasser war noch ein klein wenig von meinen Händen entfernt. Staunend beobachtete ich, wie ich die Hände mal mehr, mal weniger von der Wasseroberfläche entfernte und für mich diese Energie mal feiner, mal stärker spürbar war. Dann schließlich begann meine Hand an einer Stelle die Oberfläche ganz zu berühren und ich sah, wie sich von diesem Punkt aus ein Kreis in alle Richtungen ausbreitete. Die Welle wurde nicht flacher, und als sie am Ufer auftraf, hielt sie an. Erst dann veränderte sich ihre Form. Ich erinnerte mich an die Worte der Wesenheiten, dass Energie nie vergehen kann und erkannte in dieser Verwandlung aus einer Berührung, die einen Impuls setzte, die Verwandlung der Energie in eine Welle hinein, bis sie am Ufer auftraf und dort erneut ihre Form verwandelte. Wenn das Leben und alles im Kosmos diesem Gesetz folgt, dann kann der Tod eines Menschen keine Grenze sein, sondern nur eine solche Verwandlungsstufe. Sofort musste ich an meine Begegnung mit Vater denken. Vielleicht ist er all die Zeit hier bei mir, nur eben in einer anderen Form, die meine Augen nicht sehen kann. So wie ich Malo gehört habe, ohne dass er sprach, so konnte ich Vater auch hören und sehen .

Das Sinnieren über all diese vielen Erkenntnisse und Informationen der letzten Monate ließ mich erneut Raum und Zeit völlig vergessen. Hätte Erloh mich nicht berührt und sanft angesprochen: „Hey Olevah, komm, wir müssen gehen, sonst sind wir zu spät", hätte ich das Ritual verpasst. Dankbar schaute ich ihn an und begann mich nun umso mehr auf das Ritual zu freuen. Ich war fest entschlossen, Vater erneut wieder zu begegnen.

Wir liefen zügig zum Eingang des Hofes im hinteren Bereich des Tempels, dort wo der Obelisk in der Mitte weit in den Himmel ragte. Unsere Gruppe hatte sich vor dem Eingang versammelt. Unser Lehrer war auch dort und rief uns zur Ruhe auf. Er formierte alle in einer Zweierreihe nacheinander, sodass wir paarweise durch den Eingang schritten. Erloh war links von mir und wir waren die beiden Letzten vor unserem Klassenlehrer. Ich versuchte schon etwas zu sehen, und ab und zu in den Hof hineinzuschauen, doch die Wächter türmten sich erfolgreich vor der Tür auf, sodass kein Blick durch sie hindurch dringen konnte. Ich war aufgeregt. Was würde uns wohl erwarten?

Dann begann unsere Gruppe sich in Bewegung zu setzen und langsamen Schrittes den Hof zu betreten. Was mich dort erwartete, hätte ich mir in meinen kühnsten Träumen nicht ausmalen können. Eine Unzahl von Schülern saß in mehreren Kreisen hintereinander um den Obelisken herum, tief versunken und in voller Konzentration aufrecht sitzend. Die Beine hatten sie wie damals schon auf dem Boden gespreizt. Ein Lehrer zeigte uns, wie wir unsere Zweierformierung teilen sollten. So lief Erloh links um den Obelisken und ich rechts herum, sodass wir uns beide schließlich gegenüber saßen. Ich hatte Angst, mein Herz würde alle erschrecken, weil es so laut schlug, doch ich versuchte mich in Ruhe zu üben Ich schloss meine Augen und begann zu erfühlen, was dort geschah. Kaum hatte ich sie geschlossen, spürte ich eine unbeschreiblich starke Kraft, als würde der ganze Hof summen. Doch die Schüler schwiegen. Noch.
Denn nach einiger Zeit begann jemand zu sprechen. Laut und mit kräftiger Stimme. Es war Malo, mein Meister, der plötzlich in einer mir unbekannten Sprache den Hof mit seiner Stimme füllte.

Seine Worte wirkten wie ein Summen, dessen Tonlage sich mir tief einprägte und mich dabei in den gleichen Zustand versetzte,

in den ich vorhin im Tempel der Reinigung durch meine Übung gekommen war. Wieder empfand ich meinen Körper immer weniger schwer und begann das Gefühl dieser unendlichen Freiheit zu genießen. Ich hoffte sehr, dass ich Vater wieder wahrnehmen könnte, doch diesmal hatte das Schicksal eine andere Erkenntnis für mich bereit gehalten.

Malo tönte noch immer in der unbekannten Art, da begann ich unsere Gruppe als einen Kreis aus einzelnen Lichtpunkten wahrzunehmen. Wir saßen alle genauso, wie wir es hier an diesem Ort taten, doch in der Mitte befand sich kein Obelisk, sondern nichts. Ich beobachtete die unterschiedlichen Lichtpunkte der Mitschüler sehr aufmerksam, so dass ich den einen mal heller, den anderen mal dunkler, den einen groß, den anderen wieder kleiner wahrnehmen konnte. Ich habe keine Gesichter wahrgenommen, sondern nur eine Kugel aus Energie, in ihrer jeweiligen Qualität.


Malo beendete sein Tönen und es wurde still. Mir war klar, dass nicht nur der Aufbau des ganzen Tempels, die Art, wie alle Studenten hier in mehreren Kreisen hintereinander sitzend meditierten, der Obelisk in der Mitte, sondern auch das Tönen, sowie die Stille jetzt, alles ganz bewusst so war wie es war, daher war ich sehr gespannt, was die Stille uns nun offenbarte.


Kaum hatte ich diesen Gedanken beendet, begann der Kreis aus Lichtkugeln sich zu bewegen.

Ganz langsam setzte sich alles nach links drehend in Bewegung. Mir wurde schwindelig, so entfesselnd und schnell bewegte sich alles. Wie von einer unsichtbaren Energie getrieben, formierten sich die Lichtkugeln auf der nun entstehenden Spirale. Ich erkannte, wie ich vom äußeren Rand des Kreises, wo ich noch langsam die Bewegung wahrnahm, immer schneller auf der Spirale nach links entlang gezogen wurde, vorbei an den anderen Schülern, die jeweils an anderen Stellen zum Stillstand kamen. Die Spirale weitete sich immer mehr aus und die Entfernung zu den eben noch erlebten Lichtkugeln wurde größer, doch vor allem weiter. Ich wurde immer schneller und hatte wirklich zu tun, nicht in irgendeine Angst zu verfallen. Doch nach all dem, was wir bisher gelehrt bekommen hatten, war mir klar, dass ich die Erfahrung nur machen konnte, wenn ich sie fließen ließ und sie nicht mit meinem Willen oder meinen Ängsten unterbrach. Also nahm ich die Herausforderung sportlich an und war gespannt, was sich noch zeigen wollte. Immer schneller erlangte ich schließlich das Zentrum der Spirale. Dort blieb alles stehen. Was eben noch rasend schnell an anderen Lichtkugeln vorbei flog, stand nun schwebend auf einer Stelle. Der plötzliche Stillstand war, als würde meine Seele die Luft anhalten. Es tat nicht weh, aber es war ungewohnt.

Langsam begann ich das Geschehene zu betrachten. Der Kreis war nun eine Spirale, die aber so groß und hoch wie die große Pyramide ihre einzelnen Kreise übereinander auftürmte. Ich sah eine erste Lichtkugel von einem anderen Schüler in etwa einer Runde entfernt von meinem Standpunkt. Dann kamen für einige Zeit keine Lichtkugeln, dafür aber dann im mittleren Teil sehr viele. Wie ein Sammelsurium an unterschiedlichen Lichtqualitäten war der mittlere Teil dieser hohen Spirale mit den meisten Lichtkugeln bevölkert. Am äußeren Rand war

niemand mehr, dort war es leer. Aus meiner Perspektive befand sich demnach niemand auf dem Erdboden, sondern die meisten ungefähr in der Hälfte der Pyramide. Nur ein paar Wenige noch etwas weiter oben, ein Einziger mir relativ nah, doch ich selbst befand mich ganz oben, dort, wo die Pyramide ihre Spitze aus Gold hatte.

Die „Warums" und „Wiesos" klopften an, doch ich konnte sie mittlerweile so gut bremsen, dass ich ganz bei der Sache, hier an diesem Ort in diesem Moment verweilen konnte. Staunend betrachtete ich alles und beschloss, noch mehr zu fühlen. Ich breitete meine Wahrnehmung nun nicht sehend, sondern fühlend in alle Richtungen aus.

Plötzlich nahm ich eine Präsenz wahr, die unendlich liebevoll und warmherzig strahlte. Sie befand sich „hinter" mir, doch war sie so stark, als sei sie ganz nah bei mir. Ich war erneut verwirrt und wusste nicht, was ich tun sollte. Bisher hatte ich mein Bewusstsein fühlend in alle Richtungen ausbreiten können, doch einen Rundumblick hatte ich noch nicht gewagt. Doch ich wäre nicht ich, wenn ich es nicht wagen wollte.

Was soll schon passieren, außer dass ich mich wieder auf dem Boden der Realität wiederfinde, dachte ich kurz. Also begann ich meine Konzentration wieder aus dem Gefühl heraus in die visuelle Wahrnehmung zu legen und drehte meine Energie so, dass ich das sehen konnte, was hinter mir so stark strahlte. Gespannt erwartete ich jemanden oder etwas ... doch es zeigte sich nichts. Erneut lenkte ich meine Wahrnehmung in das Gefühl, ob die Präsenz noch da war, und ich spürte sie so stark, als sei sie direkt neben mir, doch sehen konnte ich niemanden. Meine Ungeduld musste ich zähmen und meine Gedanken begannen mich einzunehmen. Doch halt, warum fragte ich nicht meinen Meister, was ich jetzt hier an dieser Stelle tun könnte. Er hatte doch gemeint, dass genau für derartige Übungen und Erfahrungen die Kommunikation anhand der fliegenden Gedanken so hilfreich sei. Also konzentrierte ich mich wieder auf den Moment und rief Malo vor mein geistiges Auge. Lächelnd betrachtete er mich, als wüsste er ganz genau, was ich gerade hier erfuhr.

Ich begann sofort zu fragen: „Lieber Malo, ich brauche kurz deinen Rat, ich nehme eine Präsenz wahr, die ich aber mit meinem geistigen Auge nicht erkennen kann. Ich spüre ganz stark, dass jemand in meiner Nähe ist, doch ich sehe ihn nicht, wenn ich es auch noch so sehr möchte. Kannst du mir sagen, was ich falsch mache?"

Gütig wie immer, doch bestimmt, begannen seine Worte in meinem Kopf zu erklingen.

„Liebes, du hast gelernt, wie alles miteinander verbunden ist und wirkt. Und du hast auch erfahren, dass keine Kraft des Kosmos stärker wirkt als die des freien Willens. Das bedingt, dass niemand sich über den freien Willen eines anderen stellen darf. Und das wiederum bedeutet, dass niemand sich einfach zeigen darf, ohne erst über den freien Willen des Gegenübers um Erlaubnis gefragt zu haben. Du musst also zuerst deinem Gegenüber signalisieren, dass es sich zeigen darf, dann wirst du es auch wahrnehmen können."

Kaum hatte er das gesagt, verschwand seine Stimme wieder

und ich versuchte nun umzusetzen, was er sagte. Ich konzentrierte mich wieder ganz auf die Präsenz und spürte sie erneut ganz nah bei mir. Dann begann ich die Worte zu formulieren: „Ich erlaube dir, dich mir zu zeigen."

Es geschah nichts.

Ich blieb weiter in der Konzentration und formulierte wieder und wieder die Worte. Mit all meiner Kraft versuchte ich die Erlaubnis in ein Gefühl zu lenken. Und siehe da, ich empfand plötzlich, als würden diese Worte meine Energie verändern, in dem sie mich öffneten. Ich blieb weiter mit meiner Konzentration in diesem Gefühl und hoffte, nun endlich mehr wahrnehmen zu können. Auf einmal begann sich ein Gesicht zu zeigen ... ein Gesicht, das ich kannte, und doch nicht kannte. Es war das Gesicht von dem jungen Mann, welches ich vor einiger Zeit schon einmal im Tempel der Reinigung wahrgenommen hatte. Sanft blickten mich wunderschöne blaue Augen aus einem feinen Gesicht an. Die Kraft in ihnen war liebevoll und sanft, doch gleichzeitig auch stark und sehr präsent. Ich bekam Angst.

Warum zeigte sich mir erneut dieses Gesicht?

Wer war das und was wollte er von mir?

Warum konnte ich gerade ihn so stark wahrnehmen?

Zu viele Fragen. Zu wenig Konzentration.

Und so riss es mich aus dem Zustand, und ich fand mich im Empfinden der Schwere meines Körpers wieder. Ich atmete tief, um den plötzlichen „Fall" zu verkraften und meinem Körper Ruhe zu signalisieren, doch innerlich war ich aufgewühlt und zitterte am ganzen Körper. Die Fragen beschäftigten meinen Geist so sehr,

dass ich alles vergaß, was ich vorher erfahren hatte. Meine Gedanken kreisten um das Rätsel wie Fliegen um das Licht.

Dann begann Malo wieder zu tönen. Als würde er uns alle aus einem Schlaf rufen, veränderte sich die Energie der Stille nun in eine lebendige Energie. Nach einer Weile begann Malo in unserer Sprache zu sprechen und erlaubte uns, die Augen zu öffnen. Ich nutzte dies, um nun alle Schüler, die ich sehen konnte, anzuschauen, auf der Suche nach dem einen Gesicht. Doch ich fand es nicht.

Nach und nach führte uns Malo wieder aus dem Ritual heraus. Nachdem wir alle die Augen geöffnet hatten, mussten wir aufstehen und die Hände vor dem Herzen zusammenfalten. Er zeigte uns, wie wir uns nun vor dem Obelisken verbeugen sollten und uns dann seitlich zu ihm drehen mussten. Als ich das tat, nahm ich links von mir abermals die Präsenz wahr. Das zwang mich, dorthin zu schauen und tatsächlich, direkt hinter mir, in der ersten Reihe der anderen Schüler des Tempels saß der Mann mit dem Gesicht. Seine Augen waren geschlossen, sein Gesicht sah genauso aus, wie er sich mir gezeigt hatte. Schnell schaute ich wieder nach vorne, um nicht zu sehr aus der Reihe zu tanzen. Und schon setzte sich unsere Gruppe in Bewegung, raus aus dem Hof. Mein Herz schlug laut und schnell. Ich war überwältigt von all den Erfahrungen und zugleich auch aufgeschreckt in meiner kindlichen Wahrnehmung.

So viel Neues, so viel Anderes, so viel Ungewohntes musste verkraftet werden.

Müde und völlig erschöpft wandelte ich in mein Zimmer und schlief dort sofort ein.

Doch nicht nur der Tag und der Abend zuvor hielten so viel Unerwartetes für mich bereit, auch die Nacht empfing mich mit einer Erfahrung, die mein ganzes Leben maßgeblich beeinflusste.

# Der Traum

Noch tief in einem Traum versunken spürte ich eine Veränderung. Mitten in der sinnlos scheinenden Abfolge von Bildern nahm ich plötzlich eine Stimme wahr. Ähnlich wie Malo, wenn er zu mir sprach, aber dennoch anders. Nicht so klar und deutlich und auch weiter entfernt schien sie sanft etwas zu rufen. Immer und immer wieder rief es, doch ich verstand nichts. Ich erinnerte mich in diesem traumartigen Zustand, dass die Konzentration der Schlüssel zu aller Kommunikation in und mit den feinstofflichen Energien ist, also versuchte ich mich zu konzentrieren.

Doch ich war nicht bei vollem Bewusstsein, sondern mitten in einem Zustand, den ich noch nie erlebt hatte. Schlafend, träumend und nun zusätzlich bewusst etwas wahrnehmend. Ich musste mich erst einmal zurechtfinden in dieser Art der Wahrnehmung. Je mehr ich mich auf die Stimme konzentrierte, umso mehr veränderten sich auch die Bilder. Schließlich verschwanden sie gänzlich und ein schwarzer Raum war alles, was sich mir noch zeigte.

Ich hatte keine Angst, denn die Neugier trieb mich immer weiter und tiefer in diese Erfahrung hinein. Jetzt, wo der schwarze Raum mir half, meine Wahrnehmung ganz auf die Stimme zu konzentrieren, begann sich die Stimme weiter zu verändern. Es war, als riefe sie leise und dennoch ganz bestimmt immer und immer wieder: „Rava ... Nava ... Tava ... ich konzentrierte mich so stark ich nur konnte. Nicht wollen, sondern fühlen, erinnerte

ich mich an mein gestriges Erlebnis und versuchte den Weg durch diese Dunkelheit zu finden. Plötzlich sprach es ganz nah zu mir: „Javah .... Javah ... und kaum hörte ich die Stimme so klar in meinem Ohr wie Malo gestern, baute sich ein Bild vor mir auf. Ein hübscher Mann mit schulterlangen, leicht lockigen, dunklen Haaren schaute mich sanftmütig an. Um ihn herum war alles hell. Ich nahm Umrisse eines Gebäudes wahr, doch ich kann mich nicht mehr wirklich daran erinnern. Die Konzentration die ich brauchte, um ihn wahrzunehmen, ließ keinerlei Experimente zu.

„Javah ...“

Ich versuchte auf die gleiche Weise zu antworten, wie ich es gestern erst bei Malo gelernt hatte. „Wer bist du?“, fragte ich mit meinen Gedanken.
Und schon erreichte mich die Antwort. „Ich bin ein Lehrer aus der weißen Bruderschaft. Wir lehren das Wissen vergangener und zukünftiger Seelen. Du bist Teil unserer Bruderschaft. “

Die Konzentration kostete mich unendlich viel Kraft. Doch tief versunken in der Erfahrung trieb mich meine Neugier noch weiter und ich fragte:
„Was ist meine Aufgabe in dieser Vereinigung?“
„Du bist ein Vertreter unseres Wissens in einer Zeit auf der Erde, um dies zu lehren und zu verbreiten. Und du bist ein Vermittler zwischen den Energien der feinstofflichen Welten und den Menschen. Das Wissen kleidest du in Worte und baust auf verschiedene Weise Brücken zwischen den feinstofflichen

Welten und der Welt der Menschen. Du erfährst dadurch eine Vereinigung von Energien und Welten, die viel weiter bestehen als die grobstofflichen Energien der Erde. Sei dir dessen bewusst und lerne die Gesetzmäßigkeiten des Kosmos als einen Schlüssel zu dir selbst kennen. Nutze sie in der Verbindung mit uns und wirke dann in der Welt der Menschen in weiser Liebe."

Mein Herz fühlte sich warm und weich an. So stark ich mich konzentrieren musste, um die Worte zu verstehen, so unglaublich schön war es dennoch, in dieser Kommunikation zu verharren. Eine weitere Frage drängte aus meinen Gedanken zu ihm: „Ich lerne gerne all das, doch wie finde ich euch, meine Brüder?"
„Sei wachsam und lausche den Impulsen deiner Seele, dann wirst du den Zugang finden."

Kaum hatte er dies ausgesprochen, verschwand er wieder – wie auch das Bild, das sich mir eben noch in weißem Licht gezeigt hatte. Ich fand mich mit meiner Wahrnehmung in meinem Körper wieder, der mir unendlich heiß und schwer vorkam.
Kaum realisierte ich das, überfiel mich ein tiefes Gefühl. Es war von einer Unzahl an Tränen begleitet, doch es waren keine Tränen der Traurigkeit. Ich fühlte mich eher wie ein erschöpfter Vogel, der von einer langen Reise nach Hause kommt und sich freut, endlich wieder zu Hause zu sein - bei seinen Liebsten, bei seinen Freunden, so empfand ich dieses Gefühl. Es war reine Liebe. Doch es war noch viel mehr als das. Anders als die Liebe zu meinen Eltern, erfüllte mich diese Kraft so sehr, dass

ich vor lauter Rührung, Dankbarkeit und Erlösung so sehr weinen musste.

Ich empfand die Erkenntnis als unendlich beglückend und bereichernd wie nie wieder in meinem ganzen Leben. Es war nicht nur ein Gespräch wie mit einem Menschen wie Malo, es war ein Kontakt in eine Welt, die ich bisher nicht einmal hatte erahnen können. Und gleichzeitig war es eine Heimkehr, eine Erfahrung, die mich meine ganze Bestimmung in einem einzigen Moment meines Lebens erkennen ließ, und eine Erkenntnis, die mir eine Erfahrung von Einsamkeit ab sofort unmöglich machte. Wenn ich es schaffte mit diesen Wesen in bewusster Verbindung zu wirken, dann hatte ich meine kosmische Familie gefunden. Eine Familie, die unsterblich ist und eine Mission hat - was für ein bereicherndes und schönes Gefühl.

Die Tränen wollten nicht aufhören. Als würde ich alle Tränen der Einsamkeit, die ich jemals gehabt hatte, auf einmal weinen, so unendlich schien der Fluss.
Lange schaute ich vor mich hin. Ich betrachtete meinen Hände, wanderte mit meinem Blick meinen Arm weiter hoch bis über meinen ganzen Körper.
Ist das wirklich geschehen?,überlegte ich. Wer bin ich und wer sind die Wesen der „Weisen Bruderschaft? Seit wann kenne ich sie, seit wann kennen sie mich?

Tief versunken in dieses Meer aus Fragen kam mein Geist nicht zur Ruhe. Meine Augen waren starr und doch lebendig zugleich. Mein Atem stockte vor Aufregung, doch der Körper selbst war müde. Ich konnte so nicht einschlafen, also

beschloss ich, ein wenig an die frische Luft zu gehen und die Kraft der Nacht im Tempel einmal ganz anders zu nutzen. Nicht zum Schlafen, nicht zum Träumen, sondern, um meinen Geist zu beruhigen. In mein weißes Gewand gekleidet, wanderte ich leise an den anderen Schlafräumen der Studenten vorbei. Als ich nach draußen trat, offenbarte sich mir ein unbeschreibliches Bild von Schönheit und Stille. Die Fackeln erleuchteten die Gänge sanft, sodass ein warmes und beschütztes Gefühl alles umarmte. Langsam und hellwach wanderte ich so am See vorbei und hielt inne. Ich ging etwas in die Knie und berührte sanft den noch warmen Boden.

Wieder betrachtete ich das Wasser, doch diesmal schien es, als schliefe der ganze See und mit ihm alle Energie dieses Ortes. Ich genoss diese Stille unendlich. In mir entfachte sich die Flamme einer Wahrnehmung, die ich so noch nicht kannte. Ich empfand hier in diesem großen Schweigen den Moment des Augenblicks so intensiv wie nie zuvor.

Mein Blick wanderte wieder von meinen Händen über meinen Körper und dann weiter über das im Mondlicht schimmernde Wasser. Und bald wollten meine Augen zum Mond hinaufschauen, mitten in das schwarze glitzernde Himmelszelt. Die Schönheit dieses Moments ergriff mich erneut so sehr und ließ eine Träne in den See fallen, der mit seinen Wellen von der Unendlichkeit der Energien erzählen wollte. Gerne lauschte ich ihm und lächelte sanft, weil ich begann, die Zuverlässigkeit der Gesetze des Kosmos zu mögen. Dann atmete ich tief ein und entfernte die Hände vom Boden. Ich stand auf und bewegte mich weiter durch die schönen Gänge und Höfe

dieses magischen Ortes. Der Mond leuchtete mir in seiner unbeschreiblich schönen Farbe den Weg und wie von Geisterhand geführt wollte es in mir einmal wieder zu der großen Löwenfigur am Fuße der Pyramiden. Also wanderte ich weiter am Essensaal und dem Tempel der Worte vorbei bis zum großen Hof der weißen Steine. Die ersten Vögel begannen langsam die Sonne herbeizurufen, doch noch war es tiefe Nacht. Ich nahm all das auf, als würde ich das erste und das letzte Mal diesen Weg gehen. Ich spürte jedes Sandkorn unter meinen Füßen, nahm jeden Atemzug, als sei es mein erster und erkannte mit jedem Blick die Schönheit des Kosmos. Langsam kam ich bei der Sphinx an und bewegte den Stein, der mich in sie hinein und nach oben auf den Sockel führte. Dort angekommen, offenbarte sich mir ein unbeschreiblich schönes Bild.

Kaum war ich am Sockel oben angekommen, trafen die ersten Sonnenstrahlen ganz weit hinten am Horizont auf die Erde, und der Himmel veränderte seine Farbe aus dem Schwarz der Nacht in ein leicht hoffnungsvolles Blau, das erste Schatten von Obelisken und Tempeln erahnen ließ. Ich setzte mich hin, um dieses Schauspiel nun noch mehr genießen zu können. So lauschte ich dem Moment des Sonnenaufgangs wie einem Theaterstück des Lebens, in dem der Vorhang der Unwissenheit langsam dem Erkennen der Wahrheit weichen durfte. Gebannt schaute ich in die Weite, immer die drei großen Pyramiden in meinem Rücken, wie drei unbesiegbare Könige, die dieses Schauspiel seit eh und je bewachen.

Ich war da.

Ja, ich war genau an diesem Ort zu dieser Zeit und ich habe es erlebt.

Alles.

Mit jedem Atemzug, den mein Körper machte, realisierte meine Seele mehr und mehr, welch unglaubliche Schönheit mich umgab, doch vor allem, welch unfassbare Schönheit ich erleben durfte. All die Zeit war all das immer da gewesen. Nur ich hatte es mit ganz anderen Augen gesehen. Das Leben war eine Abfolge von unbewussten Momenten gewesen, die mich trieben. Mal war es Hunger, mal Neugier gewesen, ein andersmal Traurigkeit und dann auch wieder Freude, doch niemals hatte ich Schönheit als so allgegenwärtig und so essentiell empfunden. Eine tiefe Einsicht begann sich in mein Herz zu schreiben:

Was für ein unendlich schönes Geschenk ist es zu leben!
Jeder Moment ist so kostbar, dass ihn kein Edelstein dieser Welt jemals ersetzen könnte. Die Schönheit, die uns Menschen umgibt, ist mit nichts auf diesem Planeten zu erwerben, sie ist nur in unserem Herzen zu erfahren. Jetzt. Zu jeder Zeit. Wann immer wir es wollen. Wir sind hier Gast, wir dürfen hier sein, unsere Seelen dürfen hier wachsen, in diesem Körper sich entfalten; und in all der Zeit sind wir begleitet von diesen himmlischen Helfern ... was für ein Geschenk! Was für ein unfassbar großartiges Geschenk ist dieses Leben hier. Warum erkennen das nur so wenige? Wie kann das geschehen? Warum darf das geschehen, dass Menschen ihre Zeit, ihr ganzes Leben vergeuden und diesen paradiesischen Ort ohne einen einzigen Tag der Bewusstheit darüber, wer sie wirklich sind und was sie hier wollen, wieder verlassen?

Ich fühlte mich zerrissen, denn einerseits wollten meine Tränen gerade der Freude über das ganze Leben und allem, was jetzt gerade da ist, weichen, da nahm andererseits die Traurigkeit dieser Erkenntnis der Freude wieder die Kraft. Ich erinnerte mich an Vater, der mir trotz seiner Liebe nie über derartige Verbindungen berichtet hatte.

Vielleicht weil er es nicht wusste?, überlegte ich. Doch wenn die Menschen das nicht wissen, dann laufen sie Gefahr durch unbewusste Taten Disharmonien hervorzurufen und verstricken sich immer weiter in ein unendliches Netz aus Unbewusstheit!

An diesem Punkt kam ich nicht weiter. Also versuchte ich mich an das Geschehene zu erinnern.

Was war das für ein Name, der in meinem Traum gerufen worden war?

Javah ... bin ich Javah!

Malo und die anderen Wesenheiten haben uns alle immer versucht zu lehren, dass wir alle Antworten, die wir suchen, in uns finden. Also atmete ich tief ein und schloss die Augen. Dabei versuchte ich mir den Namen aufzurufen und zu erforschen, wie sich das anfühlte. Kaum tat ich das, öffnete sich mein Herz, mein ganzer Körper begann tief und noch tiefer zu atmen und ich wurde unendlich ruhig. Immer und immer wieder rief ich den Namen in mir:

„Jaaaaaavah .

.. Javaaaaaah ...

Jaaaaaaaaaavaaaaaaaah ..."

Mein Gefühl bestätigte mir mit unendlicher Liebe: DAS ist mein Seelenname. Ja, das ist er. Je mehr ich mich diesem Gefühl hingab, umso ruhiger wurde mein Geist. Keine Gedanken hatten mehr Platz, weil alles in mir nur noch diese Buchstaben fühlte. Keine Angst war mehr möglich, weil alles von diesem Namen erfüllt war und diese Fülle mir Tränen der Liebe über die Wangen rinnen ließ.

Ich erkannte das Leben als das Spiel, das es gilt zu lernen und in ihm das Schönste hervorzubringen, was ich im Stande bin kraft meiner Talente zu vollbringen. Ich erkannte die Sinnhaftigkeit allen Seins, doch vor allem meine Aufgabe in all dem. Dieses Gefühl war so bereichernd wie die ersten Sonnenstrahlen, die nun die goldenen Spitzen der Pyramiden und Obelisken am Horizont erleuchteten. Die Morgendämmerung spielte die Melodie zu den Gedanken meiner Seele und beides zusammen ergab diesen unvergesslichen Moment. Meine Tränen der Liebe veränderten sich nun in ein warmes Gefühl tiefer Dankbarkeit. Dankbar, dass ich so leben durfte, in dieser Zeit, dass ich diese Luft atmete, dass ich gesund war, hier lernen durfte, dass ich Malo und Erloh als Freunde hatte und meine Seele sich behütet und beschützt entfalten durfte. Von nun an war Olevah das kleine Mädchen aus dem Dorf am Ufer des Nils Geschichte und Javah durfte leben.

Mein Körper war ruhig, mein Geist hellwach und meine Seele erblühte wie eine Blume, deren Knospe den ersten Tautropfen am Morgen trinken darf.

Sie will leben, sie will sein - alles was sie ist, alles was sie sein
darf und darauf freue ich mich...


Fortsetzung Teil II

# Das Wissen beginnt zu leben

**Weitere Werke von Sylvia Leifheit:**

Sylvia Leifheit
**Das 1x1 des Seins**
Fachbuch
Verlag: Trinity-Verlag
Sprache: Deutsch
gebundene Ausgabe,
384 Seiten; 24,4 x 18,4 cm
ISBN-13: 978-3941837478

Digitale Ausgabe (E-Book):
Verlag: Silverline Publishing
ISBN: 978-9962-702-10-8

Wer bin ich wirklich? Woher komme ich und wohin gehe ich, wenn ich sterbe? Was ist Bewusstsein? Wer Antworten auf die ewigen Fragen des Seins sucht, wird hier durch den der Autorin gegebenen Zugang zu feinstofflichem Wissen langsam und intensiv in die Geheimnisse des Kosmos eingeweiht. In ihrem Erstlingswerk stellt Sylvia Leifheit die verschiedenen Welten und Wesenheiten vor und zeigt, wie wichtig dabei die Eigenverantwortung als die Essenz aller Lehren im Kosmos ist. Sie streift dabei eine neue Sicht auf das alte Kybalion und konzentriert alle Botschaften in einer Neuinterpretation der Zehn Gebote Eine Auswahl energetischer Gemälde vermittelt auch auf der nonverbalen Ebene geistiges Wissen.

Sylvia Leifheit
**Interviews mit den Wesenheiten von Abadiânia**
Fachbuch
Verlag: Silverline Publishing
Erschienen in : deutsch,
englisch und portugiesisch
Paperback,
340 Seiten; 21 x 14,8 cm
ISBN: 978-9962-702-04-7

Digitale Ausgabe (E-Book):
ISBN: 978-9962-702-05-4

Wer einmal den Heiler Joao de Deus in Brasilien besuchen möchte, erfährt bald von den Wesenheiten die dort durch ihn wirken. Sylvia Leifheit baut über die ihr gegebene Gabe der Kommunikation mit feinstofflichen Energien eine direkte Verbindung zu diesen Wesenheiten auf und ermöglicht dadurch noch schneller und tiefer in den Heilungsprozess zu gehen. Hier treffen wir auf die meisten bisher bekannten Wesenheiten, die in Abadiânia wirken und lernen sie durch persönliche Gespräche auf eine ganz besondere Weise kennen, erfahren dadurch eine ganzheitliche Sicht auf ihre Arbeit und ein breites Spektrum zu ihrem Leben und Wirken als Mensch, den Erfahrungen ihrer Übergänge sowie weltlichen Themen wie den Religionen.

## Interview mit dem Seelenlehrer Freund der Indianer:

Sylvia Leifheit's Gabe besteht darin, mit kosmischen Energien, die sich als „Persönlichkeiten" zu erkennen geben, in Kontakt zu treten. In diesen Interviews werden Einblicke in die kosmischen Gesetze von den Wesenheiten an die Menschheit übermittelt.

In dem Buch „Interview mit dem Seelenlehrer Freund der Indianer" übermittelt Sylvia Leifheit die „Seelenlehren" einer geistigen Energie, die in vielen Reinkarnationen Wissen gesammelt hat und diese Erfahrungen als Lebenshilfe weitergeben will.

Freund der Indianer spricht in abgeschlossenen Kapiteln über den „Zustand der Menschheit", die „Befreiung der Seele", „Weisheit und Eigenverantwortung" „Einweihung" und weitere Aspekte der seelischen Entfaltung im Kosmos.

Darüber hinaus widmet sich Freund der Indianer aber auch in einem Teil des Buches den praktischen Fragen des Menschen und behandelt Fragen zu: „Arbeit und Beruf", „Verwirklichung in der Familie", „Geburt" und „Übergang".

Durch die Form des Gespräches, das Sylvia Leifheit mit Freund der Indianer persönlich und von menschlicher Neugier getragen führt, erlebt der Leser die Erkenntnis: Wir sind nicht allein. Wir sind verbunden mit den Kräften des Kosmos. Und wir können mit ihnen kommunizieren.

Dieses Buch ist der Beweis.

Sylvia Leifheit
**Interviews mit dem Seelenlehrer**
**Freund der Indianer**
Fachbuch
Verlag: Silverline Publishing
Erschienen in: deutsch und englisch
Paperback, 496 Seiten; 21 x 14,8 cm
ISBN: 978-9962-702-15-3

Digitale Ausgabe (E-Book):
ISBN: 978-9962-702-16-0